Diário de um corpo

Diário de um corpo

DANIEL PENNAC

TRADUÇÃO
BERNARDO AJZENBERG

ROCCO

Título original
JOURNAL D'UN CORPS

EDITORA ROCCO LTDA.
Av. Presidente Wilson, 231 - 8º andar
20030-021 - Rio de Janeiro - RJ
Tel.: (21) 3525-2000 - Fax: (21) 3525-2001
rocco@rocco.com.br
www.rocco.com.br

Printed in Brazil/Impresso no Brasil

Preparação de originais
CARLOS NOUGUÉ

CIP-Brasil. Catalogação na fonte.
Sindicato Nacional dos Editores de Livros, RJ.

P461d
Pennac, Daniel
Diário de um corpo / Daniel Pennac; tradução de Bernardo Ajzenberg. - 1. ed. - Rio de Janeiro: Rocco, 2017.

Tradução de: Journal d'un corps
ISBN 978-85-325-3045-5

1. Romance francês. I. Ajzenberg, Bernardo. II. Título.

16-36171 CDD: 843
CDU: 821.133.1-3

O texto deste livro obedece às normas do
Acordo Ortográfico da Língua Portuguesa.

SUMÁRIO

AVISO AO LEITOR

Minha amiga Lison – minha velha, querida, insubstituível e muito irritante amiga Lison – é especialista na arte de dar presentes embaraçosos, como a escultura inacabada que ocupa dois terços do meu quarto, por exemplo, ou as telas que deixa para secar no meu corredor e na copa sob o pretexto de que seu ateliê ficou pequeno demais. Pois você tem em mãos, agora, o mais recente desses presentes. Certa manhã, ela desembarcou sem mais nem menos na minha casa, abriu um espaço na mesa em que eu me preparava para tomar o café da manhã e jogou nela uma pilha de cadernos deixados pelo seu pai recentemente falecido. Os olhos avermelhados indicavam que tinha passado a noite a lê-los. Coisa que eu mesmo fiz, também, na noite seguinte. Taciturno, irônico, um homem reto, como se diz, aureolado por uma reputação internacional de velho sábio, para a qual não dava a menor importância, o pai de Lison, com quem cruzei cinco ou seis vezes em toda a minha vida, me intimidava. Se existe alguma coisa que eu jamais poderia imaginar a seu respeito é que ele passou a vida inteira escrevendo estas páginas! Estupefato, pedi a opinião de meu amigo Postel, que tinha sido médico dele por muito tempo (como foi, também, da família Malaussène). A resposta chegou de forma instantânea: Publicação! Sem hesitação. Mande isso para o seu editor e publique. Mas havia um porém. Pedir a um editor que publique o manuscrito de uma personalidade razoavelmente conhecida que exige que se mantenha o seu anonimato não é coisa fácil! Será que eu deveria

sentir algum tipo de remorso por ter arrancado um favor desses da parte de um honesto e respeitável operário do livro? Você mesmo fará o julgamento.

D. P.

3 de agosto de 2010

Minha querida Lison,

Você acaba de voltar para casa depois do meu enterro, certamente entristecida. Mas Paris a espera, seus amigos, seu ateliê, algumas telas em suspenso, seus inúmeros projetos, entre os quais o cenário para a Ópera, suas paixões políticas, o futuro das gêmeas, a vida, a sua vida. Surpresa. À sua chegada, uma carta do doutor R. lhe informa, em linguagem cartorial, que ele está de posse de um pacote deixado pelo seu pai para você. Caramba! Um presente post-mortem *do papai. Você corre para lá, é claro. E o que o advogado entrega a você é um presente bem esquisito: nada menos do que o meu corpo! Não o meu corpo em carne e osso, mas o diário que escrevi ao longo de toda a minha vida. (Somente a sua mãe sabia disso, nos últimos tempos.) Então, surpresa. Meu pai tinha um diário! O que deu em você, papai? Um diário? Logo você, um homem tão distinto, tão inatingível? E a vida inteira! Não é um diário íntimo, minha filha, você conhece minha rejeição à exposição das flutuações de nossos estados de alma. Também não vai encontrar nele nada sobre a minha vida profissional, minhas opiniões, minhas palestras, ou sobre aquilo que Étienne chamava pomposamente de meus "combates"; nada sobre o pai em sociedade e nada sobre a situação do mundo. Não, Lison, apenas o diário do meu corpo, de verdade. Você vai ficar ainda mais surpresa considerando-se que eu não era um pai muito "físico". Acho que meus filhos e meus netos nunca me viram nu, muito raramente de calção de banho, e jamais me flagraram levantando peso diante do espelho. Também*

não acho, infelizmente, que tenha sido muito carinhoso. Quanto a falar a você ou ao Bruno sobre minhas dores, melhor morrer – o que, aliás, aconteceu, mas já com o meu tempo bem contabilizado. O corpo não era assunto entre nós, e eu deixei que você e Bruno se virassem sozinhos para lidar com a evolução dos seus próprios corpos. Não veja isso como fruto de alguma indiferença ou de algum pudor especiais; tendo nascido em 1923, eu era simplesmente um burguês do meu tempo, desses que ainda usam ponto e vírgula e que nunca chegam para o café da manhã de pijama, mas sim de banho tomado, barba feita e devidamente aprumados com o terno do dia. O corpo é uma invenção da sua geração, Lison. Ao menos no que se refere ao uso que se faz dele e ao espetáculo que se oferece com ele. Mas, no que diz respeito às relações que o nosso espírito estabelece com ele como uma caixinha de surpresas e um produtor de dejetos, o silêncio hoje é tão contundente como no meu tempo. Se olhássemos bem de perto, veríamos que não existem pessoas mais pudicas do que os atores dos filmes pornôs mais explícitos ou do que os artistas da body art *mais bem tatuados. Quanto aos médicos de hoje em dia (aliás, quando é que você foi auscultada pela última vez?), simplesmente já nem tocam o corpo. Só se interessam pelo quebra-cabeça das células, pelo corpo radiografado, ecografado, escaneado, analisado, o corpo biológico, genético, molecular, a fábrica de anticorpos. Quer saber de uma coisa? Quanto mais se analisa o corpo, esse corpo moderno, quanto mais ele é exibido, menos ele existe. Um corpo aniquilado, numa proporção inversa à sua exposição. O que escrevi é o diário de outro corpo; nosso companheiro de viagem, nossa máquina de ser. Seria exagero dizer cotidiano; não espere ler um diário exaustivo, não se trata de recensão feita dia a dia, mas de surpresa em surpresa – nosso corpo não economiza quanto a isso –, do décimo segundo ao octogésimo oitavo e último ano, entrecortado por longos silêncios, como você verá, referentes a essas quadras da vida em que o nosso corpo se deixa esquecer. Mas, toda vez que meu corpo se manifestou para o meu espírito, ele me teve, caneta em punho, atento à surpresa do dia. Descrevi essas manifestações da forma mais precisa possível, com as ferramentas de que dispunha, sem pretensão científica. Lison, minha filha, meu*

amor, esta é a minha herança: não é um tratado de fisiologia, mas sim o meu jardim secreto, que é, por diversos aspectos, o território mais comum a nós todos. Confio-o a você. E por que a você, exatamente? Porque sempre a adorei. Se não consegui dizer isso a você quando estava vivo, permita-me, agora, este pequeno prazer póstumo. Se Grégoire tivesse vivido mais, provavelmente legaria este diário a ele; poderia ser interessante para o médico que havia dentro dele, e meu neto se divertiria. Meu Deus! Como eu amei esse menino. Que Grégoire, morto tão jovem, e você, agora avó, constituam, então, a minha pequena trouxa de felicidade, meu mantimento para a grande viagem. Bem. Chega de efusões. Faça desses cadernos o que lhe parecer melhor; mande para o lixo, se julgar que se trata de um presente pesado demais para ser dado por um pai a uma filha; distribua-o à família, se o seu coração assim desejar; publique, se achar necessário. Neste último caso, zele pelo anonimato do autor – ainda mais, que poderia ser qualquer pessoa –, mude os nomes de pessoas e lugares, pois nunca sabemos onde se escondem certas susceptibilidades. Não vise a uma publicação muito exaustiva, você não irá conseguir. Aliás, alguns cadernos se perderam ao longo dos anos e vários outros são meramente repetitivos. Pode pulá-los; penso, por exemplo, nos da minha infância, em que anotava o número de flexões ou abdominais que conseguia fazer, ou nos da juventude, em que listava as minhas aventuras amorosas como se fizesse um registro contábil da minha sexualidade. Em resumo, faça disso tudo o que quiser e como quiser – estará bem-feito.

Amei você.

Papai

1

PRIMEIRO DIA
(setembro de 1936)

Mamãe era a única pessoa
que eu não tinha chamado.

64 anos, 2 meses e 18 dias *Segunda-feira,*
28 de dezembro de 1987

Uma brincadeira de mau gosto que Grégoire e seu amigo Philippe fizeram com a pequena Fanny me fez lembrar a cena inaugural deste diário, o trauma que deu origem a ele.

Mona, que adora jogar coisas fora, organizou uma fogueira com um monte de velharias, a maioria ainda da época de Manès: cadeiras defeituosas, estrados podres, uma charrete carcomida, pneus sem uso. Em outras palavras, um auto de fé gigantesco e pestilento. (O que, pensando bem, é menos sinistro do que fazer algo do tipo "Família vende tudo".) Os meninos foram encarregados disso, e resolveram aproveitar para encenar ali o processo de Joana d'Arc. Fui tirado do meu trabalho pelos gritos da pequena Fanny, que fora recrutada para o papel da santa. Durante todo o dia, Grégoire e Philippe tinham mostrado a ela as virtudes e os feitos de Joana, de quem a menina, do alto dos seus seis anos de idade, nunca tinha ouvido falar. Fizeram também tantas promessas sobre os benefícios do paraíso, que ela batia as mãos, pulando de alegria, perto da hora do sacrifício. Mas, quando viu o braseiro onde se propunham a atirá-la viva, saiu correndo, aos berros, na minha direção. (Mona, Lison e Marguerite estavam na cidade.) Aterrorizada, apertou-me com toda a força com suas mãozinhas. Vovô! Vovô! Procurei consolá-la dizendo "vem aqui, vem aqui", "já passou, já passou", "não foi nada" (o que era falso; aquilo tinha sido muito grave, mas naquele momento eu desconhecia tal projeto de canonização). Coloquei-a no colo e senti que estava molhada. Mais do que isso, tinha na verdade urinado na calcinha; estava toda suja de pavor. Seu coração batia em um ritmo apavo-

rante, ela respirava aos saltos. Os maxilares estavam a tal ponto comprimidos um contra o outro, que temi, naquele instante, que fosse ter uma crise de tetania. Coloquei-a para tomar um banho quente, e foi ali que ela me revelou, aos poucos, entre soluços, o destino que aqueles dois tontos tinham reservado para ela.

E aqui chego à criação deste diário. Setembro de 1936. Tenho doze anos, quase treze. Sou um escoteiro. Antes eu era lobinho, rotulado de forma ridícula com um desses nomes que viraram moda a partir d'*O livro da selva*. Sou um escoteiro, então, e isso é importante, já não sou lobinho, já não sou pequeno, sou grande, sou um dos grandes. Estamos no final das férias. Estou em um acampamento de escoteiros em algum lugar dos Alpes. Estamos em guerra contra outra tropa que roubou a nossa bandeira. Temos de pegá-la de volta. A regra do jogo é simples. Cada um de nós leva nas costas o seu lenço, preso no cinto do short. Nossos adversários também. Cada lenço equivale a uma vida. Precisamos voltar desse ataque não apenas com a nossa bandeira, mas também com a maior quantidade possível de vidas. Também os chamamos de escalpelos e os penduramos nas nossas cinturas. Aquele que consegue voltar com a maior quantidade é considerado um guerreiro temível, um "ás da caça", como aqueles aviadores da Primeira Guerra Mundial cujas carlingas eram pintadas com cruzes alemãs conforme a quantidade de aviões abatidos. Enfim, brincamos de guerra. Como não sou muito forte, perco minha vida já no começo do confronto. Caí numa emboscada. Fiquei preso no chão por dois inimigos enquanto um terceiro arrancava a minha vida. Amarraram-me numa árvore para que eu nem pensasse em voltar ao combate, apesar de estar morto. E me deixaram ali. Em plena mata. Preso a um pinheiro cuja resina gruda nas minhas pernas e nos meus braços nus. Meus inimigos desaparecem. A frente de combate vai se distanciando. De vez em quando ouço algumas vozes, cada vez mais abafadas, e depois mais nada. O grande silêncio da mata toma conta da minha imaginação. Esse silêncio da floresta, onde se escuta de tudo: estalos, o ruge-ruge, suspiros, cacarejos, o vento entre as árvores... Digo a mim mesmo que os animais, que antes tinham se afastado por causa dos nos-

sos jogos, vão agora reaparecer. Não lobos, é claro, afinal eu sou grande, já não acredito em lobos, comedores de gente, não, lobos, não, mas os javalis, por exemplo. O que um javali faz com um menino preso numa árvore? Provavelmente nada, ele o deixa em paz. Mas e se for uma fêmea acompanhada de seus filhotes? Mesmo assim, não sinto medo. Apenas me coloco todos os tipos de perguntas que aparecem numa situação em que tudo pode acontecer. Quanto mais esforço eu faço para me soltar, mais os nós se apertam e mais resina adere à minha pele. Será que ela vai secar? Uma coisa é certa: não conseguirei vencer esses nós, os escoteiros sabem dar nós impossíveis de desfazer. Sinto-me sozinho, mas não acho que nunca mais vão me encontrar. Sei que estou em uma floresta frequentada, é comum vermos nela pessoas que vêm colher mirtilos e framboesas. Sei que quando acabarem as hostilidades alguém virá me soltar. Mesmo que os adversários se esqueçam de mim, minha patrulha notará a minha ausência, algum adulto será avisado e eu serei solto. Então, não sinto medo. Sofro, mas com paciência. Meu lado racional controla sem dificuldade tudo o que a situação sugere à minha imaginação. Uma formiga sobe pelo sapato, depois pela minha perna nua, fazendo um pouco de cócegas. Essa formiga solitária não vai me fazer perder a cabeça. Mesmo que me dê uma picada, mesmo que entre pelo meu short e depois pela cueca, não é nenhum drama, eu saberei aguentar a dor. É comum ser picado por formigas numa floresta; uma dor conhecida, administrável; ardida, mas passageira. Este é o meu estado de espírito, tranquilamente entomologista, até que os meus olhos deparam com o formigueiro propriamente dito, a dois ou três metros da minha árvore, ao pé de outro pinheiro: um enorme monte de espinhas de pinheiro fervilhando, vivo, escuro, selvagem, um fervilhar monstruoso, ali, imóvel. Nesse instante, percebo uma segunda formiga escalando o meu calçado, e perco o controle da minha imaginação. Agora já não se trata apenas de picadas, simplesmente serei coberto por essas formigas, devorado vivo. A coisa não se mostra com todos os detalhes na minha imaginação, não digo a mim mesmo que as formigas vão subir pelas minhas pernas, que vão devorar o meu sexo e o ânus ou pe-

netrar em mim pelos olhos, orelhas, narinas, que irão me comer por dentro avançando pelo intestino e pelas cavidades da face, não me vejo como um formigueiro humano preso a esse pinheiro e vomitando pela boca morta colônias inteiras de operárias ocupadas em me transportar, migalha por migalha, até o terrível estômago que fervilha a três metros de mim; não, eu não imagino esses suplícios todos, mas eles estão presentes no berro de terror que emito agora, os olhos fechados, a boca aberta ao máximo. Um grito de socorro que deve ressoar por toda a floresta, e até pelo mundo inteiro para além dela, uma estridência em que a minha voz se estilhaça em mil agulhas, e é todo o meu corpo que grita por intermédio dessa voz de um menino que voltou a ser criança, meus esfíncteres gritam de forma tão desmedida quanto a minha boca, eu me molho inteiro nas pernas, eu sinto isso, meu short se enche e eu me esvazio, a diarreia se mistura à resina e isso multiplica o meu terror, pois o cheiro, eu digo a mim mesmo, o cheiro vai inebriar as formigas, atrair outros animais, e meus pulmões se esfacelam em novos pedidos de ajuda, estou coberto de lágrimas, de baba, de muco, de resina e de merda. No entanto, vejo que o formigueiro não está preocupado comigo, que segue trabalhando duramente em si próprio, ocupado com as suas coisas, que, à parte essas duas formigas vagabundas, as demais, que são certamente milhões, me ignoram completamente; eu vejo isso, eu observo isso, eu até entendo isso, mas já é tarde demais, o pavor é mais forte, aquilo pelo qual fui tomado já não dá conta da realidade, é o meu corpo inteiro que exprime o terror de ser devorado vivo, um terror forjado apenas pela minha própria mente, sem a cumplicidade das formigas, sei disso de forma confusa, é claro; e depois, quando o padre Chapelier – ele se chamava Chapelier – me perguntou se eu achei seriamente que as formigas iam me devorar, eu respondi que não, e, quando ele me pediu que confessasse que eu encenara tudo aquilo, eu disse que sim, e, quando ele me perguntou se achara divertido aterrorizar com meus gritos os passeantes que finalmente tinham me soltado, eu respondi não sei, e você não tem vergonha de ter sido trazido assim todo coberto de merda como um bebê na frente de todos os seus colegas?,

eu respondi que sim, com ele fazendo todas essas perguntas ao mesmo tempo que me lavava com um esguicho, limpando o mais grosso com o esguicho sem nem mesmo tirar-me a roupa, que é um uniforme, devo lembrar-lhe isso, o uniforme dos escoteiros, devo lembrar-lhe isso, e você chegou a se perguntar por um segundo que fosse o que esses dois passeantes iam pensar dos escoteiros? Não, perdoe-me, eu não pensei nisso. Mas diga a verdade, afinal de contas você gostou de fazer essa encenação toda, não foi? Não minta! Não venha me dizer que não gostou! Você gostou, não foi? E eu acho que não soube responder a essa pergunta, pois eu ainda não tinha criado este diário que, ao longo de toda a vida que se seguiria, se propôs a diferenciar o corpo do espírito, a dali em diante proteger meu corpo dos assaltos da imaginação, e minha imaginação das manifestações intempestivas de meu corpo. E o que sua mãe vai dizer? Você chegou a pensar em que a sua mãe vai dizer disso tudo? Não, não, eu não pensei na mamãe, e, quando ele me fez essa pergunta, eu pensei comigo mesmo que a única pessoa por quem eu não tinha chamado enquanto gritava era mamãe, mamãe era a única pessoa que eu não tinha chamado.

Fui expulso. Mamãe veio me pegar. No dia seguinte, dei início a este diário, escrevendo: não vou mais ter medo, não vou mais ter medo, não vou mais ter medo, não vou mais ter medo, não vou nunca mais ter medo.

2

12-14 ANOS

(1936-1938)

Já que é para parecer-se com isso,
então é com isso que vou parecer-me.

12 anos, 11 meses e 18 dias *Segunda-feira, 28 de setembro de 1936*

Não vou mais ter medo, não vou mais ter medo, não vou mais ter medo, não vou mais ter medo, não vou nunca mais ter medo.

12 anos, 11 meses e 19 dias *Terça-feira, 29 de setembro de 1936*

Minha lista de medos:
– Medo da mamãe.
– Medo de espelhos.
– Medo dos meus colegas. Principalmente de Fermantin.
– Medo de insetos. Principalmente das formigas.
– Medo de sentir dor.
– Medo de me cagar inteiro se sentir medo.

Idiotice fazer uma lista dos meus medos. Tenho medo de tudo. De qualquer maneira, o medo pega sempre de surpresa. Sem que a gente espere, em dois minutos ele aparece e deixa a gente louco. Foi o que me aconteceu na floresta. Podia imaginar ter tanto medo de duas formigas? Com quase treze anos! E antes das formigas, quando os outros me atacaram, eu me joguei no chão sem me defender. Deixei que pegassem a minha vida e me amarrassem na árvore como se eu estivesse morto. Eu estava é *morto de medo*, realmente morto!

Lista das minhas decisões:
– Você tem medo da mamãe? Faça como se ela não existisse.
– Você tem medo dos colegas? Fale com Fermantin.
– Você tem medo de espelhos? Olhe-se no da porta do armário.

– Você tem medo de sentir dor? O seu medo é o que mais lhe causa dor.

– Você tem medo de se cagar inteiro? O seu medo é mais nojento do que a merda.

Se existe uma coisa mais idiota do que fazer a lista dos meus medos, é fazer a lista das minhas decisões. Eu não consigo cumpri-las.

12 anos, 11 meses e 24 dias *Domingo, 4 de outubro de 1936*

A raiva da mamãe não passou desde que fui expulso. Essa tarde, ela me tirou da banheira sem esperar que eu me ensaboasse. Forçou-me a olhar no espelho do banheiro. Ainda nem tinha me secado. Ela me segurava pelos ombros como se eu estivesse tentando fugir. Seus dedos me causavam dor. Não parava de repetir olhe-se, olhe-se! Apertei as mãos e fechei os olhos. Ela gritava. Abra os olhos! Olhe para você! Olhe para você! Eu estava com frio. Apertei os maxilares para não bater os dentes. Meu corpo tremia todo. Não vamos sair daqui enquanto você não se olhar! Olhe para você! Mas eu não abri os olhos. Não quer abrir os olhos? Não quer se ver? Sempre a mesma encenação? Muito bem! Prefere que eu diga o que você parece? O que parece esse menino que eu estou vendo? O que você acha que ele parece? O que você parece? Quer que eu diga? Você não parece nada! Você não parece *absolutamente nada*! (Reproduzo aqui *tudo* o que ela me disse.) E saiu batendo a porta. Quando abri os olhos, o espelho estava todo embaçado.

12 anos, 11 meses e 25 dias *Segunda-feira, 5 de outubro de 1936*

Se tivesse visto a crise de mamãe, papai me sussurraria ao pé do ouvido: um menino que não parece nada, mas, olhe só, isso é muito *interessante*! O que será que deve parecer um menino que não parece *absolutamente* nada? O homem esfolado do Larous-

se? Quando papai frisava uma palavra, parecia que a pronunciava em itálico. Depois ele me daria certo tempo para pensar. Penso aqui no esfolado do Larousse porque papai e eu estudamos muito anatomia juntos usando aquela figura do esfolado. Eu sei de que é feito um homem. Sei onde fica a artéria esplênica, sei o nome de todos os ossos, de todos os nervos, de todos os músculos.

13 anos, aniversário *Sábado, 10 de outubro de 1936*

Mamãe aplicou de novo em Dodo o golpe do lenço limpo. Logicamente, esperou a hora do almoço e que todos tivessem chegado. Dodo trazia os aperitivos. Pediu-lhe que "por gentileza" pusesse os pratos e delicadamente o puxou para perto como se quisesse fazer um afago. Em vez disso, pegou o lenço, passou-lhe atrás das orelhas, nas dobras dos cotovelos e dos joelhos. Dodo se mantinha rígido. Claro que o lenço (e mamãe o exibiu a todos!) ficou menos branco. As unhas também não estavam bem. Quando se é um menininho tão sujo, não se brinca de ser a menina da casa! Vá se limpar, rapaz! Apontando para Dodo, ela disse a Juliette: vigie de perto, está bem? Que ele não se esqueça principalmente do umbigo! Você tem dez minutos. Nesses momentos de maldade, mamãe sempre faz a sua voz de rapariga maliciosa.

Quando eu era pequeno e Violette me lavava o rosto, ela sempre me falava da sujeira que existia na corte de Luís XIV, como se tivesse acabado de estar ali. Ah! Que riqueza de cheiros! Pode acreditar. Aquela gente se perfumava como se joga poeira debaixo do tapete. Violette gosta também do bilhete que Napoleão deixou para Joséphine (ele voltava da campanha no Egito): "Não se lave, estou chegando." Tudo isso para lhe dizer, meu homenzinho, que nós não precisamos cheirar a jasmim para que gostem de nós. Mas não conte isso a ninguém!

Por falar em limpeza, um dia, quando eu estava esfregando as costas de papai com a luva de banho, ele me disse: Você já se per-

guntou alguma vez para onde vai toda essa imundície humana? O que será que sujamos quando nos lavamos?

13 anos, 1 mês e 2 dias *Quinta-feira, 12 de novembro de 1936*

Consegui! Consegui! Consegui tirar o lençol que o cobria e me olhei no espelho do armário! Decidi acabar com essa história. Puxei o lençol, fechei os punhos, respirei fundo, abri os olhos e me olhei! *EU ME OLHEI!* Foi como se eu tivesse me visto pela primeira vez. Fiquei bastante tempo na frente do espelho. Não era bem eu quem estava ali. Era o meu corpo, mas não era eu. Não era nem mesmo um colega. Eu repetia: Você sou eu? Eu sou você? Você sou eu? Somos nós? Não estou louco. Sei muito bem que estava brincando com a *sensação* de que não era eu, mas sim um garoto qualquer abandonado no fundo do espelho. Eu me perguntava quanto tempo fazia que ele estava ali. Esses pequenos jogos que deixam a mamãe fora de si não afligiam o papai de jeito nenhum. Filho, você não está louco, você só está *brincando com as suas sensações*, como todas as crianças da sua idade. Você as está testando. Você vai sempre testá-las. Mesmo adulto. Mesmo quando for bem velho. Guarde bem isso: *durante toda a nossa vida, devemos nos esforçar por acreditar nos nossos sentidos.*

É verdade que o meu reflexo apareceu para mim como um garoto abandonado dentro do meu armário com espelho. Essa sensação é absolutamente verdadeira. Tirando aquele lençol dali, eu sabia muito bem a quem eu iria ver, mas foi mesmo assim uma surpresa, como se aquele menino fosse uma estátua abandonada ali bem antes do meu nascimento. Fiquei olhando para ele por muito tempo.

E foi então que tive a ideia.

Saí do quarto, fui para a biblioteca na ponta dos pés, abri o Larousse, cortei com uma régua a figura do esfolado (ninguém vai se dar conta disso, mamãe só usa o Larousse para servir de apoio para Dodo quando comemos na sala de jantar), voltei para

o quarto, tranquei a porta, tirei toda a roupa, enfiei a figura na ranhura lateral do espelho e fiquei comparando-o a mim.

O fato é que não temos *absolutamente nada a ver um com o outro*. O esfolado é um atleta adulto. Tem ombros largos. Fica reto, apoiado em suas pernas musculosas. Eu não me pareço com nada. Sou um menino fraco, pálido, o peito cavado, tão magro que se poderia enfiar uma carta pela minha omoplata (*dixit* Violette). Mas temos um ponto em comum: ambos somos *transparentes*. Dá para ver as nossas veias, contar os nossos ossos, embora em mim nenhum músculo seja visível. Só tenho a pele, as veias, o tecido mole e os ossos. Nada fica *firme*, como mamãe diria. É verdade. Realmente, qualquer um pode pegar a minha vida, me amarrar numa árvore, me abandonar na floresta, me lavar com o esguicho, gozar de mim ou dizer que eu não me pareço com nada. Não seria você quem me defenderia, hein?! Se dependesse de você, eu seria devorado pelas formigas! Você cagaria em cima de mim!

Pois bem, *eu* vou defender você! Vou defender você até de mim mesmo! Vou criar músculos, vou reforçar os seus nervos, vou cuidar de você todos os dias, vou me interessar por tudo o que você *sente*.

13 anos, 1 mês e 4 dias — *Sábado, 14 de novembro de 1936*

Papai dizia: todo objeto é *antes de tudo* um objeto de interesse. Portanto, meu corpo é um objeto de interesse. Vou escrever o diário do meu corpo.

13 anos, 1 mês e 8 dias — *Quarta-feira, 18 de novembro de 1936*

Quero escrever o diário do meu corpo também porque todo mundo fala de outras coisas. *Todos os corpos estão abandonados em armários com espelhos*. Aqueles que escrevem um diário simples, como Luc ou Françoise, por exemplo, falam de tudo e de

nada ao mesmo tempo, emoções, sentimentos, histórias de amizade, amor, traição, justificativas até não acabar mais, o que eles pensam dos outros, o que eles acham que os outros pensam deles, as viagens que fizeram, os livros que leram, mas nunca falam de seus corpos. Eu vi isso muito bem no caso de Françoise nesse verão. Ela leu para mim o seu diário, "em segredo", quando na verdade ela lê para todo mundo. Étienne me contou. Ela escreve levada pela emoção, mas quase nunca se lembra de *qual* emoção. Por que você escreveu isso? Já não sei. Por isso, ela não tem certeza do *sentido* daquilo que escreve. Eu quero que o que eu escrever aqui signifique a mesma coisa daqui a cinquenta anos. Exatamente a mesma coisa! (Daqui a cinquenta anos, eu terei sessenta e três anos.)

13 anos, 1 mês e 9 dias *Quinta-feira, 19 de novembro de 1936*

Pensando de novo nos meus medos, fiz a seguinte lista de sensações: o medo do vazio me esmaga os colhões, o medo de levar socos me paralisa, o medo de ter medo me angustia o dia inteiro, a angústia me dá dor de barriga, a emoção (mesmo que seja deliciosa) me deixa arrepiado, a nostalgia (pensar no papai, por exemplo) umedece os meus olhos, a surpresa me causa sobressalto (mesmo a batida de uma porta!), o pânico pode me fazer mijar, a menor tristeza me faz chorar, o furor me sufoca, a vergonha me faz encolher. Meu corpo reage a tudo. Mas nem sempre eu sei *como* vai reagir.

13 anos, 1 mês e 10 dias *Sexta-feira, 20 de novembro de 1936*

Pensei bastante. Se eu descrever *com precisão* tudo o que sentir, meu diário será um *embaixador* entre meu espírito e meu corpo. Ele será o *tradutor* das minhas sensações.

13 anos, 1 mês e 12 dias *Domingo, 22 de novembro de 1936*

Não vou descrever apenas as sensações fortes, os grandes medos, as doenças, os acidentes, mas sim absolutamente *tudo* o que o meu corpo sente. (Ou aquilo que meu espírito faz meu corpo sentir.) A carícia da brisa na minha pele, por exemplo, o som que o silêncio produz em mim quando tapo as orelhas, o cheiro de Violette, a voz de Tijo. Tijo já tem a voz de quando ele for adulto. Uma voz *arenosa*, como se fumasse três maços de cigarro por dia. Aos três anos! Quando for grande, sua voz não será aguda, é claro, será essa mesma voz arenosa, com uma risada atrás de cada palavra, tenho certeza. Como diz Violette falando dos acessos de raiva de Manès: Pode-se gritar o quanto quiser, que a voz é a mesma!

13 anos, 1 mês e 14 dias *Terça-feira, 24 de novembro de 1936*

Nossa voz é a música que o vento faz quando atravessa o nosso corpo. (Bem, isso quando ele não sai por baixo.)

13 anos, 1 mês e 26 dias *Domingo, 6 de dezembro de 1936*

Vomitei na volta de Saint-Michel. Nada me dá mais raiva do que vomitar. Vomitar é ser virado do avesso como uma sacola. A pele fica revirada. Em chacoalhadas. Você resiste, mas vira. O dentro fica para fora. Exatamente como acontece quando Violette tira a pele de um coelho. O outro lado da sua pele. Vomitar é isso. Isso me envergonha e me deixa terrivelmente furioso.

13 anos, 1 mês e 28 dias *Terça-feira, 8 de dezembro de 1936*

Sempre me acalmar antes de registrar alguma coisa.

13 anos, 2 meses e 15 dias *Sexta-feira, 25 de dezembro de 1936*

Ontem à noite, o presente de mamãe foi a seguinte pergunta: você acha que *realmente* merece um presente de Natal? Pensei de novo nos escoteiros e respondi que não. Já o tio Georges me deu dois halteres de dois quilos; e Joseph, um aparelho para desenvolver os músculos que se chama extensor. São cinco cordões de borracha ligados a dois puxadores de madeira. Tem de pegar os puxadores e esticar o extensor o maior número de vezes possível. No manual de uso, há uma fotografia de um homem antes de ele ter comprado o extensor e o mesmo homem seis meses depois. Ficou irreconhecível. Sua caixa torácica dobrou de volume, e o pescoço, quando ele faz levantamentos, parece de um touro. E, no entanto, ele só praticava *dez minutos por dia.*

13 anos, 2 meses e 18 dias *Segunda-feira, 28 de dezembro de 1936*

Eu e Étienne brincamos de desmaiar. Foi legal. O outro fica atrás e prende você com os braços, aperta o seu peito o mais forte possível enquanto você esvazia os pulmões. Uma vez, duas vezes, três vezes, apertando com toda a força, e, quando já não tem ar nenhum no seu peito, você sente um zunido no ouvido, a cabeça vira e você desmaia. Delicioso. A gente se sente *indo embora*, diz Étienne. Isso mesmo, ou então caindo, ou escorrendo... De qualquer maneira, é realmente delicioso!

13 anos e 3 meses *Domingo, 10 de janeiro de 1937*

Dodo me acordou no meio da noite. Estava chorando. Perguntei o motivo, ele não quis dizer. Então perguntei por que ele tinha me acordado. Acabou dizendo que os amigos tinham gozado dele por que ele faz xixi menos longe do que eles. Perguntei até onde ele conseguia. Ele me disse não muito longe. Mamãe não ensinou você? Não. Perguntei se ele queria que eu ensinasse

naquela hora mesmo. Sim. Perguntei se ele punha a cabecinha para fora antes de fazer xixi. Ele disse: minha cabecinha? Fomos até a varanda e eu lhe mostrei como pôr a cabecinha para fora. Foi Violette quem me ensinou esse truque, no banho, quando eu era pequeno: ponha a sua cabecinha para fora para esse nosso amiguinho não sujar tudo por aqui! A pontinha dele então saiu e ele mijou bem longe, chegando até o teto da Hotchkiss dos Bergerac, que estava estacionada embaixo de casa. Ele mijou tão longe que foi até o fim da calçada. Ficou tão contente, que ria fazendo xixi. E isso fazia o jato ir mais longe ainda, em cada sacudidela. Fiquei com medo de a mamãe acordar e tapei a boca dele. Ele continuou a rir na minha mão.

13 anos, 3 meses e 1 dia *Segunda-feira, 11 de janeiro de 1937*

Meninos têm três jeitos de mijar: 1) Sentado. 2) De pé sem pôr a cabecinha para fora. 3) De pé, com a cabecinha para fora. (A cabecinha é o prepúcio. Confirmado pelo dicionário.) Quando você a põe para fora, mija bem mais forte. Realmente *inacreditável* que a mamãe não tenha ensinado isso ao Dodo! Mas, por outro lado, não é meio instintivo? Se sim, por que Dodo não aprendeu isso sozinho? O que teria ocorrido comigo se Violette não tivesse me ensinado esse truque? Será possível que existam homens que se molham nos pés a vida inteira por não terem tido jamais a ideia de pôr a cabeça para fora? Pensei nessa questão o dia inteiro enquanto ouvia meus professores, Lhuillier, Pierral, Auchard, falar daquelas incontáveis coisas que eles conhecem sobre "como vai o mundo" (como diria a mamãe) sem talvez jamais terem tido a ideia de colocar a cabeça para fora! O senhor Lhuillier, por exemplo, com seu jeito de quem quer ensinar tudo a todo o mundo, tenho certeza de que mija nos próprios pés e não sabe o porquê.

13 anos, 3 meses e 8 dias *Segunda-feira, 18 de janeiro de 1937*

Do que eu gosto quando adormeço é acordar logo depois para poder ter em seguida o prazer de adormecer de novo. Acordar logo depois de adormecer, isso é genial! Foi papai quem me ensinou a *arte de adormecer*. Preste atenção: as pálpebras ficam pesadas, os músculos relaxam, a cabeça no travesseiro finalmente fica com um peso de cabeça mesmo, você sente que o que você pensa não está sendo exatamente *pensado*, como se você começasse a sonhar sabendo que ainda não adormeceu. Como se eu andasse em cima de um muro, prestes a cair para o lado do sono? Exatamente! Quando você sentir que vai tombar para o lado do sono, chacoalhe a cabeça e acorde. Mantenha-se em cima do muro. Você ficará acordado por alguns segundos, durante os quais poderá dizer a si mesmo: vou adormecer de novo! É uma *promessa* deliciosa. Desperte de novo, para saborear isso uma segunda vez. Se precisar, belisque-se logo que se sentir tombar! Volte à superfície o maior número de vezes possível e então se deixe *finalmente* cair. Ouço papai me sussurrar essas aulas de adormecimento. Mais uma vez! Mais uma vez! É isso o que, graças a ele, eu peço todas as noites ao dormir.

13 anos, 3 meses e 9 dias *Terça-feira, 19 de janeiro de 1937*

Morrer talvez seja isso. Seria muito bom se não tivéssemos medo. Talvez despertemos a cada manhã apenas para retardar o momento encantador em que vamos morrer. Quando papai morreu, adormeceu pela última vez.

13 anos, 3 meses e 20 dias *Sábado, 30 de janeiro de 1937*

Assoando o nariz agora há pouco, lembrei que quando Dodo era pequeno tentei ensinar-lhe a assoar o nariz. Mas ele não soprava. Eu colocava o lenço sob o nariz dizendo vá, sopre, mas ele

soprava pela boca. Ou então nem soprava, soprava para dentro, inchava como uma bola e não saía nada. Naquela época, eu achava que Dodo era burro. Mas não era verdade. O que acontece é que o homem precisa aprender tudo sobre o seu corpo, absolutamente tudo: aprendemos a andar, a assoar o nariz, a nos lavar. Não saberíamos fazer nada disso se os outros não nos mostrassem como se faz. No começo, o homem não sabe nada. Nada de nada. É como os animais. As únicas coisas que ele não precisa aprender são respirar, ver, ouvir, comer, mijar, cagar, dormir e acordar. Mesmo assim... Ouvimos, mas precisamos aprender a *escutar*. Olhamos, mas precisamos aprender a *ver*. Comemos, mas precisamos aprender a cortar a carne. Cagamos, mas precisamos aprender a ir à privada. Mijamos, mas quando já não mijamos sobre os nossos pés é preciso aprender a *mirar*. Aprender significa, antes de tudo, aprender a *controlar seu corpo*.

13 anos, 3 meses e 26 dias *Sexta-feira, 5 de fevereiro de 1937*

Você me toma por um *imbecil* para precisar destacar *foneticamente* as palavras-chave dos seus *raciocínios*?, perguntou-me o senhor Lhuillier diante de toda a classe. Ele disse isso me imitando, o que, é claro, fez todo o mundo rir. Você acha que o seu professor de história esperou por você para considerar que a revogação do Edito de Nantes foi um *erro que saiu caro*? Aliás, você não acha que dizer *erro que saiu caro* é um tanto *sofisticado* demais para um menino da sua idade? Será que você não é meio *esnobe*, meu amigo? Convido-o a um pouco mais de *simplicidade* e a não querer nos *esmagar com seu conhecimento*.

Senti uma tristeza enorme ao ver papai ser gozado assim dessa maneira por causa dos meus itálicos. (Meus itálicos são os mesmos que os dele, e é por isso que eles o estavam gozando, na verdade.) Tive vontade de responder a Lhuillier imitando a voz desagradável dele, mas fiquei vermelho, prendi a respiração para não chorar e não respondi nada. Ao sinal do fim das aulas, pânico. Sair da classe e me encontrar de novo com todos eles na

rua, isso não! Só de pensar nisso, fiquei prostrado. Literalmente prostrado. Minhas pernas se recusaram a me carregar. Permaneci sentado. Já não tinha um corpo. *Eu voltara para o meu armário!* Fingi procurar na minha mala e na minha carteira escolar alguma coisa que teria perdido. Que vergonha! E foi a revolta contra essa vergonha o que finalmente me deu forças para me levantar. Pensando bem, não tem nenhuma importância se quiserem gozar de mim. Podem até mesmo bater em mim ou me matar, que eu nem ligo.

Mas, não, quem me aguardava na rua era Violette. Tinha feito algumas compras e aproveitara para me pegar. Você teve medo de alguma coisa, meu meninão, dá para ver pelo seu rosto! Meu rosto? Está branco como um ovo de pata. Que nada! Ah, sim, sim! Os nossos rostos continuam a falar por muito mais tempo do que nós. Veja só o Manès: quando enrubesce, fica assim o dia inteiro. Além disso, estou ouvindo o seu coração bater. Ela não estava ouvindo nada, mas Violette é assim, ela adivinhara. Em casa, serviu o meu lanche (pão, torta de uva, leite gelado). Pedi que não fosse mais me buscar na escola. Quer se defender sozinho, não é, meninão? Coisa da idade. Não tenha medo de ninguém, se você voltar para casa com algum galo na cabeça, pode deixar que eu cuido.

13 anos, 3 meses e 27 dias — *Sábado, 6 de fevereiro de 1937*

Quando insisti com papai em que eu já não era bebê e em que ele já não precisava falar comigo em itálico, ele respondeu: impossível, meu garoto, é o meu lado *inglês*.

13 anos e 4 meses — *Quarta-feira, 10 de fevereiro de 1937*

No começo, mamãe achou que era fingimento meu para poder faltar à escola. Mas não, era mesmo uma angina vermelha. Com febre bastante alta nos primeiros dois dias. Mais de quarenta graus! Uma sensação de estar dentro de um escafandro com

água fervente (*dixit* Violette). O doutor temia uma escarlatina. Dez dias de cama. Começa com a mão que estrangula você *por dentro* e o impede de engolir. Nem mesmo saliva. Dolorido demais! Ora, nós produzimos saliva *sem parar*. Quantos litros por dia? Engolimos esses litros todos porque não é educado cuspir. Salivar e engolir é uma função do corpo tão automática quanto a respiração. Sem ela, ficaríamos secos como um arengue. Eu me pergunto quantos cadernos seriam necessários somente para descrever tudo aquilo que o nosso corpo faz sem que pensemos nisso. Seriam *incontáveis* essas funções automáticas? Não lhes damos nenhuma atenção, mas basta que uma delas se desarranje para que passemos a pensar só nela o tempo todo! Quando achava que eu estava me queixando demais, papai me citava sempre a mesma frase de Sêneca: *Todo homem acha que carrega o mais pesado dos fardos*. Pois é o que acontece quando uma das nossas funções se desarranja! Tornamo-nos o sujeito mais infeliz do mundo. Durante todo o começo da minha angina, eu era inteiro, apenas, a minha garganta. O homem *focaliza*, dizia papai, tudo vem daí! Aos olhos dos homens, só existe aquilo que está dentro do quadro. Aconselho você a romper o quadro, meu garoto.

13 anos, 4 meses e 6 dias *Terça-feira, 16 de fevereiro de 1937*

Durante essa semana, meu quarto virou uma enfermaria. Violette punha para ferver a água dos gargarejos na cozinha e a preparava sobre a mesinha de jogo do papai que ela havia coberto com uma toalha de mesa branca perto da janela. A freira de Saint-Michel a ensinara a fazer o cataplasma. Não economize nas sementes, minha filha. (Mas Violette poderia ser avó dela!)

Violette estende um pano sobre a toalha de mesa, joga ali o caldo com farinha de linhaça, salpica a farinha com mostarda, junta as duas pontas do pano, coloca em volta do meu pescoço, e aí começam os meus quinze minutos de tortura. Dá uma coceira, esquenta, queima, mil agulhas atravessam a garganta, que obrigatoriamente dói menos, já que você não consegue pensar em

outra coisa além dessa queimação. *Substituição das paixões, meu jovem, esse é o truque!* (Assinado papai.) *Para esquecer o ruim, passe para o pior!* (Assinado Violette.) O pior do pior foi a sessão de pincelada com a freira de Saint-Michel. Ela enfiou o bastonete até o fundo da minha garganta e eu acabei vomitando no avental dela. Xinguei-a de tudo o que pude, e ela não quis mais voltar. Mamãe fez todo um caso em cima disso: Você não quer se tratar? Quer ficar doente dos rins? Um reumatismo? Pode-se morrer disso, sabia? Acaba atacando o coração! Quando é Violette que faz a pincelada na garganta, não dá nenhum problema: abre bem a boca, meu meninão, respire sem fechar a válvula do fundo. Não feche, estou dizendo! (Ela quer dizer a glote.) Pronnnnto! E não vá desmaiar se mijar verde; é por causa do azul da pincelada! Exatamente: o Azul de Metileno misturado com o amarelo da urina faz você mijar verde. Ela fez muito bem em me avisar, pois é exatamente esse tipo de surpresa o que me faz perder os sentidos.

13 anos, 4 meses e 7 dias *Quarta-feira, 17 de fevereiro de 1937*

Cataplasmas, gargarejos, pinceladas, descanso; sim, mas o melhor dos remédios é adormecer com o cheiro de Violette. Violette é minha casa. Ela cheira a cera, a legumes, a lenha, a sabão preto, a água sanitária, a vinho velho, a tabaco e a maçã. Quando ela me envolve com sua manta, eu entro na minha casa. Escuto suas palavras borbulhando no fundo de seu peito e logo adormeço. Quando acordo, ela já não está ali, mas sua manta continua a me cobrir. É para você não se perder nos seus sonhos, meu meninão. Os cachorros perdidos sempre retornam à roupa do caçador!

13 anos, 4 meses e 8 dias *Quinta-feira, 18 de fevereiro de 1937*

Meu corpo é também o corpo de Violette. O cheiro de Violette é como uma segunda pele para mim. Meu corpo é também o cor-

po de papai, o corpo de Dodo, o corpo de Manès... Nosso corpo é também o corpo dos outros.

13 anos, 4 meses e 9 dias *Sexta-feira, 19 de fevereiro de 1937*

As pernas ainda bambas, mas agora sem febre. O doutor está tranquilo. Diz que, se fosse escarlatina, "ela já teria se declarado". Essa expressão me chocou, pois, quando Violette fala de seu marido, ela sempre diz que ele foi "uma gracinha quando se declarou"! (Ele morreu na guerra, logo no começo, em setembro de 1914.) As guerras também são declaradas.

13 anos, 4 meses e 10 dias *Sábado, 20 de fevereiro de 1937*

Você a quer de volta? Ela o quê? A febre! Quer tê-la de novo? E por que eu quereria? Para faltar à escola, é óbvio! Dodo está muito contente de poder entrar de novo na minha cama. Fala sem parar. Se você quiser tê la de novo tem de aquecer o termômetro, mas não coloca dentro da panela que ele pode estourar, é melhor dar umas batidinhas na parte de cima, não a ponta que a gente enfia, a outra, redonda! Dá umas batidinhas de leve com a unha e o negócio sobe, pode fazer isso debaixo dos lençóis, mesmo que a mamãe esteja vigiando, mas não muito forte, senão o mercúrio se espalha, entende? (Ele silencia e logo recomeça.) Conhece o golpe do mata-borrão? Se enfiar um papel de mata-borrão seco no sapato, entre a planta do pé e um par de meias, você fica com febre logo depois de começar a andar. Que bobagens são essas? Eu juro! Quem contou isso a você? Um amigo.

13 anos, 4 meses e 15 dias *Quinta-feira, 25 de fevereiro de 1937*

Mamãe se pergunta como é que eu consigo gostar da torta de Violette. Ela diz que preferiria morrer de fome a ter de comer

uma colherada daquela "coisa horrrrrrível". Ela exige que eu leve o meu prato para o quarto. Não quero saber dessa coisa abominável na cozinha, ouviu bem? Só o cheiro já me dá ânsia!

Eu gosto de tudo na torta. O cheiro, a cor, o gosto, a consistência. Odor, visão, sabor, toque, um prazer para quatro dos cinco sentidos, nada menos do que isso!

1) Seu cheiro. Framboesa. Vejo-me com Tijo, Robert e Marianne embaixo da parreira. A sombra é quente. Cheira a framboesa. A gente se sente bem.

2) Sua cor. Violeta, quase preta. Quando mergulho a torta no leite, forma-se uma auréola que se desmancha aos poucos, indo do violeta quase preto até um azul bem claro, passando por todos os matizes de vermelhos e roxos. Espetacular!

3) Seu sabor de framboesa. Porém menos azedo do que a framboesa.

4) A consistência. Meio compota, meio geleia. Derrete, mas não desliza. Violette faz a mesma coisa com amoras.

5) Ah! Tinha esquecido, a sua temperatura também. Quando deixo o pratinho passar a noite na minha janela e de manhã misturo a torta ao leite fervido, o contraste quente e frio é maravilhoso.

Do que eu mais gosto, porém, é o fato de ela ser *a torta de Violette*. E tenho certeza de que essa é a razão pela qual mamãe não gosta.

Uma pergunta: nossos sentimentos em relação às pessoas influenciam nossas papilas gustativas?

13 anos, 4 meses e 17 dias *Sábado, 27 de fevereiro de 1937*

Agora há pouco, no banheiro, Dodo estava lavando os olhos por causa do vendedor de areia. Violette tinha dito a ele que o vendedor de areia passa todas as noites, e, de repente, quando ele sentiu umas picadas nos olhos, foi logo lavá-los. Eu lhe expliquei que o que pica os olhos da gente não é o vendedor de areia, mas o *sono*. Que o que a gente chama de vendedor de areia é na verdade

a vontade de dormir. Ele respondeu: Ora, é o vendedor de areia! Dodo ainda vive sob o *império das imagens*. Pois eu escrevo este diário justamente para me libertar dele.

13 anos, 4 meses e 27 dias *Terça-feira, 9 de março de 1937*

Tio Georges respondeu à minha carta. Além de Violette, ele é o único adulto que responde às perguntas que as crianças lhe fazem. Por isso é que Étienne sabe muito mais coisas do que eu.

Meu menino querido,

[...] Você pergunta se eu perdi meus cabelos 'depois de sentir algum pavor ou uma forte emoção'. [...] Meu menino, eu fiquei careca durante a Grande Guerra, e não fui o único. Acordei certa manhã com vários tufos de cabelo no capacete, e assim na manhã seguinte; na outra e na outra. Fiquei careca em algumas semanas. O médico disse que era uma alopecia, que os cabelos nasceriam de novo. Imagine! [...].

Depois você pergunta se, 'como representante do gênero careca', eu sinto 'arrepios na cabeça'. Pois bem, saiba que isso me aconteceu pelo menos uma vez: quando vi Sarah Bernhardt no teatro, logo depois da guerra. Você não pode imaginar o que era a voz de Sarah Bernhardt. [...].

Quanto às perguntas que você me faz sobre 'menstruação e essas coisas', não tenho capacidade de responder. A Mulher, meu menino, é um mistério para o Homem, e o contrário, infelizmente, não é verdadeiro [...].

Juliette e eu lhe mandamos um abraço afetuoso. Transmita nossos votos à Senhora sua mãe e venha a Paris quando quiser para nos mostrar os seus bíceps.

Tio Georges

Sobre as regras, o que ele diz é uma maneira gentil de me explicar que essas perguntas não são para gente da minha idade. Eu já esperava um pouco isso. Nesse intervalo, Violette acabou me explicando o principal. Eu tinha feito a pergunta a ela por causa de uma frase dita por Fermantin sobre a irmã dele: que "tinha as coisas dela" e que era "nojento". O resto eu copio do dicionário.

Menstruação. Dicionário Larousse:

"A menstruação compreende: 1. O período de desenvolvimento que corresponde mais ou menos à puberdade; 2. O período do estado que corresponde à vida genital da mulher; 3. O período de cessação ou menopausa.

"O ciclo menstrual, ou o intervalo entre o começo de dois mênstruos consecutivos, varia, conforme a mulher, de vinte e cinco a trinta dias.

"Os mênstruos quase sempre se interrompem durante a gravidez, e normalmente durante o parto."

13 anos e 5 meses — *Quarta-feira, 10 de março de 1937*

Lembro-me de uma conversa entre tio Georges e papai. Papai já não conseguia se levantar. Não comia quase nada. Tio Georges pedia que ele se animasse. Até o implorava. Tinha os olhos cheios de lágrimas. Impossível, dizia papai, no meu caso, meu velho, fiquei careca *por dentro*! E isso não se recupera, como nessa sua cabeça de ovo! Tio Georges e papai se gostavam muito.

13 anos, 5 meses e 6 dias — *Terça-feira, 16 de março de 1937*

Papai tinha me alertado! Mas uma coisa é saber, outra coisa é quando acontece com você! Acordei e pulei da cama. Meu pijama estava todo molhado; e minhas mãos, meladas! Estava até nos lençóis! Na verdade, estava por todos os lados. Meu coração batia a toda. Ao tirar o pijama foi que me lembrei do que papai tinha

dito. Ejaculação, meu garoto. Se isso acontecer durante a noite, não tenha medo, não é que você esteja começando a fazer xixi de novo na cama, *é o futuro chegando*! Nada de afobação. Melhor acontecer isso agora, e você vai produzir esperma a sua vida inteira. No começo, a gente não controla muito: umas esfregadas, o prazer e, ops!, soltamos tudo! Depois a gente mesmo faz, a gente aprende a se segurar, e no final tiramos o melhor proveito disso.

O pijama tinha colado nas minhas coxas como papel engomado. Dodo entrou no banheiro enquanto eu me lavava. Tive de controlá-lo. Estava todo agitado. Isso não é nada. São espermatozoides, é para fazer os filhos, metade vem dos meninos e metade vem das meninas!

13 anos, 5 meses e 7 dias *Quarta-feira, 17 de março de 1937*

Ao secar na pele, o esperma se enrijece. Parece mica.

13 anos, 5 meses e 8 dias *Quinta-feira, 18 de março de 1937*

Já não me lembro do rosto de papai. Mas da sua voz, sim. Oh! Sim! Lembro-me de *tudo* o que ele me disse. Sua voz era um sopro. Ele sussurrava bem pertinho do meu ouvido. Às vezes me pergunto se é mesmo uma lembrança ou se papai ainda sussurra dentro de mim.

13 anos, 5 meses e 18 dias *Domingo, 28 de março de 1937*

Enfiei de novo a figura do esfolado na lateral do espelho do armário. Já que é para parecer-se com isso, então é com isso que eu vou me parecer.

13 anos, 5 meses e 19 dias *Segunda-feira, 29 de março de 1937*

Pronto. Falei com Fermantin. Pedi que me ensinasse alguns truques para eu ficar musculoso. No começo, não quis dar bola para mim. Ele me qualificou de caso perdido e disse que não se rebaixaria a isso. Mesmo que eu faça as lições de matemática para você? Aí ele parou de rir. O que está acontecendo? Quer ficar bombado para ganhar as meninas? (Imagino que ele estava falando de bíceps, de deltoides e dos músculos elevadores.) Você quer ficar como uma armadura romana? (Provavelmente se referia aos músculos abdominais: o reto, o oblíquo interno e também o serrátil.) Você vai ter de fazer abdominais, então. E bombas a dar com pau! Fermantin tem só dois anos a mais do que eu, mas já é um verdadeiro ginasta. Em geral, nos jogos coletivos como o futebol ou a queimada, o time dele sempre ganha. Ele frequenta vários clubes e disse que quer que eu vá com ele. De jeito nenhum. Primeiro eu preciso sair do meu armário. Nada de esportes coletivos, mas flexões (sim, é isso o que ele chama de bomba) e abdominais. Dá para fazer tudo isso sozinho. Corda também, barra, corrida de resistência, e ele vai me ensinar a andar de bicicleta (Violette me emprestará a dela) e também a nadar. Manès já me mostrou como se faz, mas quando ele me joga no tanque de água, eu só boio, imitando sapos. Pela corrida, pela bicicleta e pela natação, Fermantin quer que eu faça também as redações e as lições de inglês dele. Combinado.

13 anos, 6 meses e 1 dia *Domingo, 11 de abril de 1937*

A flexão (a bomba) consiste em manter o corpo em um ângulo de cerca de quinze graus em relação ao chão, bem reto entre a ponta dos pés e os braços esticados, e depois dobrar os cotovelos até o queixo tocar no chão, depois voltar e fazer isso quantas vezes os seus braços aguentarem. O corpo deve ficar esticado, as costas não podem se curvar e os joelhos não podem tocar o chão no fim da flexão, e o peito deve apenas resvalar nele. Você pode

também pôr os pés sobre a beirada da cama, para fazer os braços trabalharem ainda mais. Essa é a flexão básica. Há muitas outras. Fermantin fez uma demonstração para mim. Na música, isso se chamaria variações sobre o mesmo tema. Bomba com batida: os antebraços impulsionam o corpo para cima a uma altura suficiente para que se possa bater uma das mãos na outra antes que estas se apoiem novamente no chão. (Não tente fazer isso logo no começo, a cabeça chegaria primeiro e você acabaria quebrando os dentes.) Bomba com batida nas costas: mesma operação, mas a impulsão tem de ser ainda mais forte, para dar tempo de bater as mãos *atrás* das costas. (Nem pense... Ou, então, faça em cima de um colchão.) Mais difícil ainda, a bomba pirueta: o corpo dá uma volta sobre si mesmo antes de retornar à posição inicial. A bomba sobre um braço só, depois com o outro, a bomba sobre três dedos (excelente para as falanges dos alpinistas) etc.

*

NOTA PARA LISON

Minha querida Lison,

Os quatro cadernos seguintes (abril 37–verão 38) são típicos daqueles que você pode pular. Neles você só encontrará tabelas sobre a evolução da minha musculatura (bíceps, antebraços, dorso, coxas, panturrilha, cintura abdominal...). Passei todo o começo da adolescência me medindo; com uma fita métrica na mão, eu tinha me tornado ao mesmo tempo o meu etnógrafo e o meu bom selvagem. Hoje vejo graça nisso, mas acho que eu tinha realmente enfiado na cabeça que eu queria parecer o esfolado do Larousse! No Briac, onde Violette me levava para passar as férias depois da minha expulsão dos escoteiros, eu trocava a ginástica pelo trabalho na terra e na floresta. Manès e Marta ficavam espantados de como aquele menino da cidade pegara tanto gosto pela vida na fazenda. Nunca poderiam imaginar que eu escolhia os trabalhos com base em critérios exclusivamente musculares: corte de madeira para os bíceps

e os antebraços, transporte de feno para as coxas, os músculos abdominais e dorsais, a corrida atrás das cabras, e o ímpeto de nadar para a expansão da caixa torácica. Sinto hoje em dia certo remorso por tê-los ludibriado em relação aos meus verdadeiros objetivos, mas Violette, não, ela não era boba, e nada me fazia mais feliz do que compartilhar um segredo com Violette.

Diga-me, Lison, como eu nunca falei a vocês sobre a minha infância, ocorre-me de repente que você não deve estar entendendo muito esse começo desastroso: a morte do pai, uma mãe furibunda, o corpo pequeno abandonado num armário com espelho, e esse menino de treze anos que já escreve com a compulsão de um acadêmico. Chegou a hora de lhe contar algumas coisas.

Como você pode ver, eu nasci de uma agonia. Meu pai era um daqueles incontáveis mortos-vivos que a Grande Guerra devolveu à vida civil. A cabeça saturada de horrores, os pulmões destruídos pelos gases alemães, ele tentava sobreviver, em vão. Seus últimos anos (1919-1933) foram o combate mais heroico de sua vida. Eu nasci dessa tentativa de ressurreição. Minha mãe tentara salvar o marido por meio da minha concepção. Um filho faria muito bem para ele. Filho é vida! Imagino que ele inicialmente não tinha forças nem vontade alguma de assumir esse projeto, mas minha mãe o estimulou o suficiente até que finalmente apareci ao mundo em 10 de outubro de 1923. Mas de nada adiantou: no dia seguinte ao meu nascimento, meu pai voltou a agonizar. Minha mãe nunca nos perdoou por esse fracasso, nem a ele nem a mim. Não sei nada sobre como era a relação entre eles antes do meu nascimento, mas ainda hoje eu escuto as litanias das críticas maternas. Ele "só queria saber dele", "se mexia muito pouco", "não ligava para nada", ficava "sentado no seu canto", deixando-a "completamente sozinha", uma vida em que ela devia "fazer e pensar em tudo". Esses insultos a um moribundo foram a melodia mais comum que ouvi durante toda a minha infância. Meu pai não respondia nada. Certamente por compaixão – era uma mulher infeliz aquela que o injuriava –, mas sobretudo por esgotamento, um desalento, que ela

tomava como uma forma sinuosa de indiferença. Aquela mulher não obtivera daquele homem o que esperava, e, em certos temperamentos inquietos, isso já basta para que vivam sob o reino do rancor, do desprezo e da solidão. E, no entanto, ela ficou ali. Não o abandonou. Ninguém se divorciava naquela época, ou então muito pouco, ou bem menos do que hoje em dia, ou pelo menos não na nossa casa, ou não ela, não sei.

Como meu nascimento não serviu para ressuscitar meu pai, minha mãe me considerou de cara um objeto inútil, um ser que não servia para nada, stricto sensu, *e me largou com ele.*

Ora, eu adorei aquele homem. Obviamente, não sabia que ele estava morrendo. Via a sua languidez como expressão de uma grande doçura e o amava por causa disso, e, como o amava, imitava-o em quase tudo, até chegar a fazer de mim um pequeno moribundo ideal. Como ele, eu me movia pouco, quase não comia, regulava os meus gestos conforme a extrema lentidão dos gestos dele, eu crescia sem me encorpar, em resumo, eu me dedicava a não ganhar corpo. Assim como ele, eu ficava muito tempo calado ou me exprimia com uma ironia suave, deixando espalhar-se sobre todas as coisas olhares prolongados repletos de um amor impotente. Um dos meus testículos recusava-se teimosamente a aparecer, como se eu tivesse tomado a decisão de viver apenas pela metade. Por volta dos meus oito ou nove anos, uma cirurgia o colocou no lugar certo, contra a sua própria vontade, mas durante muito tempo eu me achei meio manco no lado dele.

Minha mãe chamava a mim e a meu pai de seus fantasmas. "Ainda por cima tenho esses dois fantasmas!", escutávamos depois que ela batia a porta. (Ela passava o tempo todo tentando fugir, mas ficava ali; daí essa lembrança das portas batendo.) Passei, então, os meus primeiros dez anos na companhia desse pai evanescente. Ele me olhava como se se desculpasse por ter de partir deste mundo abandonando o filho que lhe tinha sido exigido pelo otimismo da espécie. Mas não podia me deixar, de modo algum, sem munição. Apesar de sua fraqueza, procurou me instruir. E não foi só um pouco, pode acreditar! Os últimos anos de sua vida foram uma disputa invertida entre a extinção da sua consciência e a eclo-

são da minha. Depois que ele morresse, era preciso que seu filho soubesse ler, escrever, declinar, contar, calcular, pensar, memorizar, raciocinar, calar no momento certo, e nem por isso parar de pensar. Esse era o seu projeto. Brincar? Não havia tempo para isso. Além do mais, com que corpo? Eu era uma dessas crianças fracas e perplexas que a gente vê ao lado dos tanques de areia, sabe, petrificadas diante da energia dos seus semelhantes. "Esse aqui", dizia minha mãe apontando para mim, "é a sombra do fantasma!"

Em compensação, que cabeça, filha! E desde muito cedo! Antes mesmo de saber ler, eu já conhecia várias fábulas de cor. Meu pai e eu comentávamos juntos a sua moral, em longos conciliábulos que ele chamava de nossos exercícios de "pequena filosofia". Ele logo passou a associar a isso as máximas dos moralistas, essas aquarelas do pensamento das quais uma criança pode, bem cedo, tirar proveito mesmo que não seja acompanhada até o fim, o que ele no entanto fazia, em comentários sussurrados, pois sua voz se enfraquecia – nos últimos dois anos de vida ele só falava sussurrando –, mas também, acredito, porque ele gostava de me apresentar as verdades atemporais sob a forma de confidências de amigo. De maneira que, muito cedo, eu me enriqueci de um saber universal acalentando-o como a herança de um amor único. Lembra quando na sua infância você e Bruno me gozavam porque me ouviam muitas vezes recitar, como que cantarolando, ao amarrar os sapatos ou lavar a louça, um trechinho de Montaigne, duas ou três linhas de Hobbes, uma fábula de La Fontaine, algum pensamento de Pascal, uma máxima de Sêneca ("O papai fala sozinho, o papai fala sozinho!")? Pois bem, eram bolhas de pequena filosofia que ressurgiam da minha infância.

Aos seis anos, quando chegou a hora de ir para a escola, meu pai queria que eu ficasse só com ele. O inspetor de academia – ele se chamava senhor Jardin –, que minha mãe chamou para que se opusesse a esse projeto, ficou pasmo com o nível, a amplitude e a variedade de nossas conversas sussurradas. E nos deu carta-branca. Assim que meu pai morreu, minha mãe me colocou imediatamente na escola pública, com o certificado de admissão ao sexto ano devidamente emitido. Imagine o tipo de aluno que eu era. Mais

ainda do que a qualidade dos meus conhecimentos ou o fato de que escrevia e falava como se fosse um livro (sussurrando como um conselheiro do príncipe e sublinhando com itálicos irritantes o essencial das minhas palavras), o que os meus professores admiravam, acima de tudo, era a letra impecável de tabelião de que me dotara o rigor paternal. Seja legível, dizia meu pai, não permita que surja nenhuma suspeita de que você usaria uma letra indecifrável para esconder que não domina bem determinado assunto. Quanto à hora do recreio, imagine o que meus colegas teriam feito de mim se o corpo docente não tivesse posto sob sua proteção a miserável cobra-de-vidro que eu era.

A morte de meu pai me deixou duplamente órfão. Não apenas o perdi, mas, junto com ele, foi-se embora também todo e qualquer traço de sua existência. Como ocorre às vezes com as viúvas – tenham elas enlouquecido de dor ou se inebriado de liberdade –, no dia seguinte ao de sua morte, minha mãe já tinha apagado tudo o que pudesse lembrar a existência daquele homem. As roupas foram doadas à paróquia, os objetos pessoais foram para o lixo ou para o salão de vendas. De repente, virei o fantasma dele! Privado da mais mínima lembrança tangível, eu errava pela casa como uma sombra sem corpo. Comia cada vez menos, ficava o tempo todo calado, e desenvolvi um medo pânico de espelhos. Sentia-me tão pouco carnal, que os seus reflexos me pareciam suspeitos. (Esperta, você sempre chamou a atenção para a minha desconfiança em relação aos espelhos e às fotografias, relíquia desse terror infantil, suponho.) A ideia de passar na frente de um espelho, mais ainda de noite do que de dia, me gelava o sangue. Não conseguia tirar da cabeça o fato de que ele continha a minha imagem, mas que ao mesmo tempo eu já não me via ali quando as luzes se apagavam. Em resumo, minha querida, aos dez anos de idade o seu pai pesava bem pouco e não conseguia engordar. Foi então que minha mãe decidiu me dotar de um corpo de uma vez por todas, inscrevendo-me primeiro como lobinho e depois como escoteiro da França. As atividades ao ar livre e o "esprit de corps!" (dizia isso sem nenhuma ironia) fariam muito bem para mim. Fracasso total, como você sabe. Não é o tipo de

ambiente em que se consegue fazer carreira quando já começamos com um testículo só.

Não, a pessoa que realmente me deu um corpo, fazendo de mim até um menino atrevido, usufruindo sem nenhum pudor de minhas aptidões físicas, foi Violette, que na nossa casa fazia a faxina, lavava a louça e cozinhava. Violette, irmã de Manès, tia de Tijo, de Robert e de Marianne. Minha mãe perdia a paciência com as domésticas com uma rapidez inaudita; mal acabavam de ser contratadas, eram mandadas embora e responsabilizadas por todos os males do mundo. Até o dia em que Violette assumiu o posto e se instalou, contra tudo e contra todos, pois adotara secretamente a criança espectral que assombrava aquela casa. Foi sob as suas asas que eu cresci. Uma vez excluída a instituição dos escoteiros da França, concebida apenas para libertar mamãe de minha presença, Violette passou a ser a única instituição capaz de possibilitar que ela se livrasse por um bom tempo de mim, já que me levava para passar as férias escolares – incluindo os longos meses de verão – na fazenda de seu irmão Manès e de sua cunhada, Marta. Violette, o único amor de minha infância, não passava inicialmente de uma solução para facilitar as coisas. Como você vai ver, Violette aparece muito neste diário, inclusive já bem depois de sua morte.

Bem. Fim desta nota biográfica. Você já pode voltar às coisas sérias. Na fazenda, com Manès e Marta. Verão de 1938. Como você verá, minha situação já estava bem melhor.

*

14 anos, 9 meses e 8 dias — *Segunda-feira, 18 de julho de 1938*

Para combater a vertigem, pedi a Manès autorização para colocar a minha cama no celeiro das frutas. (A quatro metros de altura.) Marta concordou. Para subir, tudo bem, a escada é vertical e você olha para cima. Mas descer é outra coisa! No começo, eu me agarrava à escada feito um louco. Cheguei e ficar uns bons cinco minutos parado em um degrau do meio! Robert, que me esperava embaixo, gritava que eu não olhasse para baixo e respi-

rasse fundo. Mantenha os olhos na altura dos degraus! Ou então, solte tudo que você chega mais rápido!

14 anos, 9 meses e 19 dias *Sexta-feira, 29 de julho de 1938*

O salto nos grãos, na casa de Peluchat, é outra coisa! Até a semana passada eu não tinha tido coragem, também por causa da vertigem. Marianne me gozava: Até o Tijo faz isso! Com cinco anos! E Robert: Você não gosta de praia? Robert chama isso de ir à praia por causa do trigo, que é "amarelo como a areia, se é que não é o contrário". A gente se despe antes de subir a escada para não ficar depois nenhum grão na roupa. Como pular no trigo é proibido, ter algum grão na roupa é uma prova acachapante. Se Manès ou Peluchat encontram um único grão na gente, enfiam no nosso rabo! (*dixit* Robert.) A cobertura fica a sete metros de altura; a viga-mestra, a cinco, e os grãos vão até dois. A gente sobe pela escada, anda pela viga e pula. Um salto de três metros no vazio! E, sobretudo, sem gritar! Se nos ouvem e nos flagram pulando pelados no trigo deles, bom, aí então enfiam nos nossos *dois* rabos! (Sempre Robert.) Até a semana passada era impossível andar sobre a viga, ou, muito menos, ficar parado nela. Ali onde Tijo dá cambalhotas antes de mergulhar, eu só conseguia chegar andando de quatro, e pulava de olhos fechados. Na primeira vez, foi Marianne quem me empurrou. O pavor me fez dar um grito. Ficamos escondidos no trigo sem nos mexer durante pelo menos cinco minutos, com Robert segurando e tapando a boca de Tijo, que queria voltar a pular logo. Mas ninguém ouviu o meu grito. Meu castigo foi ter de pular sozinho três vezes em seguida. Sem gritar! E fique de pé na viga! E mantenha os olhos abertos ao pular. Um salto de três metros, o estômago querendo sair pela boca, o som que o corpo faz ao abrir na queda um buraco no trigo, o calor do trigo fresquinho na pele nua, uma carícia tão viva... Maravilhoso! Agora faço isso normalmente. Muitas vezes sozinho com Tijo. No entanto, percebo que ainda sinto vertigem: a gente

pode *controlar* a vertigem, mas ela nunca se deixa *eliminar* completamente.

14 anos, 9 meses e 21 dias *Domingo, 31 de julho de 1938*

Tenho vertigem, mas nem ligo para isso. Significa, então, que podemos impedir que nossas sensações paralisem nossos corpos. Podem ser domesticadas, como animais selvagens. A lembrança do medo até aumenta o prazer! Isso vale também para o meu medo de água. Agora eu mergulho no tanque como se tivesse domado um gato selvagem. Saltar nos grãos, pescar truta com as mãos, alimentar Mastouf sem medo de ser mordido, trazer o caçula de volta do brejo, esses são medos eliminados. *São as suas Pontes de Arcole,** diria papai.

14 anos, 9 meses e 25 dias *Quinta-feira, 4 de agosto de 1938*

O medo não é garantia de nada, ele expõe você a tudo! O que não significa que podemos deixar de ser prudentes. Papai dizia: a prudência é a inteligência da coragem.

14 anos e 10 meses *Quarta-feira, 10 de agosto de 1938*

Duas trutas, a terceira escorregou. No ano passado eu não conseguia nem segurar uma truta viva na mão. Dava-me nojo. Eu a soltava rápido, como se a energia dela me eletrocutasse. Posto isso, enquanto eu consigo uma ou duas, Robert consegue seis ou sete. No dia em que Tijo começar a fazer isso, vai despovoar o rio!

---

* Refere-se a uma das batalhas vencidas por Napoleão Bonaparte, em 1796. [N. do T.]

14 anos, 10 meses e 10 dias *Sábado, 20 de agosto de 1938*

Duas *concepções* da dor:

Durante a ordenha desta manhã, uma vaca derrubou o balde. Robert se ajoelhou para jogar o resto de leite na valeta e se reergueu com o balde na mão *e uma tábua presa ao joelho*. Ele tinha se ajoelhado no prego! Arrancou a tábua da perna sem nenhuma dificuldade e voltou ao trabalho. Quando eu disse que era preciso desinfetar aquilo imediatamente, retrucou: Ora!, vamos primeiro terminar a ordenha. Perguntei se ele sentia alguma dor: um pouco. Às quatro da tarde, ao fatiar o pão para o lanche, cortei um pedaço do meu polegar. O sangue escorreu, senti ânsia, a cabeça girou, arrastei-me pela parede e sentei-me no chão para não desmaiar. Entre mim e Robert a diferença é total. Se alguém perguntasse à mamãe de onde vem essa diferença, ela responderia: "Esse tipo de gente não tem nenhuma imaginação, essa é a questão!" Muitas vezes ela disse isso sobre Violette. (Quando Violette perdeu a filha, por exemplo, e não estava chorando.) Meu desmaio, então, decorreria do meu elevado grau de civilização! Ora bolas! Robert, que tem a mesma idade que eu, convive bem com o seu corpo, é isso. Seu corpo e seu espírito cresceram *juntos*, são bons companheiros. Não precisam conhecer de novo um ao outro a cada surpresa. Quando o corpo de Robert sangra, isso não o surpreende. Se o meu corpo sangra, a surpresa me faz desmaiar. Robert sabe, muito bem, que ele é cheio de sangue! Ele sangra porque vive em um corpo. Como um porco que a gente sangra! Comigo não: *só quando acontece alguma coisa nova comigo é que me dou conta, de novo, de que tenho um corpo!*

14 anos, 10 meses e 13 dias *Terça-feira, 23 de agosto de 1938*

Troquei a escada do celeiro de frutas por uma corda. Principalmente para impedir que Tijo suba ali. Por enquanto, consigo subir sem usar os pés só até a metade.

14 anos, 10 meses e 14 dias *Quarta-feira, 24 de agosto de 1938*

Tijo é o contrário do que eu era quando criança. Puro físico. Nada a ver com esses budinhas gordinhos que são, em geral, os meninos na sua idade. É uma espécie de aranha, todo nervos, músculos e tendões. Totalmente imóvel e de repente veloz. Nenhum gesto lento. Ele é tão ligeiro que não se consegue prevenir nenhuma das catástrofes que a sua energia provoca. Não dou três semanas para que ele já consiga subir sozinho pela corda até o meu celeiro. Na semana passada, enfiou na cabeça a ideia de perseguir um texugo em sua toca. Manès teve de soltá-lo puxando pela pele, como se faz com os cães. O texugo estava bem bravo, *mas não o arranhou*! Nem mordeu. Se fosse um cachorro, Tijo o teria engolido! (Será que os animais selvagens têm noção de infância?) Tijo todo sujo, mas rindo muito. Todo dia tem uma proeza física como essa. À noite, porém, ele me pede que conte histórias como um menino bem-comportado. Fica ouvindo, todo rígido, na cama, os olhos bem abertos sob a cabeleira negra (ontem foi *O pequeno polegar*), seu rosto exprime tudo: fica inquieto, impaciente, escandalizado, compassivo, dá uma gargalhada e, de repente, adormece.

14 anos, 10 meses e 18 dias *Domingo, 28 de agosto de 1938*

Calculei mal meu salto no tanque. Mergulhei reto demais, demorei para jogar a barriga para cima. Resultado: arranhei as palmas das mãos e os joelhos. Não senti muita coisa debaixo da água, mas quando saí foi uma dor do cão! (A palavra certa mesmo seria "pungente".) Quando Violette disse que ia lavar tudo com o calva* de Manès, não pude deixar de perguntar se ia doer. Claro que sim, o que você acha, a cachaça de Manès não é um vinho vagabundo qualquer! Dê-me essa perna aqui. Estiquei a perna me agarrando na cadeira. Está preparado? (Tijo observava

* De Calvados, aguardente de cidra. [N. do T.]

a operação com enorme interesse.) Apertei os dentes e as pálpebras, fiz um sinal positivo, Violette esfregou a ferida, e eu não senti absolutamente nada! *Porque ela começou a gritar no meu lugar.* Um grito de dor de verdade, como se a estivessem esfolando viva! No começo fiquei paralisado, depois eu e Tijo começamos a rir. Em seguida, senti no joelho o frescor do álcool quando evapora. Ele levava junto uma parte da dor. Eu disse a Violette que isso não funcionaria no segundo joelho, pois agora eu conhecia o truque dela. Quer apostar? Dê-me a outra perna. Desta vez ela deu *outro* grito. Um grito de pássaro incrivelmente agudo, que quase me rompeu os tímpanos. Mesmo resultado. Também não senti nada. Isso se chama *anestesia auditiva*, meu meninão. Ao lavar as minhas mãos, ela não gritou, e o seu silêncio me surpreendeu ainda mais do que os gritos. Tudo terminado, antes mesmo que eu pudesse sentir qualquer coisa.

Portanto, se conseguimos fazer com que a mente se distraia da dor, a pessoa ferida não a sente. Violette contou que descobriu o truque ao cuidar de Manès quando ele era pequeno. Manès era medroso? Ela sorriu: mesmo Manès um dia foi menino.

14 anos, 10 meses e 20 dias *Terça-feira, 30 de agosto de 1938*

Quando fui dormir, Tijo estava na minha cama. Então, ele conseguiu escalar a corda! Não tive coragem de tirá-lo dali. Aliás, como é que eu faria? Teria de amarrá-lo e descê-lo *com* a corda! Ele tem um sono de pedra. Quando corre, ele galopa e relincha... Mas, quando dorme, é uma criança. Nem uma bomba conseguiria acordá-lo. Eu sempre tive sono leve. Mesmo quando estou exausto, minha mente continua de vigia. E essa pinça que tantas vezes me dilacera o centro do peito ao despertar! Você é como a sua mãe, diz Françoise: você fabrica angústia. É verdade. Mas bem menos aqui do que em casa.

14 anos, 10 meses e 23 dias *Sexta-feira, 2 de setembro de 1938*

Violette me pegou de surpresa nu na baciazinha que fica para baixo do tanque. Eu estava me lavando depois da colheita de amoras. Minhas mãos e meus braços estavam vermelhos, como os de um assassino. Ela me olhou: vejo que tem mato nascendo em volta da sua fonte! (Ninguém nunca fala dos nossos pelos, mas Violette, sim.) Tem também escondido embaixo dos braços? Ergui os braços para que ela mesma verificasse. Ela já não conhecia o meu corpo. Faz quase três anos que ela já não me lava. As pessoas que mais conhecem você não sabem nada da sua intimidade quando você cresce. Tudo se torna segredo. Depois a gente morre e tudo aparece de novo. Foi Violette quem deu o último banho no papai.

14 anos, 10 meses e 25 dias *Domingo, 4 de setembro de 1938*

Manès me aconselhou a lutar boxe. Você é leve, vai aprender rápido, tem bons músculos, e quando crescer terá um tamanho bom, você precisa fazer boxe. Ele foi campeão durante o serviço militar. O mais interessante nesse esporte é a esquiva. Manès desenhou no chão do celeiro duas marcas de frente uma para a outra. Cada um fica em cima da sua, e eu tenho de tentar tocá-lo com os punhos. Vamos lá, bata em mim, tente me tocar. É o jogo. Eu estou no meu pedaço, ele no dele, ao alcance dos meus punhos, e eu tenho de tocá-lo. Impossível alcançá-lo. No começo eu faço devagar, mas ele repete sem parar, mais rápido! Mais forte! Mais rápido! Bata mais forte! Tente me tocar! De novo! De novo! Totalmente impossível. Ele se esquiva de todos os golpes. Ou recua e meu punho atinge o máximo sem tocá-lo (o que me faz doer o cotovelo), ou ele se abaixa e eu passo por cima (o que me desequilibra), ou ele desloca a cintura e eu soco o ar do lado dele (o que me obriga a sair do meu espaço). Às vezes, ele se esquiva apenas virando o rosto para um lado ou para o outro. Erro de novo. Chego a roçar, mas não toco. E isso tudo com ele mantendo as mãos cruzadas atrás da cintura e os pés sobre a sua

marca no chão. Meus punhos só encontram o vazio. Se eu finjo que vou bater de um lado para bater no outro, ele se esquiva sorrindo: Vamos lá, espertinho! É incrivelmente cansativo lutar com um fantasma! Você sufoca, doem os ombros, os cotovelos e os tendões, você se irrita e fica exausto. É o momento que o adversário escolhe para contra-atacar. Com duas ou três patadas de gato, Manès me toca o fígado, o queixo e o nariz. Ele tem uma leveza e uma rapidez inimagináveis. E Violette ainda diz que ele está duas vezes mais gordo do que em 1923, ano do seu serviço militar e do meu nascimento.

14 anos, 10 meses e 27 dias *Terça-feira, 6 de setembro de 1938*

A quem eu poderia contar que um menino de cinco anos consegue subir por uma corda de quatro metros? Ninguém acreditaria em mim. E, no entanto, é o que Tijo faz agora todas as noites. Ao mesmo tempo, ele se comporta muito bem, e dorme rapidamente assim que a história termina. Ao acordar, ele bate comigo no saco de farelo que Manès pendurou na viga. Manès desenhou no saco seu próprio rosto com carvão: apague-me. É a ordem. Tenho de apagar o desenho com os treinos. Muito parecido com ele, esse autorretrato! Bastam a cabeleira, as sobrancelhas e o bigode: é a cara de Manès.

14 anos, 10 meses e 28 dias *Quarta-feira, 7 de setembro de 1938*

Violette morreu, Violette mor-

reu, Violette morreu. Acabou.

*

NOTA PARA LISON

Minha querida Lison,

Pode pular também o caderno seguinte. Nele você só vai encontrar essa frase, repetida infinitamente. Com efeito, Violette tinha morrido. E, para aquele menino que eu era, ela não podia morrer. Ela vivia sob a minha proteção, entende? Toda a força que eu havia extraído das velhas forças dela tinha feito de mim o seu protetor natural. Nada podia lhe acontecer enquanto eu estivesse por perto. E, no entanto, ela morreu. Ela morreu, e eu estava lá. Só havia eu. Eu fui a única testemunha de sua morte. Morreu numa tarde em que eu tinha pegado cinco trutas subindo contra o fluxo do rio, enquanto ela me aguardava sentada no seu banquinho dobrável de pano vermelho (ela me ensinara a pescar trutas com a mão, aperte-as bem contra a pedra e não tenha medo das cobras, que os animais pequenos não comem os grandes), cinco trutas que eu tinha jogado vivas na cesta dela naquela tarde (ela é que as matava, com um golpe seco na pedra). Foi na sexta truta. Encontrei-a caída do banquinho dobrável, sufocando, buscando ar como o peixe que eu acabava de largar no chão para correr na direção dela, e eu gritei o nome dela, e bati nas suas costas, achando que ela havia engasgado com alguma coisa, e abri o seu corpete, e mergulhei minha camisa no rio para lhe fazer uma compressa de água fresca, e durante todo esse tempo ela se debatia em busca de ar, tentava agarrar o ar que a sufocava, o ar que deveria salvá-la, mas que agora a sufocava, seus olhos pasmos diante dessa traição da vida, suas mãos agarradas aos meus braços como as mãos de uma afogada na última braçada, sem conseguir falar comigo, nem mesmo que estava morrendo, apenas os seus dedos gelados, aqueles gritos engolidos, aquele terrível rasgo na traqueia, aquela morte rouca, gradualmente azulada, pois ela estava morrendo, nós dois, eu e ela, sabíamos disso. Não quero que você morra, Violette! Era isso o que eu gritava; não por socorro; não por ajuda; Violette, não quero que você morra! Repetindo isso até aquele instante em que já não pude me ver nos olhos dela, quando seus olhos tão próximos deixaram de ver qualquer coisa, aquele instante em que ela caiu nos meus braços com todo o seu peso de mulher morta. Então, não nos movemos mais. Seu corpo

se esvaziou de todo o ar que o sufocara, e eu deixei o dia avançar. Quando Robert e Marianne nos encontraram, a truta ainda estava viva.

Depois de ser levado para casa por mamãe, eu me fechei no quarto e comecei a encher um caderno inteiro apenas com aquela frase: "Violette morreu", repetida infinitamente. É o caderno que você tem agora sob os seus olhos, o oitavo do meu diário, e uma vez preenchido esse caderno, eu completaria outros, era o meu plano, todos os cadernos seguintes, com essa única frase, Violette morreu, caderno após caderno, escrevendo sem respirar até a extinção das minhas próprias forças. A julgar pelo capricho na letra, foi uma decisão tomada com calma, Violette morreu, já com a letra que tenho hoje, totalmente controlada, as hastes, os cheios, os delgados, um rigoroso uivo, no estilo Terceira República, páginas repletas de uma letra bem-comportada a serviço de uma dor atroz. Eu gritei Violette morreu até que o esgotamento levou a caneta a cair de minha mão. Não foi por cansaço de escrever, foi por estar de barriga vazia. Pois eu tinha entrado em greve de fome. Mamãe não fora ao enterro de Violette, mamãe falava de Violette morta do mesmo modo como falava dela viva, mamãe, eu achava, estava sujando a memória de Violette – não sujo a memória de ninguém, apenas digo o que penso! –, e então comecei uma greve de fome para não viver mais com mamãe. Eu ignorava então que minha mãe não pensava, que ela fazia parte da horda inumerável dessas pessoas que, "em sua alma e consciência", chamam de "opinião", "convicção", "certeza" e mesmo "sentimento" e mesmo "pensamento" as sensações vagas e, no entanto, tirânicas que municiam os seus julgamentos. Violette era sinuosa, Violette era vulgar, Violette não sabia se pôr no seu lugar, Violette provavelmente roubava, Violette era negligente, bêbada, intempestiva, Violette fedia, Violette só podia mesmo terminar assim, e eu não queria mais viver com mamãe. Pensionato ou morte – esse foi o meu slogan. E a greve de fome, meu instrumento de pressão.

*

14 anos, 11 meses e 3 dias *Terça-feira, 13 de setembro de 1938*

Greve de fome, você? Amanhã conversamos sobre isso! Ela está enganada. Eu vou segurar firme. Não é tão terrível assim, aliás. Não estou trapaceando. Não como escondido. Quando sinto muita fome, tomo um copo d'água, como se pode fazer antes da comunhão. Em todas as refeições ela me serve de volta o mesmo prato, como faz com Dodo quando ele não gosta do que ela prepara. Imagina que vamos desperdiçar comida! Ela realmente não entende nada. Interessante, alguém que acha que sabe tudo e que, no entanto, entende tão pouco as pessoas. Mas eu não vou me importar com ela. Nunca mais a chamarei de mamãe.

14 anos, 11 meses e 4 dias *Quarta-feira, 14 de setembro de 1938*

Fui ao banheiro pela última vez. Agora estou realmente vazio. Meu estômago (ou serão os intestinos?) ronca, porque o aparelho digestivo trabalha inutilmente. Quando temos realmente fome, dormimos em posição fetal. A gente se fecha sobre o estômago. Como se o comprimíssemos para esquecer esse vazio. Durante o dia, só pensamos em comer. A saliva fica adocicada. Pode-se comer qualquer coisa, eu acho. Dodo quer que eu o leve junto comigo para o pensionato. Diz que não vai ficar sozinho aqui.

14 anos, 11 meses e 5 dias *Quinta-feira, 15 de setembro de 1938*

Ontem à noite eu mastiguei o lençol. Não foi trapaça, foi apenas para colocar alguma coisa dentro da boca. Acho que o mastiguei de novo também enquanto dormia. Dodo aproveitou para me fazer uma ameaça. Ele me fez jurar que o levarei comigo. Ele disse: se você não me levar junto, eu trago aqui tudo o que há de melhor para comer e como tudo na sua frente. Rimos.

14 anos, 11 meses e 6 dias *Sexta-feira, 16 de setembro de 1938*

Hoje de manhã ela quis me dar um beijo. Saltei da cama. Não quero que ela me toque. Mas minha cabeça girou e eu caí no chão. Ela tentou me reerguer, mas eu rolei para baixo da cama para que não pudesse me alcançar. Ela disse que não é no pensionato e sim no manicômio que ela vai me colocar. E ainda acrescentou que é tudo representação, você come escondido, eu vi! Ela repete isso o tempo todo, para se tranquilizar. Foi Dodo quem me contou.

14 anos, 11 meses e 7 dias *Sábado, 17 de setembro de 1938*

Alimento é energia. Já não tenho energia. Quer dizer, já não tenho energia para o meu corpo. Mas, para aquilo que eu quero, está bem, nada mudou. Não voltarei a comer e não voltarei a falar com ela enquanto ela não disser sim para o pensionato. Pode ser qualquer pensionato, eu não ligo.

Não devo ficar deitado. Não devo dormir. Preciso sair. Preciso andar. Quanto menos comemos, mais nos sentimos pesados e mais longas parecem as distâncias. Na rua, avanço conforme os postes de luz, um a um. Quando atinjo um, paro para respirar, olho bem para o seguinte e avanço. Preciso fazer pelo menos dez postes por caminhada. Dez na ida e dez na volta. Talvez seja assim que caminharei quando for velho. Contando postes.

14 anos, 11 meses e 8 dias *Domingo, 18 de setembro de 1938*

Ela contratou uma cozinheira nova: Rolande. Como já não entra no meu quarto, ela então envia Rolande para trazer meu almoço. E manda que prepare os meus pratos favoritos. Hoje cedo foi massa com tomate e basílico (o molho de conservas de Violette!); à noite, batata gratinada com leite coalhado e compota. Não toquei em nada. Inclinei a cabeça na direção dos pratos e respirei fundo, com um guardanapo na cabeça, como se fosse uma inala-

ção. O cheiro do tomate com o basílico invade a gente de verdade. Ele se espalha por todo o vazio que a fome cavou dentro de você. O cheiro da noz-moscada também. Você não fica alimentado, mas se sente preenchido. Rolande levou de volta os pratos cheinhos. Deve estar achando que caiu numa casa de loucos. Dodo diz que eu sou realmente danado.

Em agosto eu tinha ajudado Violette a preparar os tomates ao basílico. Não se devem guardar as conservas por muito tempo, meu meninão, um mês e meio, dois meses, não mais do que isso, senão o basílico se mistura ao óleo e deixa um gosto ruim. (É bem verdade que já dava para sentir certa falta de ar na voz dela.) Eu chorei.

14 anos, 11 meses e 9 dias   Segunda-feira, 19 de setembro de 1938

Está ficando difícil fazer as trações. Já não tenho força nos braços. Não faço mais do que dez. Antes da minha greve, eu já nem contava. Para mim, emagrecer tanto faz, mas eu não queria perder os músculos. Mas também não tenho muita gordura para perder. Apesar da camiseta, da camisa de veludo, do pulôver grosso e da capa de papai, sinto frio. É a fome o que provoca isso. A gordura se esvai, e você sente frio. Violette não gostaria de me ver chorando tanto. Pare de se esvaziar assim, meu meninão, você vai ficar magro para sempre! Muito tempo atrás, para me consolar da morte de papai, ela me levou a um parque de diversões, e eu ganhei doze quilos de açúcar no arco e flecha. O homem da barraca ficou furioso. É um atirador de elite esse garoto, ele vai nos arruinar, e por isso chega! Eu só tinha dez anos e meio! Tínhamos ido de carro, e então dei um dos pacotes de presente ao motorista. Violette, Violette, Violette... Repeti Violette, Violette, Violette, Violette, Violette, sem parar, pondo para fora todas as minhas lágrimas. Violette, Violette, Violette, Violette, até o som do seu nome perder todo sentido.

14 anos, 11 meses e 10 dias Terça-feira, 20 de setembro de 1938

Hoje cedo joguei o café da manhã pela janela. A tentação era forte demais. Rolande não me trouxe mais nada, nem na hora do almoço nem à noite. Ao olhar minhas costelas no espelho do armário, lembrei-me de papai. Papai também devia contar postes. No fim, ele já não saía. Já não consigo ver muito bem o seu rosto, mas ainda sinto a sua mão na minha cabeça. Ela ficava enorme na extremidade do seu braço tão magro. E muito pesada. Ele fazia um esforço terrível para erguê-la. Na maior parte das vezes, ele a colocava sobre a minha mão, e eu é que a levava até a minha cabeça. Mas eu precisava segurá-la, para que ela não caísse de novo. Ou então eu apoiava a cabeça sobre os joelhos dele; assim era mais fácil para ele. Ele nunca sentia fome. Ficava sentado muito tempo, mesmo depois da refeição, quando a mesa já havia sido tirada. Acho que não tinha forças para se levantar. E nenhuma vontade de falar. Um dia uma mosca pousou no seu nariz. Ele não fez nada para afastá-la. Todos na mesa ficaram olhando para aquela mosca. Ele disse: acho que ela pensa que já sou um cadáver.

14 anos, 11 meses e 11 dias Quarta-feira, 21 de setembro de 1938

Quando a gente não come, não tem vontade de falar. Mesmo que quisesse, eu teria dificuldade para falar. Ficar quieto não me custa nada. Assim eu descanso. Faço alguns pequenos sinais com a ponta dos dedos para Dodo, e isso basta para ele, que entende. Ficar calado muito tempo é como lavar-se por dentro. Além disso, já não tenho saliva. Minha boca está seca, agora. Fico muito tempo na cama.

14 anos, 11 meses e 13 dias Sexta-feira, 23 de setembro de 1938

Caí na escada quando ia ao banheiro. Ela não estava aqui. Meu braço está roxo, a coxa e o peito também. Sinto dores por todos os

lados, principalmente quando respiro. Só consigo pegar um pouquinho de ar de cada vez. Respirar me rasga os pulmões, como a uma embalagem. Rolande me trouxe para a cama. As marcas a deixaram com medo. Principalmente o galo atrás da cabeça. Não é possível, meu Deus! Ela repetia isso sem parar: Não é possível, meu Deus! Chamou o doutor. Não quebrei nada, mas talvez tenha fissurado uma costela. Quando o doutor saiu do meu quarto, ouvi gritos. Ele gritava que era "inadmissível". Rolande respondia que, afinal de contas, não era culpa dela. Ela repetia: "Afinal de contas!" Onde está a sua patroa? E eu lá sei! Adormeci. Foi tio Georges quem me acordou. Ele não voltou a Paris depois das férias. Vai ficar até o fim de setembro na casa de Joseph e Jeannette. Caça borboletas com Étienne. Com ele eu falei. Contei do pensionato. Ele achou uma boa ideia. Você vai fazer muitos amigos por lá. Rolande veio avisá-lo que a Senhora tinha chegado. Eles se fecharam na sala, mas discutiam tão alto que ouvi algumas palavras, até algumas frases. Voz do tio Georges: Completamente louca! Voz dela: É *meu* filho! Voz do tio Georges: É o filho de Jacques! Voz dela: Jacques não era um pai! Voz dele, com muita raiva: É meu sobrinho, e pode acreditar que eu serei um tio! Voz dela, cada vez mais aguda: Quem é você para me dar aulas de boa educação? Na minha casa! Na minha própria casa! A porta da sala bateu, e depois a porta do quarto dela. Houve um longo silêncio, e eu adormeci. Foi de novo tio Georges quem me acordou. Ele me disse: Eu vou cuidar do pensionato, você vai para o mesmo de Étienne. E agora o que você quer comer? De que você mais gostaria? Respondi: Uma tigela de leite frio com torta. Ao trazer a bandeja, ele me disse para nunca mais fazer isso de novo: Não se brinca com a saúde desse jeito. O seu corpo não é um brinquedo! Coma isso e vá se vestir, vou levar você para a casa de Joseph e Jeannette.

3

15-19 ANOS

(1939-1943)

De agora em diante, quando um adulto pedir que eu cuide de mim mesmo, poderei prometer fazê-lo sem o risco de estar mentindo.

15 anos, 8 meses e 4 dias *Quarta-feira, 14 de junho de 1939*

Acho que fizemos uma besteira homérica no dormitório. Por culpa minha. Uma experiência. Eu queria conferir o papel que cada um dos cinco sentidos desempenha na fase do despertar; era científico. Quando acordamos, é sempre ao sinal de algum dos sentidos. A audição, por exemplo: uma porta que bate me acorda. A visão: abro os olhos no exato instante em que o senhor Damas acende a luz do dormitório. O tato: mamãe sempre me acordava chacoalhando o meu corpo; o que aliás era inútil, pois assim que ela me roçava eu já dava um sobressalto. O olfato: Étienne diz que só o cheiro do chocolate e do pão torrado já basta para tirá-lo do sono na casa do tio Georges. Faltava testar o paladar: o estímulo do paladar pode fazer alguém despertar? Foi assim que começou a nossa experiência. Étienne colocou um pouco de sal na minha boca, e isso me fez acordar. No dia seguinte, enfiei um pouco de pimenta bem moída entre os lábios dele, mesmo resultado. Perguntei-me então o quc aconteceria se estimulássemos os cinco sentidos ao mesmo tempo: audição, tato, visão, olfato e paladar. Que tipo de despertar isso ocasionaria? Étienne batizou nossa experiência de despertar total. Ele queria de qualquer forma ser o primeiro a "tentar a expedição". Como eu também queria, jogamos cara ou coroa, e eu ganhei. Tratava-se, então, de me acordar fazendo cinco coisas ao mesmo tempo: chamar-me, chacoalhar-me, direcionar luz para o meu rosto, colocar sal na minha boca e fazer-me respirar alguma coisa bem forte. Para o olfato, Étienne desceu até a despensa para pegar um pouco do amoníaco que eles usam para limpar o ladrilho dos banheiros. Fizemos a experiência esta manhã, quinze minutos antes

da hora regulamentar em que todos acordam. Os cinco sentidos, portanto, ao mesmo tempo. Malemain me chacoalhou, Rouard enfiou uma colher de vinagre na minha boca, Pommier acendeu uma lanterna elétrica no meu rosto, Zafran encostou sob o meu nariz um chumaço de algodão embebido em amoníaco, enquanto Étienne gritou meu nome ao meu ouvido. Parece que dei um grito terrível e que fiquei paralisado, os olhos arregalados, tenso como um arco, sem conseguir dizer uma única palavra. Étienne tentou me acalmar enquanto os demais voltavam para suas camas. Quando o senhor Damas chegou, eu continuava no mesmo estado. Meu mal-estar durou mais de meia hora. Chamou-se um médico. O doutor afirmou que eu estava em "estado de catalepsia" e mandou me levarem à enfermaria. Ele aventou a hipótese de que eu talvez fosse epiléptico e recomendou que ficasse em observação. Depois da partida do médico, o senhor Damas relatou o caso ao senhor Vlache, que convocou Étienne à sua sala para perguntar o que tinha acontecido *realmente*. Étienne jurou por todos os deuses que não sabia de nada, que escutara meu grito, como se eu despertasse de um pesadelo, e que tinha tentado, em vão, fazer com que eu voltasse a mim. Vlache o liberou, mas sem parecer que tivesse acreditado nele. Quanto a mim, não me lembro de nada. Muito surpreso por despertar na enfermaria, razoavelmente entorpecido. A sensação de que um rolo compressor passara por cima de mim.

Conclusão: estimulando-se ao mesmo tempo os cinco sentidos de uma pessoa, podemos matá-la.

16 anos *Terça-feira, 10 de outubro de 1939*

Cabelos oleosos. Caspa (bastante visível quando uso paletó escuro). Duas espinhas vermelhas no rosto (uma na testa e outra na face direita). Três cravos no nariz. Mamilos inchados, principalmente o da direita, e doloridos quando aperto. Uma dor aguda, como se enfiasse uma agulha. E nas meninas, o que acontece? Ganhei dez quilos e cresci doze centímetros em um ano. (E aumen-

tou o meu alcance no boxe, Manès tinha razão.) Os joelhos doem, mesmo durante a noite. Dores do crescimento. Violette dizia que, depois que isso acabar, eu começarei a encolher. Minha imagem no grande espelho do vestiário. *Não me reconheço nela!* Ou, mais exatamente, tenho a sensação de que eu cresci ali sem mim. Meu corpo, assim, virou um objeto de curiosidade. Que surpresa terei amanhã? Nunca sabemos em que o corpo vai nos surpreender.

16 anos, 4 meses e 27 dias — *Sexta-feira, 8 de março de 1940*

Étienne diz que o padre Delaroué se acaricia enquanto vigia a gente estudando. O que fazemos debaixo dos nossos lençóis ele faria na sua mesa. Isso não me parece normal nem anormal; apenas *deslocado*, embora sem dúvida de forma muito frequente. A ideia de bater uma em público não me ocorreria, mas é possível imaginar que certo coeficiente de risco acrescente mais intensidade ao prazer. Étienne afirma que o padre Delaroué tira alguma coisa da sua pasta, talvez uma foto, certamente não uma revista, pois é bem menor do que *Paris-Plaisirs*,* que fica olhando essa coisa e se acaricia devagarinho. Talvez seja verdade, mas é impossível verificar, pois o padre Delaroué sempre coloca a pasta em cima da mesa, o que cria uma parede entre ele e nós. Étienne insiste: Juro a você, é com a mão direita, veja só! Quer dizer que ele é destro. É quase impossível bater uma seriamente com a mão esquerda quando se é destro. Palavra de especialista.

16 anos e 5 meses — *Domingo, 10 de março de 1940*

Rouard me aplicou um nocaute de pé no canto do ringue. Como eu não tinha baixado a guarda e me sustentava nas cordas, ele não se deu conta imediatamente do meu estado e continuou a bater até que eu caísse em definitivo. Foi o meu primeiro nocaute.

---

* *Paris-Prazeres*. [N. do T.]

(E o último, espero.) Experiência interessante. Primeiro porque pude admirar a esquiva de Rouard: flexibilidade dos joelhos, do tórax e do pescoço; ele furou minha guarda e recuou como uma mola. Eu ainda estava desequilibrado, admirando a rapidez dele e constatando que eu estava perdido, quando o seu punho me pegou no queixo. Ouvi uma espécie de "floc", como se o meu cérebro tivesse se transformado em líquido. Enquanto ele batia, eu continuava a ouvir o que diziam à nossa volta, mas sem compreender nada. Ele me *desligou*, pensei. Pois mesmo nesse estado de semi-inconsciência eu pensava, chegava até a raciocinar, em um tempo estagnado, eu me dizia: um belo contra-ataque de encontro, bem violento! Obrigatoriamente, em um contra-ataque de encontro, o choque é produzido pelo impulso e pelo peso dos *dois* corpos! E depois: Isso vai ensinar você a não se achar o mais rápido do mundo. E depois, ainda: Quando se quer ser o mais rápido, *é preciso* ser o mais rápido. Ao cair, senti que ia desmaiar. O coma propriamente dito não durou mais do que sete ou oito segundos.

16 anos, 5 meses e 1 dia — *Segunda-feira, 11 de março de 1940*

Efeitos colaterais do nocaute. Pressão interna nos olhos, esta manhã. Como se tentassem empurrá-los para fora das órbitas. Passou ao longo do dia.

16 anos, 6 meses e 6 dias — *Terça-feira, 16 de abril de 1940*

Na cantina, esta noite, ovo duro com *bouse* de espinafre.* Malemain nos fez notar que tinham aparado o gramado hoje. O que é verdade. Ele acha que é sempre assim. Embora eu não acredite nisso – que eles nos façam pastar a sua grama –, a observação de

* Trata-se do prato *bouse d'épinards*. Mas *bouse* quer dizer, originalmente, "esterco". [N. do T.]

Malemain influencia a minha percepção gustativa, a ponto de eu atribuir a esse purê de espinafre cozido um sabor totalmente verde. O sabor desse cheiro verde que flutua no ar sobre os gramados recentemente aparados. Uma quintessência vegetal. Tenho certeza de que esse será o sabor que o espinafre terá para mim a vida inteira. Um sabor Malemain.

16 anos, 6 meses e 9 dias — *Sexta-feira, 19 de abril de 1940*

O padre Delaroué se acaricia, sim, durante a aula. Pelo menos ele tinha na pasta o material necessário: cartões-postais de mulheres peladas. Agora já não tem. Enquanto eu o atraía para a lavanderia para lhe mostrar um vazamento de água (provocado por mim), Étienne retirou-as dali. É um roubo do qual o coitado obviamente não pode dar queixa, donde a expressão totalmente perdida do rosto dele, numa mistura de furor, vergonha e desconfiança. Étienne e eu decidimos usar as mulheres a nosso favor. São cento e vinte e cinco! Como sabemos que a qualquer momento poderá haver uma inspeção nos dormitórios sob algum pretexto qualquer, nós as escondemos na capela, onde ninguém vai procurá-las. De vez em quando escolhemos uma, como objeto único do nosso amor. Cada um tem a sua. E as amamos. Até que venha a seguinte.

Será que as meninas fazem isso também com imagens de homens? Será que os corpos artisticamente desnudados de Cristo ou de São Sebastião no suplício provocam nelas esse tipo de êxtase?

16 anos, 6 meses e 15 dias — *Quinta-feira, 25 de abril de 1940*

A questão dos seios. (Das mulheres.) Acredito que não exista objeto de adoração mais arrebatador, mais emocionante e mais complexo do que o seio feminino. Mamãe costumava me dizer: Você causou um abscesso no meu seio. Ela se referia à época em que me amamentava. Foi um período muito curto de sua vida,

mas ela me falava dele como se ainda sofresse as consequências muitos anos depois. No começo – eu era bem pequeno –, eu me perguntava o que era um abscesso. Uma vez informado pelo dicionário (*acúmulo de pus em um tecido ou órgão*), passei a tentar imaginar como seria um abscesso no seio. Mesmo não conseguindo isso – visualizar uma teta purulenta era algo que estava acima das minhas forças –, senti sincera consternação. Não fiquei triste por causa da mamãe, mas sim por causa dos seios das mulheres de maneira geral. Essa parte tão tocante de seu corpo devia então ser bem frágil para que a boca desdentada de um bebê pudesse transformar um mamilo em um abscesso purulento! No entanto, quando Marianne me mostrou e me deixou tocar os dela, não me pareceram tão frágeis assim. Ao contrário, eram pequenos e duros; as aréolas bem largas, de uma coloração rosa pálida, formavam como um solidéu de bispo. O mamilo reluzia como um botão de madrepérola. É bem verdade que Marianne tinha então apenas catorze anos. Seus seios deviam estar se formando. A julgar pelos cartões-postais do nosso harém divino, os seios mudam bastante com a idade. Eles aumentam e amolecem. Proporcionalmente, a aréola parece encolher, o mamilo fica mais pronunciado e menos brilhante, mais carnudo. Étienne me emprestou a sua lupa de caçador de borboletas para eu poder ver mais de perto. Eles amolecem também e adquirem vários formatos. Mas a pele parece que continua a ser muito delicada, sobretudo a pele inferior, onde o seio se liga ao tórax. Acho inacreditável que uma parte tão bonita do corpo feminino possa ser *funcional*. Que tais maravilhas sirvam para empanturrar bebezões que a elas se agarram gulosos e babam tudo ao redor, isso é um sacrilégio! Em resumo, eu adoro os seios das mulheres. Pelo menos os das nossas cento e vinte e cinco amigas, ou seja, *todos* os seios de *todas* as mulheres, quaisquer que sejam seu tamanho, seu formato, seu peso, sua densidade, sua coloração. Sinto que as palmas das minhas mãos foram feitas para acolher os seios das mulheres, que minha pele, ali, é macia para receber a maciez da pele delas. Não falta muito tempo para eu experimentar isso de uma vez por todas!

16 anos, 6 meses e 17 dias *Sábado, 27 de abril de 1940*

Montaigne, Livro III, capítulo 5:

*"O que terá feito aos homens o ato genital, tão natural, tão necessário e tão justo, para que não se ouse falar dele sem vergonha e para ser excluído das conversas sérias e convencionais? Pronunciamos corajosamente: matar, roubar, trair, e aquilo só o ousaríamos entre os dentes? Isso quererá dizer que, quanto menos o expressarmos em palavras, mais teremos direito de engrandecê-lo em pensamento?"**

16 anos, 6 meses e 18 dias *Domingo, 28 de abril de 1940*

O mais extraordinário quando eu gozo é o momento que chamo de a passagem do equilibrista: o instante imediatamente anterior ao gozo, quando estou quase lá, mas ainda não cheguei ao ponto. O esperma está ali, prestes a jorrar, mas eu o retenho com todas as minhas forças. O anel da glande está tão vermelho, a glande tão inchada, tão prestes a explodir, que largo o meu sexo. Retenho o esperma com todas as minhas forças, olhando o sexo vibrar. Aperto os punhos com tanta força, minhas pálpebras e os maxilares, que meu corpo vibra tanto quanto ele. Esse é o momento que chamo de passagem do equilibrista. Meus olhos giram por trás das pálpebras, a respiração se faz em pequenos golpes, busco o máximo de imagens excitantes – os seios, as bundas, as coxas, a pele sedosa das nossas amigas – e o esperma fica parado nessa coluna, em fusão, ali, bem à borda da cratera. Sim, como um vulcão à beira da erupção. Não se deve deixar que essa lava desça de volta. Se alguma coisa nos surpreende, por exemplo, se o senhor Damas abre de repente a porta do dormitório, isso realmente desce de volta. Mas isso não deve acon-

* Extraído da tradução de *Os Ensaios* de Montaigne da edição Penguin-Companhia das Letras, 2010. [N. do T.]

tecer. Tenho quase certeza de que faz muito mal à saúde deixar o nosso esperma dar meia-volta. Quando sinto que ele começa a descer de volta, então meu polegar e meu indicador formam um círculo em torno do anel e eu fico brincando de mantê-lo bem na beirada, todo borbulhante (lava, sim, ou seiva, de tanto que o pau parece um tronco tenso e nodoso nesse momento!). Deve-se ser muito prudente, muito preciso, uma questão de milímetros, talvez até menos. Meu pau fica tão sensível, ele inteirinho, que um leve sopro de alguém ou um simples roçar no lençol poderia fazer a glande explodir. Consigo conter a erupção mais uma ou duas vezes, e uma é mais deliciosa do que a outra. Mas a maior das delícias é esse instante em que finalmente perco o controle, e o esperma encobre tudo e escorre pegando fogo pelas costas da mão. Ah! Que derrota maravilhosa! Isso também é difícil de descrever, tudo isso que passa de dentro para fora e ao mesmo tempo todo esse prazer que engole você... Essa erupção que é um engolimento! É a queda do equilibrista na cratera em fusão! Ah! esse deslumbramento em meio às trevas! Étienne diz que é uma "apoteose".

16 anos, 6 meses e 20 dias *Terça-feira, 30 de abril de 1940*

O opróbrio lançado sobre essa apoteose da sensação fica explícito na feiura das palavras usadas quando se fala a respeito dela. "Bater uma punheta" é quase quebrar o pulso, "descascar a banana" é coisa de comida, "acariciar-se" é o que um cachorrinho faz na vovozinha, "masturbar-se" é nojento (há alguma coisa de esponjoso nesse verbo, mesmo em latim), "tocar-se" não significa nada. "Você se tocou?", pergunta o confessor. Claro que sim! Como posso me lavar, por exemplo, sem me tocar? Eu, Étienne e os demais discutimos muito sobre isso. E acho que encontrei a expressão certa: *cuidar de si próprio*. De agora em diante, quando um adulto pedir que eu cuide de mim mesmo, poderei prometer fazê-lo sem o risco de estar mentindo.

Um Jogo do Ganso!* Bela ideia! Eis a decisão que tomamos em relação às nossas cento e vinte e cinco amigas. Utilizar as mais bonitas para ilustrar um Jogo do Ganso erótico. Mais precisamente, O *jogo da desvirginização.* Esse vai ser o nome. Depois do percurso de sessenta e três casas, quem ganhar tem direito a perder a virgindade. *Você ganhou. Avance para perto dela.* Um jogo por dinheiro. O valor das multas vai para um pote. Formaremos um clube com oito jogadores, para que esse fundo cresça mais rápido. Malemain, Zafran e Rouard vão participar; ficaram entusiasmados com a ideia. A rodada final será depois da prova oral do exame de fim de ano, perto das férias. O vencedor vai embolsar a totalidade do pote com a obrigação de utilizá-la unicamente para se desvirginar. Acordo por escrito. Que assim seja. A imagem inspiradora do jogo será a Mona Lisa, com seu sorriso enigmático, que se presta a todas as interpretações.

O JOGO DA DESVIRGINIZAÇÃO

Regra do jogo

O jogo se joga com dois dados.
Para começar, é preciso que as bolsas de todos estejam cheias e que se jogue duas vezes.

<u>Se você chegar a:</u>

2 *Espere crescer mais. Aguarde 3 voltas.*

4 *Ao mexer na sua roupa de baixo, sua mãe ficou chocada diante de algumas manchas suspeitas. Ela o leva ao médico, que coloca em você um aparelho contra as poluções noturnas. Vá para a casa 3 e aguarde 2 voltas.*

* Jogo de tabuleiro tradicional, que utiliza a figura de um ganso como personagem, e com 63 casas. [N. do T.]

6 *O senhor Damas o pegou em flagrante delito de prazer solitário. Ele vai mandar aplicar duchas frias em você. Vá para a casa 5 e aguarde 2 voltas.*

8 *Você cometeu em pensamento o pecado da luxúria. Vá se confessar na casa 7 e aguarde 1 volta.*

10 *Seus devaneios o excitaram. Vá se lavar discretamente na casa 9.*

12 *Depois de topar por acaso com a sua roupa de baixo suja, seu tio Georges o parabeniza: você agora é um homem. Jogue os dados duas vezes e avance o número de casas equivalente ao total.*

Se em seguida você chegar a:

15 *(Aqui a imagem é a do sorriso enigmático da Mona Lisa.) Ela sorriu para você! Jogue de novo.*

19 *Para agradar as meninas, é preciso ser forte. Vá fazer ginástica. Pague 3 e aguarde 2 voltas.*

21 *(Mona Lisa.) Ela sorriu para você, mas foi um sorriso irônico. Vá remoer seus pensamentos sombrios na casa 17.*

23 *Para agradar as meninas, é preciso ser um bom nadador. Vá treinar. Pague 4 e aguarde 1 volta.*

27 *(Mona Lisa.) Você tenta beijá-la, ela lhe dá um tapa. Vá ruminar a sua decepção na casa 13.*

29 *Para agradar as meninas, é preciso saber dançar. Vá ter aulas. Pague 5 e aguarde 1 volta.*

33 *(Mona Lisa.) Ela o acha sujo. Vá se lavar na casa 11.*

39 *(Mona Lisa.) Ela acha horrível o seu cabelo. Vá ao barbeiro na casa 31 e pague 1.*

41 *O amor nos deixa cegos. Aguarde 1 volta enquanto espera que sua lucidez retorne.*

43 *Sua língua está branca, você está com mau hálito. Vá fazer bochechos e aguarde uma volta.*

45 *(Mona Lisa.) Ela o acha malvestido. Vá providenciar um paletó na casa 37 e pague 10.*

47 *Você está com cravos no rosto. Vá se cuidar e aguarde 1 volta.*

51 *(Mona Lisa.) Ela o acha totalmente inculto. Volte para a casa 1 para se instruir.*
53 *Você perde um tempo precioso se embelezando. Aguarde uma volta.*
57 *(Mona Lisa.) Não conte a ninguém o que ela lhe fez. Ela está contente, e você também. Jogue de novo.*
59 *O amor dá asas. Jogue de novo.*
61 *O senhor Damas pegou vocês jogando este jogo. Todos voltam ao ponto de partida.*
63 *Você ganhou. Avance para perto dela! Ainda por cima, você ganhou todo o dinheiro que está no pote!*

Para ganhar, é preciso chegar exatamente à casa 63. Se os dados fizerem você passar dela, ande para trás contando o número de casas da diferença.

16 anos, 7 meses e 2 dias *Domingo, 12 de maio de 1940*

Às vezes, no dormitório, quando a angústia me desperta no meio da noite (frequentemente por ter sonhado com papai ou com Violette), eu me acalmo aos poucos deixando-me levar pela sensação de que todos os meus colegas adormecidos e eu formamos um só corpo. Um grande corpo adormecido, com uma única respiração, que sonha, geme, sua, se coça, esperneia, funga, tosse, peida, ronca, ejacula, tem pesadelos, acorda em sobressalto, volta a dormir. Não é um sentimento de camaradagem o que me impulsiona nesses momentos, mas sim a sensação de que, do ponto de vista orgânico, o nosso dormitório (somos sessenta e dois) constitui um corpo único. Se um de nós morresse ali, o grande corpo comum continuaria vivo.

*

Um parêntese, Lison: eu escrevi isso dois dias depois da ofensiva alemã de 10 de maio. Segunda Guerra Mundial. A espécie humana recomeçava tudo outra vez. Nesse dia, eu jurei a mim mesmo, pela memória de papai, que não participaria do "banquete". Como você verá, as circunstâncias me levaram a outra direção.

*

16 anos, 8 meses e 13 dias *Domingo, 23 de junho de 1940*

Cruzamos com pessoas arqueadas, de olhar vazio, gestos lentos. Algumas estão totalmente perdidas. No sentido exato do termo. Refugiados esfarrapados, fedidos, barba por fazer, que perambulam pelas ruas de uma cidade que não conhecem. É difícil imaginar que, ainda no mês passado, eles levavam uma vida normal em Paris. Corpos à deriva...

No dia seguinte

A final do jogo foi suspensa *sine die*. Rouard perdeu o irmão em Dunquerque. Gostava muito dele. Nossa desvirginização terá de aguardar dias melhores.

16 anos, 9 meses e 14 dias *Quarta-feira, 24 de julho de 1940*

Mérac. Ralei o peito, a planta dos pés e a parte interna dos braços e das coxas na casca de uma faia. Esfolado vivo, em suma. Literalmente descascado. Tudo por causa de Tijo. Ele meteu na cabeça a ideia de pegar um pequeno corvo em seu ninho, mas os pais do pássaro se mostraram bastante hostis a esse projeto de adoção. Como Tijo se recusava a soltar a presa, eles resolveram

atacar. Ele apertava a avezinha contra o peito e tentava repelir os pais com a outra mão. Isso tudo a seis metros de altura, enganchado num dos galhos da árvore! Ao pé da faia, Marta gritava com ele mandando que devolvesse o pássaro, e Manès foi pegar o fuzil para espantar os corvos. Cada um defendia a sua progenitura, em suma. Sem nenhuma dúvida de que Manès ia mesmo atirar, eu escalei a árvore quase aos saltos, até chegar ao ponto onde Tijo estava. Trepei os primeiros três metros como um macaco ou como um funcionário da rede elétrica abraçando a parte desgalhada do tronco com as mãos e a planta dos pés. Como eu estava vindo de pegar pitu no rio, estava descalço, de maiô. Para subir, nenhum problema. Tinha a sensação de me agarrar a um corpo vivo. Na descida, com o peso de Tijo me puxando para trás, eu me colei ao tronco. Mas, como Tijo me estrangulava com o braço esquerdo (ele não queria de jeito nenhum largar o seu novo amigo), afrouxei um pouco meu abraço na árvore para acelerar o movimento. Foi nessa etapa da operação que o atrito com a casca me esfolou inteiro. Principalmente quando tentei diminuir a velocidade, pois estávamos chegando lá embaixo rápido demais. Quando tocamos o chão, eu estava todo sangrando, e o pequeno corvo, morto, é claro, sufocado pela afeição de Tijo. Marta gritava: Já aprontou de tudo esse menino! Só tem sete anos e já aprontou de tudo! Logicamente, tive direito a uma esfregação de aguardente para limpar os arranhões. E, desta vez, sem anestesia auditiva. Marta não é Violette. Enquanto eu enfiava as unhas na palma das mãos para aliviar a dor, Manès planejava um castigo para o caçula, agora ocupado em enterrar a sua vítima. Mas desistiu, não sem um tantinho de orgulho na voz: De qualquer maneira, esse fedelho não tem mesmo medo de nada! Resultado: estou dormindo nu, sem lençol nem cobertor, as pernas abertas, com o tecido dos meus nervos ardendo vivo. Esta será de agora em diante a minha imagem do inferno: uma combustão sem chamas, perpétua, os olhos abertos em uma noite sem fim. O suplício de Mársias.

16 anos, 9 meses e 23 dias *Sexta-feira, 2 de agosto de 1940*

Mesmo assim, que alegria é trepar nas árvores! Principalmente nos carvalhos e nas faias. O corpo se desdobra inteiro. Os pés e as mãos nos tiram de nossa condição normal. E como encontramos rápido o encaixe! Que gesto preciso! Não é tanto o ato de subir, não se trata de alpinismo (acho que a montanha me daria vertigem), é a travessia livre pela folhagem! Onde estamos? Nem na terra nem no céu, estamos no coração da explosão. Eu queria morar nas árvores.

16 anos, 11 meses e 6 dias *Segunda-feira, 16 de setembro de 1940*

Quando sinto que a cabeça começa a pesar de tanto ficar mergulhado nos livros, vou boxear com o saco. Manès trocou o desenho do rosto dele pelo de Laval. Vamos lá! Acabe com ele! (Topete espesso, pálpebras caídas, beiço de mau humor, um cigarro no canto, muito parecido mesmo!) Como as fibras me arranham nas articulações, eu envolvo as mãos com um par de meias.

16 anos, 11 meses e 10 dias *Sexta-feira, 20 de setembro de 1940*

Mérac. Jogo de tênis, no celeiro. Tracei uma linha na parede do fundo, na altura da rede. Como a parede e o piso são irregulares, a trajetória da bola se torna imprevisível; nada melhor para treinar os reflexos. Somando a isso os saltos nos grãos com Tijo e os outros, as corridas atrás das cabras e o trabalho na fazenda com Robert, que é absolutamente incansável, minhas temporadas aqui equivalem a um treinamento militar.

17 anos, 1 mês e 14 dias *Domingo, 24 de novembro de 1940*

Manès se cortou na panturrilha com uma foice que estava escondida no meio do palheiro. A assepsia, segundo Manès e Marta: aguardente para limpar a ferida, como sempre, mas também, para

enfaixar a perna, uma teia de aranha totalmente embebida em bosta de cavalo que Manès foi pegar na estrebaria. Isso bombeia, disse ele com o seu habitual laconismo. Nem devo falar nada sobre tétano, é claro. Sempre fizeram assim, e ninguém morreu por causa disso. Imagino que a seda da aranha deva ter alguma qualidade adstringente, talvez até cicatrizante. Mas e a bosta de cavalo? O fato é que até hoje esse tipo de emplastro nunca matou ninguém na família.

17 anos, 2 meses e 17 dias *Sexta-feira, 27 de dezembro de 1940*

De passagem por Mérac, tio Georges me pergunta se eu gostaria de ser médico. (Esse é o caminho que o seu primo Étienne decidiu seguir.) Eu não. Obrigado, mas não quero saber dos desarranjos do corpo! Comecei dizendo isso, eu acho! Mas e cuidar das outras pessoas? Para começar, perde-se tempo demais para curá-las dos problemas que elas mesmas inventam sobre o corpo, que só sabem considerar sob o ângulo moral. Eu não teria paciência para explicar à senhora Noémie que a questão não é saber se ela "merece" ou não o enfisema que ela tem. Mas, então, por que você se interessa?, perguntou o meu bom tio. Pela observação do meu próprio corpo, pois ele me é intimamente estranho. (Coisa que eu não disse a ele, é claro.) Por mais aprofundado que fosse, o estudo da medicina não eliminaria em nada esse sentimento de estranheza. Colher ervas, em resumo, como Rousseau fazia nas suas caminhadas. Colher ervas, até o último dos meus dias, e, se espero que isso algum dia tenha *utilidade* para alguém, será apenas para mim mesmo. Quanto a uma profissão, é outra coisa; de qualquer maneira, o assunto não cabe neste diário.

17 anos, 5 meses e 8 dias *Terça-feira, 18 de março de 1941*

Étienne e eu debatemos fortemente ontem à noite sobre Voltaire e Rousseau, ele fazendo o papel do gozador e eu defendendo Jean-Jacques. O mais importante por registrar dessa discussão não são os nossos argumentos (para dizer a verdade, nem temos

condições de argumentar sobre isso), mas sim a ideia de Étienne, que pegou a régua comprida do quadro-negro e enfiou uma ponta na barriga dele e outra na minha. Cada vez que um de nós, levado pela força de sua convicção, avançava de encontro ao outro, a régua mais apertava os nossos estômagos. Dolorido! Se recuávamos, a régua caía no chão. Fim da discussão. Isso é o que se chama saber usar palavras comedidas! Um sistema a ser patenteado.

17 anos, 5 meses e 11 dias *Sexta-feira, 21 de março de 1941*

Esse desejo que às vezes toma conta de mim nas situações mais inesperadas. No embalo de algumas leituras, por exemplo. A inundação dos corpos cavernosos através do estímulo dos neurônios! Eu leio e o circo se arma. E não estou falando de um Apollinaire ou de um Pierre Louÿs, que gentilmente nos presenteiam com essas coisas, mas de Rousseau, por exemplo, que ficaria bem surpreso vendo meu circo se armar à leitura do *Contrato social*! De repente, um pequeno orgasmo, envolvendo apenas o espírito.

18 anos, 9 meses e 5 dias *Quarta-feira, 15 de julho de 1942*

Não escrevi nada durante a preparação para o exame final e, neste ano, para o vestibular. Ablação do corpo. Boxe, bola e natação apenas para relaxar. Um pouco de ajuda a Manès na fazenda. Três partos de vacas, dois de ovelhas. Ainda não consigo matar um porco. Mas posso comê-lo. O pobre ainda veio me pedir carinho enquanto eu trabalhava. Essa confiança obtusa que os animais têm na espécie humana...

18 anos, 9 meses e 25 dias *Terça-feira, 4 de agosto de 1942*

Tênis: dei uma surra nos três irmãos de G. Nenhum dos três conseguiu ganhar mais do que dois games nos seis sets dos três jo-

gos. O espetáculo começou com uma tentativa de humilhação. Corrigindo-me por causa do uso da preposição, o mais velho me fez saber que não se diz "os *de* G." quando se fala de uma família de aristocratas, mas apenas "os Gs" e pronto; a boa educação prega a elisão da preposição. Ora, todo o mundo sabe disso! Muito bem. Outra coisa: que eu não tinha nem short nem tênis e que não "convinha" jogar com o meu "traje" nem mesmo em uma quadra particular (a deles, no caso) contra adversários devidamente uniformizados. E me emprestaram, então, a roupa necessária: short, camiseta, meias, tênis, tudo branco. Amarrei o meu short (intencionalmente grande demais?) com um pedaço de corda de varal achado na "área de serviço" e então dei uma surra em cada um dos três. Os rebentos do duque de Montmorency executados pelo mais baixo dos plebeus! Isso me rendeu certa afeição, que não me foi indiferente, da parte da irmã deles. Que se há de fazer? Vinguei Violette, que – os três irmãos ignoravam isso – trabalhara para a família na juventude e fora mandada embora por ter desvirginado um primo de primeiro grau de trinta e dois anos de idade! (E isso não se inventa.)

Uma sensação empolgante, durante as partidas, foi a de não ter nada além do meu corpo para contrapor à arrogância deles. E não se trata nem mesmo de um corpo educado, pois ninguém nunca me ensinou a jogar tênis. Meus únicos mestres foram o celeiro de Manès e a observação de outros jogadores. Sacar uma bola de tênis sem ter tido nenhuma aula é sentir o seu corpo se adaptar às circunstâncias sem a ajuda do *movimento certo*. Faço gestos em excesso, muitos deles equivocados, esteticamente horríveis e com desperdício de energia (nenhum ritmo, saltos em carpa, desconjuntamento corporal, membros para todos os lados, macaquices acrobáticas), mas o fato de esses movimentos não ficarem nada a dever ao "saber jogar" me proporciona uma sensação intensa de liberdade física, de renovação permanente: nunca é o mesmo movimento! Saboreio cada uma das surpresas que meu olho prepara para minhas pernas e minha raquete. Nenhum dos meus golpes é previamente articulado, nenhum deles se parece com o precedente, nenhum corresponde ao gestual acadêmico a que se limitam meus nobres adversários. Assim, sou completamente imprevisível

para eles, minhas bolas os deixam desconcertados, nunca seguem a trajetória que imaginam. Eles reclamam olhando para o céu, irritados e ao mesmo tempo condescendentes, particularmente diante de certas bolas cruelmente lentas, como se eu não disputasse conforme as regras da guerra. Minha rapidez, minha leveza, minha habilidade, meus reflexos me espantam (ah, a certeza de ter dado o golpe correto no exato instante em que a bola é tocada!) e, acima de tudo, sou incansável, rebato todas. Gosto do livre uso que faço do meu corpo. Minhas palhaçadas desmoralizam meus adversários, e me alegra ver aquela pose toda deles se desmilinguindo. O que mais me satisfaz não é a vitória, mas a cara de derrotados deles. Já em Valmy não tínhamos muitos modos. (E ainda hoje não uso nenhum calção.) Meu juramento: viver, em todos os campos, da mesma maneira que jogo tênis!

19 anos e 15 dias *Domingo, 25 de outubro de 1942*

A cena se passa em um café. Você está com uma menina, estudante como você. Trocam olhares meigos. De repente, ela mergulha na água: deixe-me ver a sua mão. Ela a pega com firmeza e examina a palma com extrema atenção, como se tudo o que precisasse saber sobre você dependesse dessas linhas, da vida, do coração, da cabeça, da sorte, de não sei mais quê. São muitas as que, até hoje, já estudaram as linhas da minha mão. E nenhuma tirou conclusões parecidas com as da outra. Todas são videntes, mas não veem a mesma coisa. Seria essa admiração excessiva pela superstição um sinal destes tempos abomináveis? Tudo está perdido, afora os astros? Critério absoluto de seleção: escolher a menina que mergulhar nas minhas mãos de olhos fechados.

19 anos, 1 mês e 2 dias *Quinta-feira, 12 de novembro de 1942*

Vi os alemães desfilarem em marcha. Versão abominável do corpo único.

Minha incapacidade de dançar. Françoise, Marianne e outras já tentaram me arrastar, e ontem à noite, de novo, na casa de Hervé, foi a vez de Violaine, a maravilhosa irmã do nosso anfitrião. Deixe-se levar. Não precisa fazer nada. Mas eu logo perco o ritmo e meu corpo passa a ser um peso nos braços da minha parceira. Alguns saltinhos grotescos para recuperar a cadência acabam por me desencorajar de vez. A dança é um dos raros domínios em que meu corpo e meu espírito não conseguem chegar a um acordo. Mais precisamente a parte inferior do corpo: minhas mãos conseguem bater no compasso que for preciso, mas meus pés se recusam a segui-las. Um regente paraplégico – é isso o que eu sou. Quanto à cabeça, basta as coisas se complicarem um pouco para que ela já dê voltas. Ora, a dança é giratória por natureza, uma arte circular, não se dança sem dar voltas sobre si mesmo! Tontura, náusea, palidez, o que você tem? Não está se sentindo bem? Estou muito bem, querida Violaine, mas venha aqui, vamos conversar um pouco, e eis-me tentando explicar essa coisa toda à bela Violaine, que, no entanto, proclama, veja só, *todo o mundo* sabe dançar! Todo o mundo menos eu, aparentemente. É porque você não *quer*! Imagine! Por que razão eu me privaria desse trunfo, minha bela, se vejo todos os benefícios que meus colegas tiram disso? Você não se deixa levar, é cerebral demais, não é *selvagem* o bastante. Selvagem o bastante? Pelo amor de Deus, alguém me traga uma cama, rápido, um leito bem quentinho! Mas em vez de gritar por isso eu me pego tentando explicar a Violaine que eu mesmo acho esse fenômeno incompreensível, já que, em outras circunstâncias que requerem braços e pernas, o boxe, por exemplo, ou o tênis, meus quatro membros atuam de forma totalmente coordenada e que na minha adolescência meus colegas brigavam para fazer parte da minha equipe na queimada, em que eu era absolutamente imbatível, e ouço a mim mesmo dizer a essa moça maravilhosa que aos quinze anos eu era um craque da queimada e cale a boca eu disse a mim mesmo, enquanto continuava a expor os méritos da queimada, um jogo tão completo, que exige

tantas qualidades físicas, uma sincronia tão perfeita entre braços, cabeça e pernas, que um dia se tornará, não tenha dúvida, querida Violaine, um esporte coletivo perto do qual o futebol passará por uma brincadeira de pinguins, mas o que está acontecendo com você, seu estúpido? Não contente de ter jogado o peso dos seus sacos de cimento nos braços dessa beldade com quem você quer se deitar, você ainda a aborrece com essa história de queimada, "oh, que jogo estratégico e tático, querida Violaine", mas cale a boca, seu tonto, esse jogo era um jogo de massacre, em que dois bandos de moleques assassinos passavam o tempo todo se provocando e jogando a bola na cara uns dos outros, por pouco talvez a bela Violaine viesse a conhecer aí o seu lado selvagem, mas, se é verdade que se saía muito bem, não é esse o tipo de trunfo que levaria essa menina para a cama com você, menina que, aliás, pede licença e se afasta dizendo que essas suas grandes realizações acabaram dando sede a ela e que ela vai atrás de um drinque.

19 anos, 2 meses e 19 dias *Terça-feira, 29 de dezembro de 1942*

E, no entanto, ela veio. Na mesma noite. E foi pior do que a dança. Eu estava no meu quarto, na casa de Hervé, tarde da noite, a casa toda finalmente em silêncio, sentado a uma espécie de mesinha-tabuleiro, escrevendo o relato patético da dança, quando a porta se abriu atrás de mim, tão lentamente que só ouvi quando ela se fechou, o que me fez virar, e então a vi, com sua camisola, um organdi branco ou um tecido desse tipo, que deixava um dos ombros totalmente nu, à moda das túnicas gregas, uma alça delicada amarrada sobre o outro ombro, um nó pequeno, cujas partes pareciam asas de borboleta, ela não disse nada, não sorriu, dirigia-me um olhar denso, eu também me sentia incapaz de falar qualquer coisa, os ombros arredondados, os braços longos, pálidos e afunilados, as mãos pendendo ao longo das coxas, os pés descalços, a respiração acelerada, os seios firmes e bojudos, com a camisola suspensa pelas pontas e descendo reta, o que criava um espaço vazio entre a nudez e o tecido, meus olhos procuraram o

desenho de seus quadris, de seu ventre, de suas coxas, o contorno geral de seu corpo, mas a pequena luminária ao meu lado não era uma fonte de transparência, para isso precisaria estar atrás do corpo dela e poder desenhar a sua silhueta, inicialmente só pensei nisso, na posição inadequada da luminária, que tornava opaca aquela promessa de transparência, teria sido diferente se a luminária estivesse atrás dela, estávamos ambos imóveis, eu nem sequer me levantara, não fizera um mínimo gesto em direção a ela, que se mantinha de pé, a porta fechada às suas costas, e eu também, meio de corpo virado, uma das mãos ainda apoiada na mesa tateando para fechar o caderno, a tinta da pena da minha caneta vai secar, eu disse a mim mesmo, eu pensei isso, sim, que eu não podia fechar a caneta e ao mesmo tempo tentar adivinhar a silhueta de Violaine sob o tecido fosco, cuja brancura agora me ofuscava, e então vi o seu braço esquerdo subir ao longo do peito, seus dedos se esticarem na altura do ombro, seu polegar e seu indicador pegarem a ponta da alça, que ela puxou delicadamente, desfazendo assim o nó, e a camisola caiu aos seus pés, com todo o peso de seu tecido, desvelando seu corpo nu, e não acredito que um dia verei um corpo de mulher tão belo, exposto de repente sob a luz dourada dessa luminária, meu Deus, que beleza, que beleza, repeti, se a luz tivesse se apagado ali para sempre, eu teria morrido com a lembrança dessa beleza, acho que quase gritei, mas sem me levantar, absolutamente paralisado diante da surpresa e do contentamento, que beleza, que perfeição, e acredito ter experimentado um sentimento de gratidão, ninguém nunca me dera um presente como esse, pensei isso também, mas sem me mover um milímetro que fosse, ela é que se movia, deitou-se na cama, não fez sinal para que a acompanhasse, não esticou os braços na minha direção, não disse nada, não sorriu, apenas aguardava que eu fosse até ela, o que fiz, por fim, fui até ela, e fiquei de pé ao seu lado, não conseguia tirar os olhos dela, você precisa tirar a roupa, eu disse a mim mesmo, é a sua vez, o que eu fiz, todo desajeitado, discretamente, dando-lhe as costas grosseiramente, sentando-me na beira da cama, mais me escondendo do que me expondo, e ao final me deitei ao lado dela, e não aconteceu nada, não a acariciei

nem a abracei, porque havia em mim alguma coisa morta ou que não queria nascer, o que dá absolutamente na mesma, porque o coração enviava meu sangue para todas as partes do corpo menos para aquela onde ele era mais aguardado, meu sangue me incendiava as faces, irrigava as paredes do crânio, pulsava loucamente nas têmporas, mas nenhuma gota sequer chegava ao meio das pernas, nada entre as pernas, eu nem mesmo disse a mim mesmo você não está de pinto duro, simplesmente não sentia nada entre as pernas e só conseguia pensar nisso, nessa ausência de tudo entre as pernas, deve-se dizer que ela não me ajudou, ela também não disse nada, não fez nenhum movimento, até que resolveu se levantar, repentinamente, e eu apenas ouvi a porta se fechar atrás dela.

19 anos, 2 meses e 21 dias *Quinta-feira, 31 de dezembro de 1942*

O fiasco Violaine mostrou que é hora de fazer um balanço. De passagem pela casa, nu diante do espelho do meu armário, faço as contas daquilo que já consegui controlar desde a infância no que se refere à construção sistemática do meu corpo. Sem dúvida alguma, a mistura de flexões, abdominais, exercícios físicos de todo tipo fez de mim um rapaz que se parece com alguma coisa. No caso, com o esfolado do Larousse, novamente preso ali, na lateral do espelho. Feita a comparação, todos os meus músculos estão no devido lugar, perfeitamente visíveis, peitorais, bíceps, deltoides, abdominais, radiais, os das pernas, e, quando me viro, os flexores, os gêmeos, os glúteos, os dorsais, braquiais, trapézios, nenhum deles deixa de responder quando os ativo, a figura do esfolado é o meu retrato por escrito, uma verdadeira conquista, posso passar a vida inteira diante do espelho. Eu, que não parecia "realmente nada", agora, veja só, me pareço com o dicionário! Acrescento que já não tenho medo. De nada. Nem mesmo de ter medo. Nenhum medo que não seja controlável através do exercício da mesma força de vontade que esculpiu o meu corpo. Tentem pegar a minha vida para ver, tentem me amarrar a uma árvore! Sim, sim, meu ra-

paz, mas essa obra-prima do equilíbrio físico e mental virou letra morta quanto você a deitou ao lado da bela Violaine. Meu pobre rapaz, ali você não se parecia *realmente* com nada. Volte para a sua ginástica e seus queridos estudos, trabalhe o seu corpo e prepare o seu concurso, você é bom apenas para "se cuidar" e para "se tornar alguém". Meu Deus, que sentimento de *inexistência* a flacidez do sexo provoca em um homem! E, no entanto, quantas vezes eu já o segurei firme em minhas mãos! Quantas vezes o meu desejo o esculpiu integralmente! Aliás, a propósito, quantas vezes realmente foram? Cem vezes? Mil vezes? Tronco venoso que o simples poder de evocação bastava para inundar de sangue! Que quantidade de esperma já foi extraída das profundezas por essas formidáveis e virginais erupções! Isso precisa ser calculado também. Litros? Litros inteiros espalhados ao brincar de homem diante dos cartões-postais surrupiados do pobre padre Delaroué. E, ao final, esse corpo morto na cama com Violaine. Nem para dançar serviu. Grotesco nas preliminares, inexistente na hora da ação. Paralisado por quê, meu jovem, se não justamente por esse medo que você se gaba de ter vencido? Era isso o que eu me dizia, de forma mais ou menos confusa, na frente do espelho, hoje de manhã, diante da figura do esfolado do Larousse. E na próxima vez? O que vai acontecer na próxima vez? Com que *estado de espírito* o seu corpo se atreverá de agora em diante a se aproximar do corpo de uma mulher? Eis o que eu dizia a mim mesmo esta manhã, e é o que escrevo agora, tendo o esfolado ainda diante dos olhos. E, de repente, um detalhe: *também não existe nada entre as pernas do esfolado!* Nenhuma representação da verga ou dos testículos! Os dois músculos identificados mais próximos dali são o psoas e o pectíneo, que não têm nada a ver com a coisa. O esfolado não tem nada entre as pernas! A verga não é um músculo, é verdade. Um órgão? Um membro? O quinto membro? De que natureza, esse membro? Esponjosa. Uma esponja de sangue. Pois bem, também não se vê nada nesse lugar na figura do esfolado que mostra a circulação sanguínea! O corpo inteirinho irrigado, até a virilha, mas nada sobre a vascularização que a vida faz pulsar no membro que a desencadeia. Nada entre as pernas. Aparente-

mente, a verga foi banida da família Larousse. Parte vergonhosa. Nicho do Espírito Santo. Durma com essa agora: o senhor Larousse é um eunuco.

19 anos, 2 meses e 22 dias *Sexta-feira, 1º de janeiro de 1943*

Um detalhe que me esqueci de anotar. Mamãe ao abrir a porta do meu quarto e me flagrar nu diante do armário: O que é que está acontecendo? Está se achando bonito?

19 anos, 2 meses e 24 dias *Domingo, 3 de janeiro de 1943*

O sexo masculino: pênis, verga, membro, pica, pistola, pau, pipi, ganso, pinto, caralho, binga, piroca, cacete, falo etc. Os testículos: escroto, bolas, saco, ovos, bagos, colhões etc. Todo um léxico debochado para nomear esse aparelho genital que o fisiologista sente repugnância em representar.

19 anos, 3 meses e 4 dias *Quinta-feira, 14 de janeiro de 1943*

Epílogo inesperado do caso Violaine. Começou com um bate-boca na rua com Étienne, que acha "inqualificável" a minha atitude diante da irmã do seu amigo Hervé. Atrair essa menina para o seu quarto e não tocá-la, você percebe a humilhação? E com que cara eu vou ficar na frente de Hervé? Afinal, fui eu que fiz você ser convidado! Étienne fora de si, e eu disposto a lhe enfiar a mão na cara. Felizmente, uma das frases dele acabou me segurando. É verdade que essa menina não é lá muito bonita, mas isso é mais um motivo! Você podia ter-se prevenido antes, não foi a primeira vez que a viu! Faz meses que ela fala de você para o irmão! E agora não para de chorar! Você era para estar morto, meu velho, não sabe a dificuldade que tive para acalmar Hervé! Não é bonita? Violaine? Não, ela mesma se acha feia, o rosto sem

graça, achatado demais, um rosto de carpa segundo ela mesma, de pele muito opaca, é o próprio irmão quem diz. Você não a acha meio feia? Violaine feia, eu? Não, eu não acho. Claro que não! Meu Deus, aquele esplendor achando que foi repudiada por ser feia! Por minha culpa! Ferida até as lágrimas! Violaine sozinha no espelho com seu sofrimento! Exatamente como eu! Mas então há vergonha, pânico, ignorância e solidão nos dois lados?

19 anos, 3 meses e 6 dias *Sábado, 16 de janeiro de 1943*

Esta noite, com uma louvável preocupação de quebrar o gelo entre nós, Étienne chamou a atenção para o lado paradoxalmente engraçado da situação: um irmão furioso porque a irmã não foi desonrada! O que é a modernidade! Contei-lhe, então, tudo o que aconteceu. E ele concluiu, bem prático: um fiasco de virgem? Faça como todo o mundo, então: vá a algum bordel, é uma excelente escola para isso! Você foi? Não. E Rouard? Também não. E Malemain? Ele disse que na hora não quis porque a puta era marechalista.*

Paramos por aí.

*

NOTA PARA LISON

*Agora, uma nota de contextualização. "Naquela época", como diziam as histórias em quadrinhos da sua infância, Marselha vivia os atentados no Vieux Port;** precisamente em 3 de janeiro. Uma bomba em um bordel exclusivo para as tropas alemãs, outra no restaurante do hotel Splendide. Muitas vítimas. Em seguida, uma série de batidas policiais no meio das quais meu amigo Zafran*

---

* Referência ao apoio ao marechal Pétain, presidente da França colaboracionista durante a ocupação alemã no país na Segunda Guerra Mundial. [N. do T.]

** Bairro central de Marselha. [N. do T.]

morreu, e depois o ataque a dinamite do Panier pelos alemães: mil e quinhentos imóveis destruídos e o tímpano do meu ouvido esquerdo afetado por certo tempo. No final de janeiro criou-se a Milícia, e em fevereiro começou a caçada aos STO. Para aqueles que se sentiam deprimidos diante do agravamento da situação, Étienne dizia que, ao contrário, ocorria ali uma virada decisiva na guerra. Os alemães estavam nervosos, era o começo do fim dos nazistas. Ele tinha razão.*

*

19 anos, 6 meses e 9 dias — *Segunda-feira, 19 de abril de 1943*

Briga generalizada no refeitório por causa da morte de Zafran. Malemain, que o defendia, caiu numa emboscada. Eu bati seco e feio para tirá-lo dali. Energia decuplicada pela humilhação sexual, imagino. Senhoras e senhores, cuidado com um virgem fracassado, é um assassino em potencial. Eis uma área pelo menos em que meu corpo responde bem. Com o auxílio do meu perfeito conhecimento da figura do esfolado, eu me permiti a alegria selvagem de bater bem ali onde realmente dói. Ah, a embriaguez do combate sem medo. Rouard e seus oitenta e oito quilos também não se deram bem. Possível expulsão. Preparar o concurso como candidato independente. Se me autorizarem...

19 anos, 6 meses e 13 dias — *Sexta-feira, 23 de abril de 1943*

Encontrei Étienne no trem que me transportava de volta para casa. No bolso, a justificativa da expulsão. Étienne, com a maior seriedade do mundo, como se tivesse acabado de ler essa informação no manual de medicina que trazia aberto sobre os joelhos, perguntou aos outros três passageiros da nossa cabine – dois homens e uma mulher – se eles sabiam que os nervos e as artérias

---

* Centro histórico de Marselha. [N. do T.]

dos quais o nosso aparelho genital depende levam os nomes de *nervo vergonhoso* e *artéria vergonhosa*. Um passageiro levanta a cabeça do jornal, o outro afasta os olhos da paisagem, o terceiro se interroga com o olhar; não, eles admitem, com um sorriso amarelo, não sabiam disso. Étienne, em um tom agora autoritário, afirma que se trata de algo escandaloso nesses tempos de revolução nacional. Olha para a capa do manual, lê o nome do autor em voz alta e declara que considerar os órgãos da reprodução como sendo objetos vergonhosos no momento em que o Marechal nos exorta todos os domingos a aumentar a população da França é uma atitude deliberadamente antipatriótica! E o senhor aí, que parece não se interessar muito pelo assunto, perguntou-me, como se não nos conhecêssemos, o que o senhor acha? Finjo-me surpreso e depois proponho timidamente, interrogando os outros três passageiros com o olhar, que os nervos e artérias mencionados sejam renomeados *Nervo do Reerguimento Nacional* e *Artéria da Família Numerosa*. Ninguém nem sequer suspeita da brincadeira, todos parecem refletir; e, com a maior seriedade do mundo, concordam. A mulher chega até a fazer outras sugestões.

Época nojenta.

19 anos, 6 meses e 16 dias — *Segunda-feira de Páscoa, 26 de abril de 1943*

Fermantin e outros dois sujeitos passaram em casa para me recrutar. Fermantin não sabe da minha expulsão da escola, acha que estou de férias. Mamãe o recebe alegremente e o despacha para o meu quarto. Com seu uniforme e a boina de miliciano, faz uma figura bem do gênero *commedia dell'arte*. Um andar esquisito. Eu estava repassando as matérias do exame e, em um desses "acessos de postura" que acho engraçados nos outros, afirmei ao meu velho camarada que eu nunca entraria na milícia, que considerava até insultuosa a sua proposta. Ele se voltou para os seus dois companheiros (eu não os conhecia, um deles também estava uniformizado) e disse: Insultuosa? Que nada! Insulto é isto! E

cuspiu no meu rosto. Fermantin cospe em todo o mundo desde a primeira infância. Sou uma das poucas pessoas em quem ele ainda não tinha cuspido. Por isso, se a cuspidura me pegou de surpresa, não chegou, no entanto, a me espantar. Uma coisa compensando a outra, consegui manter a calma. Não reagi, nem sequer tentei me esquivar. Eu ouvi o "pttttuit", vi o cuspe vir, senti-o bater na testa, depois escorrer entre a cana do nariz e a bochecha esquerda, bem parecido, juro, com uma pequena esguichada de água morna. Não me limpei. Concentrei-me na sensação – bastante banal – em detrimento do símbolo, considerado infamante. Se eu tivesse reagido, eles teriam me massacrado. A saliva não escorre na pele tão rapidamente quanto a água. Ela é espumosa, avança aos poucos. Ela seca sem realmente evaporar. Um dos outros dois sujeitos, aquele que usava uniforme (Fermantin e ele estavam armados), disse que, de qualquer maneira, eles só recrutavam homens. Não dei bola. Senti os restos da cuspidela avançar pela comissura esquerda dos lábios. Por um segundo, senti que poderia puxá-los com a língua e mandá-los de volta para o remetente, mas me abstive disso, já tinha me sacrificado demais com a postura. Vamos nos ver de novo, disse Fermantin sem tirar os olhos de mim. Teatral, ele repetiu, recuando de frente ao deixar o quarto, com o indicador esticado na minha direção: Vamos nos ver de novo, seu mariquinhas! Escrevi esta página antes de voltar ao trabalho. Amanhã me mando para Mérac.

4

21-36 ANOS

(1945-1960)

Pontuação amorosa de Mona:
Dê-me essa vírgula que
faço dela um ponto de exclamação.

NOTA PARA LISON

Minha querida Lison,

Você vai notar que há um salto de dois anos depois dessa agressão. Ocorre que Fermantin e seus camaradinhas foram atrás de mim em Mérac, imagine, para me aplicar uma lição. Felizmente, Tijo, que os vira chegar (ele tinha então nove anos, mas com aquela vivacidade toda que você já conhece), me avisou a tempo e eu pude escapar. Depois disso, é claro, não tive outra saída a não ser entrar para o maquis. * *Foi Manès quem me apresentou. Eu não sabia que ele e Robert faziam parte da Resistência. Manès fingia falar mal do movimento, e Manès era do tipo de cuja palavra a gente nunca duvida. Mas, como ele também não falava bem do ocupante, mantinha, assim, a sua reputação de selvagem solitário que não devia ser incomodado. A adesão de Manès ao Partido terá sido uma das grandes surpresas de minha vida. Ele, aliás, foi comunista até o fim, apesar do Muro de Berlim, apesar da Hungria, apesar do Gulag, apesar de desestalinização, apesar de tudo. Manés nunca foi um homem muito inventivo.*

Se nunca lhe falei sobre esse período de minha juventude, foi porque, afinal de contas, jamais passei de um resistente circuns-

* Literalmente, mata ou matagal. Refere-se aos grupos clandestinos da Resistência Francesa, formados no campo, contra a ocupação alemã. [N. do T.]

tancial. Não fosse o pequeno bando de Fermantin, provavelmente teria ficado onde estava, socando o meu saco de areia, mergulhando nos meus livros, até o fim das hostilidades. Brilhar nos estudos, colecionar diplomas, conquistar uma situação estável – era esse o tributo que eu deveria pagar à memória de meu pai. Certamente, não entrar em uma guerra! Ele me amaldiçoaria! "O que mais me aflige na espécie humana, dizia ele, não é que ela passe o tempo se matando, mas que ela sobreviva a isso." Foi preciso o impacto de uma cuspidura para me atirar na tormenta. Meu engajamento se deve às leis da balística, nada mais do que isso.

Em resumo, da primavera de 1943 à primavera de 1945 (engajamento no exército de Lattre), tive de abandonar os estudos e deixar de lado este diário. Os rastros que nossa escrita deixa atrás de nós não se combinam bem com a clandestinidade. Muitos camaradas tombaram por causa da escrita! Nada de diários íntimos, nada de cartas, nada de anotações, nada de cadernetas de endereços, nenhum rastro. Sobretudo durante as missões de contato que me foram confiadas nos dez meses finais! Durante esse tempo todo, deixei de lado o interesse pelo meu corpo. Enquanto objeto de observação, entenda-se. Outras prioridades assumiram o seu posto. Continuar vivo, por exemplo, zelar pela execução de tarefas e missões e manter-me em estado de vigilância extrema mesmo durante as intermináveis semanas em que nada acontecia. A vida de um soldado clandestino é uma vida de crocodilo. Manter-se imóvel no seu canto até o momento de sair para atacar, depois desaparecer tão rapidamente quanto e aguardar de novo. Entre um ataque e outro, jamais baixar a guarda, controlar os nervos, multiplicar os exercícios, manter-se atento a todas as possibilidades. As ameaças externas fazem submergir as pequenas surpresas do corpo.

Não sei se alguém já se debruçou sobre a questão da saúde nas guerras clandestinas, mas é um assunto por aprofundar. Vi pouquíssimos doentes entre meus camaradas. Impusemos de tudo aos nossos corpos: fome, sede, desconforto, insônia, esgotamento, medo, solidão, confinamento, tédio, feridas – e eles não recalcitraram. Não ficávamos doentes. Ocasionalmente uma disenteria, um

resfriado rapidamente curado pelas próprias imposições do trabalho, nada de sério. Dormíamos de barriga vazia, caminhávamos com os tornozelos torcidos, não éramos algo bonito de ver, mas não ficávamos doentes. Não sei se minha observação vale para o conjunto dos maquis, mas foi, em todo o caso, o que eu constatei na rede a que pertencia. Não era o que acontecia com os rapazes que aceitavam ser recrutados pelo STO. Esses caíam como moscas. Acidentes de trabalho, depressões nervosas, epidemias, infecções de todo tipo, automutilações dos que tentavam fugir – tudo isso dizimava as oficinas; essa mão de obra gratuita pagava com a saúde por um trabalho que exigia alguma coisa apenas de seus corpos. No nosso caso, era o espírito o que se mobilizava. Qualquer que fosse o nome que lhe déssemos, espírito de revolta, patriotismo, ódio do ocupante, desejo de vingança, gosto pela luta, ideal político, fraternidade, perspectiva de libertação, qualquer que fosse ele, isso nos mantinha com a saúde boa. Nosso espírito colocava cada um de nossos corpos a serviço de um único e grande corpo de combate. Isso não impedia, evidentemente, a existência de rivalidades, cada tendência política preparava a paz à sua maneira, nutria a sua própria ideia de uma França livre, mas, no combate contra o invasor, a Resistência, por mais variada que fosse, sempre me pareceu constituir um só corpo. Chegada a paz, esse grande corpo devolveu cada um de nós à sua própria porção de células pessoais e, portanto, às suas contradições.

Foi nas semanas finais da guerra que conheci Fanche, de quem você gostava tanto. Sem ser formada em medicina, exercia sua arte inata como cirurgiã em uma olaria abandonada aonde se levavam os nossos feridos. Como você sabe, foi graças a ela que não perdi o braço. Mas o que você não sabe é que eu lhe ensinei a técnica da anestesia auditiva de Violette, que ela aplicava com muito sucesso. Gritava tão forte ao trocar os nossos curativos, que a dor refluía para o fundo do nosso cérebro. O que você também não sabe é que, apesar de sua cabeça quadrada, seus olhos rasgados, seu sotaque gaulês e seu temperamento enérgico, Fanche não era mais bretã do que eu ou você. Era uma pequena Conchita, filha de espanhóis

refugiados na Bretanha, rebatizada como Françoise em agradecimento à nossa República. Fanche era o apelido de homem que seus pequenos amigos bretões tinham lhe dado em homenagem às suas aptidões masculinas.

*

21 anos, 9 meses e 4 dias *Sábado, 14 de julho de 1945*

Em nome do Governo Provisório da República Francesa e em virtude dos poderes que me são conferidos...

O que me fez chorar durante a cerimônia? Não tinha chorado desde a morte de Violette. A não ser de dor, nos últimos tempos, por causa do cotovelo esmagado. Em resumo, chorei sem me segurar durante toda a cerimônia, chorei ininterruptamente, sem soluçar, como que me esvaziando, sem fazer nenhum gesto para me limpar. Quando Ele nos condecorou, a mim e a Fanche, eu chorei de novo. Longe de se incomodar com isso, Ele me presenteou com um viril "Agora você tem esse direito!". Embora eu estivesse empapado como um papel machê, Ele me deu um abraço forte, e também não se limpou. Isso é que é heroísmo! Passados dois anos de interrupção, são antes de tudo essas lágrimas o que quero registrar aqui. Nesta manhã, eu realmente verti *todas as lágrimas do meu corpo*. Seria mais correto dizer que o meu corpo verteu todas as lágrimas acumuladas pelo meu espírito enquanto durou essa matança inacreditável. Que quantidade de nós mesmos as lágrimas eliminam! Chorando, a gente se esvazia muito mais do que mijando, a gente se limpa infinitamente melhor do que mergulhando no mais puro dos lagos, a gente deixa todo o peso do espírito na chegada ao porto. Uma vez liquefeita a alma, podemos enfim celebrar o reencontro com o corpo. O meu dormirá bem esta noite. Chorei de alívio, acredito. Acabou. Isso já faz alguns meses, na verdade, mas foi necessária essa cerimônia para fechar o episódio. Acabou. Foi isto o que Ele condecorou: o fim da minha *resistência*. Um viva às lágrimas!

21 anos, 11 meses e 7 dias   Segunda-feira, 17 de setembro de 1945

Voltei a me dedicar à preparação para o concurso. Imediatamente, retornaram todas as sensações físicas do trabalho intelectual. O silêncio vibrante dos livros, a suavidade de suas páginas sob a polpa dos dedos, o rangido da passagem da pena sobre as fibras do papel, o cheiro forte da cola, os reflexos da tinta, o peso do corpo parado, o formigamento na ponta dos pés depois de muito tempo cruzados e que me faz levantar de repente para dar socos no meu saco de pancadas, dançando e batendo, lançando diretos de direita e de esquerda, ganchos e uppercuts, séries, repetições (claro que já não consigo esticar totalmente o braço esquerdo, mas ele ainda consegue atacar com ganchos e uppercuts), a cabeça zunindo com versos recitados ao ritmo do boxe, as meninges repassando frases seculares enquanto as pernas dançam, os punhos batem, o suor escorre, o frescor da água da torneira, molhe-se, seque-se, ponha a camisa de volta, ao trabalho, ao trabalho, e de novo a imobilidade, a sensação de planar por sobre as linhas! O falcão-peregrino perscruta o enorme campo da página impressa, escondam-se, queridas ideias, minhas presas e meu alimento, não vou apenas comê-las, mas também vou digeri-las, vocês se tornarão carne para minha cabeça! Eta! O que estou fazendo? Melhor parar por aqui esta noite, minhas pálpebras estão pesadas e minha pena só escreve bobagens. Vamos dormir. *Vamos deitar-nos no chão e dormir.*

21 anos, 11 meses e 10 dias   Quinta-feira, 20 de setembro de 1945

Concedi a mim mesmo um tempo de descanso para reler boa parte deste diário. (Tijo trouxe os cadernos para mim outro dia. Ele os tinha escondido – "não li nada, eu juro!") Encontrei neles Dodo, com surpresa e muita emoção. Dodo, que eu tinha inventado para mim mesmo quando vivia com mamãe para me

fazer companhia *fisicamente*, Dodo, meu irmãozinho fictício, a quem ensinei a mijar, Dodo, a quem ensinei a comer coisas de que ele não gostava, Dodo, a quem ensinei a ser resistente, Dodo, a quem ensinei as verdades sobre o sexo – toca o meu pequeno, Dodo, que ele está ficando duro! Dodo, que eu construía em silêncio contra a orgulhosa, mentirosa e exemplar imbecilidade materna. Não poderia dizer que Dodo fosse eu, não, mas ele era um exercício de encarnação convincente. Eu me sentia existir tão pouco – me sentia tão pouco existente – entre aquele pai moribundo e as mentiras que aquela mãe chamava de "vida", a vida *não é* isso, a vida *não é* aquilo... Por mais imaginário que fosse, o pequeno corpo febril de Dodo (eu ouvia sua respiração dormindo ao meu lado nas vezes em que o medo o levava a sair da cama dele e vir para a minha) era mais real do que "a vida" segundo santa Mãe. Escrevendo isso, parece-me até que, nos últimos anos, a voz do Marechal representou em meus ouvidos uma reprodução perfeita da voz materna. O que se podia ouvir sobre a vida vindo de sua voz trêmula ao falar da Pátria provinha da mesma estagnada, secular, medrosa, hipócrita e risível mentira. Do fundo de mim, foi Dodo quem resolveu resistir. E foi ele o condecorado. Fico tranquilo, pelo menos, pois ele não vai ficar se gabando disso.

22 anos, 3 meses e 1 dia *Sexta-feira, 11 de janeiro de 1946*

Depois de todos esses anos de chicória, voltei a sentir o sabor do café de verdade! Café preto, forte, amargo. Aquela acidez *dentro* da boca, que, logo depois de engolirmos, faz a língua estalar de satisfação. Aquela queimação, atrás do esterno, que estimula e desperta, que acelera os batimentos do coração e conecta os neurônios. De resto, muitas vezes ele não é puro. Parece-me que era bem melhor antes da guerra. Mas por que o café de hoje seria pior? Saudade do que existia antes?

22 anos, 5 meses e 17 dias *Quarta-feira, 27 de março de 1946*

A questão dos pesadelos. Tive bem poucos nos últimos dois anos. Quando a paz voltou, eles retomaram a ofensiva. Não os tomo como uma criação do espírito, mas sim como dejetos cerebrais do organismo. Decidi controlá-los registrando-os. Um bloquinho ao pé da cama, e assim que acordo o pesadelo é registrado. Esse hábito tem dois efeitos sobre os sonhos. Ele os estrutura como narrativas e lhes retira toda e qualquer capacidade de me amedrontar. Já não são objetos de terror, mas de curiosidade, como se eles mesmos soubessem que eu fico à sua espera para amortecê-los no papel e, imbecis que são, tomassem isso como uma honra literária! Embora continuem sinistros, perderam a qualidade de pesadelos. Essa noite mesmo, depois de um dos mais assustadores deles, eu pensei claramente: não esquecer-se de anotar esse ao acordar. E é isto: o braço arrancado do policial de Rosans escrevendo alguma coisa no céu.

22 anos, 6 meses e 28 dias *Quarta-feira, 8 de maio de 1946*

Primeiro aniversário da Vitória. Até parece que todos os males de que me preservaram aqueles meses de combate resolveram se apresentar juntos para comemorá-lo: coriza, cólicas, insônias, pesadelos, angústias, febre alta, falhas de memória (meu relógio e minha carteira se extraviaram, perdi o endereço de Fanche, o material sobre Suetônio, todos os meus trabalhos da escola etc.). Em resumo, meu corpo se descontrolou. Parece até que de repente ele voltou a se conectar com aquele corpo do menino febril que eu era. (Não é nada, diria Violette, você está nervoso.) O fato é que, esta manhã, ao acordar, eu estava com os nervos à flor da pele, com o nariz entupido, com diarreia, um nó na garganta e sob uma temperatura de 38,2 graus. Pegar um resfriado debaixo de três camadas de cobertores e ter uma caganeira depois de comer um cozido excelente... será que o meu corpo está se rebelando contra o conforto readquirido? No que se refere à angústia, duas

horas de trabalho bastaram para desfazer o nó que me obstruía a garganta; a tradução do velho e bom Plínio me acalmou. Em contrapartida, a disenteria me faz ficar o tempo todo de quatro, e mal consigo bater no meu saco de pancadas. Viva a guerra, condição para ter uma saúde boa? Em todo caso, durante esses últimos dois anos em que participei dessa dança macabra, era o mundo, e não eu, o que estava nervoso.

23 anos *Quinta-feira, 10 de outubro de 1946*

Ao chegar a Paris, passei na casa de Fanche. Amanhã será minha entrevista no ministério. Fanche me perguntou se eu tinha algum lugar para dormir. Um hotel, no décimo quarto.* Enquanto eu estiver viva, nada de hotel, ainda mais no dia do seu aniversário, minha bomba. (Que coisa, ela se lembrou desse detalhe!) Levou-me à casa de uma meia dúzia de músicos que ocupavam um amplo apartamento expropriado, no bulevar Rochechouart. Muita bebida, muita risada, pouca moderação e quase nada de racionalidade também. Vamos lá, ora. Tudo bem. A certa altura, todos saíram para a noite; Fanche conhece um abrigo que foi transformado numa boate incrível na rua Oberkampf, vamos lá! Eu hesito. Estou cansado. O corpo todo dolorido da viagem. Não vou comprometer minha entrevista de amanhã. Se eu for mal, não terei saída a não ser voltar para casa. Não, obrigado, vou dormir. Fanche me mostra um quarto, uma cama, é aqui. Quer tomar um banho? Um banho? Numa banheira de verdade? É possível? Ali pude recompor um corpo que fora pulverizado por dezessete horas de estrada de ferro. Depois do banho, logo adormeci, nu e aquecido. E acordei no meio da noite. Alguém se enfiara debaixo das minhas cobertas. Um corpo nu e tão quente quanto o meu, roliço, absolutamente feminino, apenas três palavras, psssssiu, não se mexa, deixe-me fazer, antes de me engolir, o meu

* Refere-se ao décimo quarto distrito. A cidade de Paris é dividida administrativamente em vinte distritos. [N. do T.]

sexo inchando imediatamente e ocupando a sua boca, ganhando uma consistência louvável, autêntica e durável, enquanto duas mãos acariciam o meu ventre, deslizando até o peito, contornam meus ombros, descem de novo pelos braços e pelos quadris, me moldam como mãos de ceramista, agarram minhas nádegas, que relaxam confiantes, levemente enrijecidas, enquanto lábios carnudos e macios atuam, uma língua aconchegante, oh!, continue, por favor, continue, mas eu sinto o fluxo subir e meu ventre se aperta, segure-se, rapaz, segure-se, não mate essa eternidade, mas como se faz para conter um vulcão em erupção, por onde o retemos, não basta apertar os punhos e as pálpebras, morder os lábios, empinar sob uma amazona que eu não quero derrubar de jeito nenhum, tudo é inútil, a coisa sobe, balbucios, pare, devagar, espere, pare, pare, minhas mãos empurrando os ombros dela, espere, espere, mas que ombros arredondados!, tão macios que os meus dedos, traidores, insistem em ficar ali, dedos agora de gato, esmagadores, e eu sei que não vou segurar mais, eu sei, e o rapaz bem-educado pensa, subitamente, não na boca, *isso provavelmente não se faz*, sim, é uma certeza, na boca não, mas ela afasta minhas mãos e me segura ali, enquanto eu gozo, tudo vindo do mais profundo de mim mesmo, ela me mantém preso na sua boca e engole demoradamente, pacientemente, resolutamente, completamente o esperma da minha desvirginização.

Depois disso, ela desliza até o meu ouvido, e eu a ouço sussurrar: Fanche disse que hoje é seu aniversário, achei que isso seria um presente bem razoável.

23 anos e 3 dias *Domingo, 13 de outubro de 1946*

Meu presente de aniversário se chama Suzanne, vem do Quebec, é especialista em explosivos, desativa minas, enfim, o que também é *um trabalho de paciência e precisão*. Graças a ela, fui muito bem na entrevista. Minha energia vital transbordava. Existem noites em branco e noites em branco. Pois, como Suzanne contou tranquilamente à mesa que o grupo compartilhava no café

da manhã, nós dois passamos a noite inteira "fazendo amor", nada de se contentar apenas com uma "chupada", depois da minha, foi "a vez dela de gozar", depois eu de novo, depois os dois juntos, desta vez numa explosão sincronizada, e ainda mais uma ou duas "rodadas", porque "esse aí, olhe, é difícil imaginar a quantidade de amor que ele tinha de reserva!". Escrevo essas frases quebequenses sonhando com os sotaques que atravessam os séculos e os oceanos. Enquanto a mesa ria, ocorreu-me a suspeita de que Louise Labé talvez fizesse verbos com o sotaque de Suzanne, ou Corneille, que Fanche, a propósito, citou: *Pois o desejo aumenta quando o efeito se distancia.**

23 anos e 4 dias — *Segunda-feira, 14 de outubro de 1946*

Adoro a carnadura dos sotaques!

23 anos e 5 dias — *Terça-feira, 15 de outubro de 1946*

Há alguma coisa física, quase animal, no mínimo primitivamente sexual, no confronto entre o velho chefe de escritório e o jovem recém-formado. Essa é pelo menos a impressão deixada pela entrevista pela qual acabo de passar. Dois machos se observam. O velho dominante e o jovem em ascensão. Nada de amenidades nesse momento de farejar conhecimentos e intenções. Até onde você sabe? Até onde você vai?, pergunta o focinho do chefe. Que armadilha você está preparando para mim?, perguntam as ventas do candidato. São duas gerações que se enfrentam: a que vai morrer e a que vai substituí-la. Nada simpático. Apesar das aparências, a cultura ou os diplomas não pesam tanto. É um due-

* Quando lida em voz alta, esta frase – *Le désir s'accroît quand l'effet se recule* (da peça *Polieucto*, de 1643, de Corneille) – adquire em francês um significado ambíguo, erótico, remetendo a algo como: "O desejo aumenta quando as nádegas recuam." Tornou-se uma brincadeira recorrente na tradição francesa. [N. do T.]

lo de colhões. Será que você é digno da tarefa de perpetuar a casta? Eis o que o chefe quer saber. E você? Ainda merece continuar vivo? Eis o que pergunta o candidato. Grunhidos, grunhidos, no ar um cheiro misturando esperma rançoso e trepada nova.

23 anos e 16 dias *Sábado, 26 de outubro de 1946*

Agora há pouco, depois do amor, deitado de barriga para baixo, todo suado, exausto, relaxado, sonolento, senti gotas frias caírem a intervalos irregulares sobre as costas, nas coxas, no pescoço, nos ombros. Um lento e delicioso conta-gotas, tanto mais encantador quanto menos eu sabia quando cairia a gota seguinte, e cada uma delas me fazia descobrir um ponto específico do meu corpo que me parecia nunca ter sido tocado antes. Virei-me: ajoelhada ao meu lado, um copo d'água na mão, Suzanne me aspergia com as pontas dos dedos, concentrada como se estivesse sobre uma mina. Sua pele, com várias sardas e marquinhas espalhadas, é um céu cheio de estrelas. Com uma esferográfica, reproduzi nele o mapa celeste do mês, a Ursa Maior, a Ursa Menor etc. Agora é a sua vez, disse Suzanne, vamos ver um pouco o *seu céu e os seus céus*. Mas nada havia na minha pele, nem de costas nem de frente, nenhuma marquinha, nada. Uma página em branco. A única coisa que eu lamento é a maneira como interpreta isso: você é todinho novo.

23 anos, 3 meses e 11 dias *Terça-feira, 21 de janeiro de 1947*

Suzanne foi embora, de volta para o seu Quebec. Guerras acabam para todo o mundo. Festejamos a separação com toda a dignidade:

Um arranhão de unha na face direita.

Uma marca de mordida no lóbulo da orelha esquerda.

Um chupão no pescoço, à direita, onde pulsa a artéria.

Outro chupão à esquerda, debaixo do queixo.

Uma marca de mordida no lábio superior, enrijecida, azulada.

Quatro arranhões paralelos com cerca de um centímetro entre cada um deles, indo da ponta superior do esterno até o mamilo esquerdo.

Marcas semelhantes na parte de cima das costas.

Um chupão no mamilo direito.

Uma mordida bem profunda na parte carnuda do polegar.

O saco dolorosamente ressecado.

E, assinatura final, a marca de um beijo na virilha esquerda: "Quando o batom se tiver apagado, será hora de começar a viver de novo."

Mais uma vez, Fanche cuida dos meus ferimentos. Revelando-me, por exemplo, que não foi somente por causa do meu aniversário que Suzanne se enfiou debaixo das minhas cobertas. Não foi? Não, minha bomba, ela foi com a encomenda de acabar com a sua virgindade. É sério? Sério. Isso incomodava a gente. Um agente de contato virgem é uma coisa extremamente rara. São tantos perigos, tanta tensão, que a maior parte de vocês acaba na cama juntos depois de cumprida a missão. Os agentes de contato compensam a guerra fazendo amor loucamente. Tanto os meninos quanto as meninas precisam de energia vital e de braços protetores! E você nada. Todos sabiam disso. Daí algumas suspeitas: É padre? Virgem? Impotente? Frio? Decepcionado com o amor? Faziam essas perguntas sobre você. Suzanne foi buscar a resposta *in loco*. A última proeza da Resistência, minha bomba!

*

NOTA PARA LISON

Fanche me chamava de "minha bomba" desde aquela tarde de março de 45, depois da batalha de Colmar, em que a explosão de uma mina quase arrancou metade do meu braço esquerdo numa estrada da Alsácia. Estava dirigindo um veículo com o cotovelo para fora da janela, relaxado, como se a guerra já tivesse terminado. Fanche chamava os seus pacientes desse jeito. Pelo nome da

arma que os tinha atingido. "Minha bomba" por causa dessa mina, "minha rajada" no caso de Roland, que saíra de uma emboscada carregando com as mãos as suas próprias tripas, "minha banheira" no caso de Edmond, que conseguira fugir depois de um interrogatório exaustivo. Minha bomba: ela nunca mais me chamou de outro jeito.

*

23 anos, 3 meses e 28 dias *Sexta-feira, 7 de fevereiro de 1947*

Depois de cada resfriado, acordo com o nariz entupido. Seco, mas entupido. Principalmente a narina esquerda, obstruída por uma excrescência da mucosa que consigo sentir direitinho com a ponta do indicador quando o enfio ali profundamente. Durmo com a boca aberta e acordo com a garganta ressecada, como uma carniça evaporada. Será que tenho alergia ao ar de Paris?

23 anos, 4 meses e 9 dias *Quarta-feira, 19 de fevereiro de 1947*

Seja pela partida de Suzanne, seja pelas barreiras que Chapelin levanta contra todas as minhas propostas, seja por causa do cretino do Parmentier, que me irrita com a sua obsessão por cotas, tenho sentido sempre muita acidez no estômago. Quando criança, eu já tinha doenças de velho. Dessas doenças que acompanham você pela vida afora e acabam por moldar seu temperamento. Será que sou *azedo*, e daqui a alguns anos terei me tornado *amargo*?

23 anos, 5 meses e 21 dias *Segunda-feira, 31 de março de 1947*

Comi muito pouco. Dormi mal. Nada entra e nada sai. Dores quase constantes na altura do esôfago. Não tinha dado importância, mas agora fiquei preocupado. Étienne me aconselha a fazer um exame. É bom principalmente para tirar a preocupação,

explica ele. O gastroenterologista que ele me indicou pode me atender daqui a duas semanas, no hospital Cochin. As pastilhas Rennie ainda me dão certo alívio. Nenhuma notícia de Suzanne.

23 anos, 5 meses e 30 dias *Quarta-feira, 9 de abril de 1947*

Tenho ainda cinco dias de espera. Quanto tempo perdido, meu Deus! E ainda nada de Suzanne. Mas o que você espera dessa moça?, pergunta Fanche, ela já lhe abriu as portas da vida, minha bomba, agora precisa só que você entre! Espero meu apetite voltar. Entre outros, o apetite sexual. E o apetite de viver. E, no entanto, o que volta são os meus terrores da infância. Em forma de hipocondria! Pois o que sinto, e é inútil escondê-lo de mim mesmo por muito tempo, é um medo irracional do câncer. Hipocondria: distúrbio de consciência que leva a uma percepção hipertrofiada das manifestações do corpo. Uma forma de delírio de perseguição no qual somos ao mesmo tempo perseguidor e perseguido. Meu espírito e meu corpo aprontam *um contra o outro*. Não deixa de ser uma sensação nova e, portanto, interessante. Serei hipocondríaco de nascença ou se trata de uma crise passageira? Câncer no estômago: ser comido por dentro pelo próprio órgão da digestão! Terror mitológico.

23 anos, 6 meses e 2 dias *Sábado, 12 de abril de 1947*

Já não me digiro.

23 anos, 6 meses e 4 dias *Segunda-feira, 14 de abril de 1947*

A consulta durou sete minutos. Saí dali aterrorizado. Não entendi nem um quarto do que o gastroenterologista me disse. Eu seria incapaz de descrever seu consultório. Uma estranha paralisação do pensamento. Você teve sorte, um paciente desmar-

cou, eu posso então recebê-lo daqui a três dias. Terá sido mesmo verdade ou ele fez essa patacoada para não me dizer que o caso era urgente? Em vez de ouvi-lo, eu escrutinava o seu rosto. Seco, preciso, anunciou-me que daqui a três dias ele introduzirá um tubo no meu estômago para ver o que está acontecendo. Não havia rigorosamente nada além dessa informação por tirar daquela cabeça de especialista, mas a minha hipocondria atribuía segundas intenções inconfessáveis a cada um de seus traços. Você está ficando maluco, meu pobre rapaz, reagindo como se esse médico fosse um agente infiltrado da SS!

23 anos, 6 meses e 6 dias *Quarta-feira, 16 de abril de 1947*

Não consigo ler. Não consigo me concentrar em nada. Só o trabalho é que me distrai um pouco. Apesar de que, nesta manhã, Josette me achou meio ausente, e Marion, preocupado demais. As pastilhas Rennie não me aliviam em nada. Meus nervos estão à flor da pele. Tenho certeza de que a coisa está feita. Que estou saboreando este vinho pela última vez como pessoa sã, assim como estas azeitonas, este purê – que, aliás, não descem –, e também que não poderei mais ver florescer as amendoeiras do Luco.* Desde quando você se interessa por amendoeiras, seu imbecil? Você sempre as achou infantis! É verdade, mas a certeza da aproximação da morte me faria apaixonar-me até por uma barata. O medo da doença é mais aterrorizante do que a própria doença. Uma vez vindo o diagnóstico, eu me reergo! Pois eu saberia resistir ao inevitável câncer! Vejo-me, já, adotando certos comportamentos heroicos. Enquanto aguardo, porém, tenho as mãos úmidas, tremores sutis na ponta dos dedos, acessos de pânico que transformam minha constipação em caganeira, como quando eu tinha doze anos. *Não vou mais ter medo, não vou mais ter medo, não vou nunca mais ter medo...* Imagine! Será possível que não tenha aprendido nada? Será possível que este diário, mantido justa-

* Nome de um restaurante ao lado do Jardim de Luxembourg. [N. do T.]

mente para conjurar esse tipo de pavor, não tenha adiantado para nada? Será que terei de conviver até o fim com aquele moleque invertebrado que se borrava inteiro nas calças diante do menor dos medos? Pare de choramingar, pare um pouco, puxa! Tente se ver de fora, seu grande idiota, você sobreviveu a uma matança planetária, e além disso uma mulher maravilhosa finalmente abriu o seu caminho para as outras!

23 anos, 6 meses e 7 dias *Quinta-feira, 17 de abril de 1947*

Submeti-me à *gastroscopia* em um estado de total abdicação. Tinha entregado todas as minhas armas à Faculdade! Confiança cega, sem ilusão alguma quanto ao resultado. Um fatalismo tranquilo. Durante todo o tempo em que o gastroenterologista, acompanhado de um assistente, introduzia o tubo na minha garganta para depois enfiá-lo pelo esôfago e por fim explorar o estômago até o piloro, enfrentei o meu horror à ideia de vomitar pensando no engolidor de facas que eu tinha visto, criança, um dia em que papai me levou ao circo. Os médicos falavam sem parar enquanto me investigavam. Ao mesmo tempo que perscrutavam os meus tubos, trocavam ideias sobre as próximas férias. E estavam certos! Pois a vida, mesmo quando termina, continua! Boa notícia: o exame revelou apenas uma irritação banal no esôfago. Má notícia: querem me ver novamente depois de um exame de sangue. Tratamento: compressas gástricas e dieta. Supressão de carnes temperadas. (Parece que esse doutor não foi nem um pouco atingido pelo racionamento!)

23 anos, 6 meses e 18 dias *Segunda-feira, 29 de abril de 1947*

Meus exames estão absolutamente *normais*. Não tenho nada! O que provoca em mim uma mistura de sentimentos: uma exultação temperada pela vergonha de ter tido tanto medo. Mas, como o alívio estava acima de qualquer outra consideração, fui

ao restaurante com Estelle. Pedi linguiça, batata salteada e uma garrafa de Brouilly. Até agora, nada de coisas ácidas. Um belo passeio com Estelle no Jardin des Plantes. Reencontrei-me com meu corpo. Ah, sim, Montaigne *a linda luz da saúde*!

23 anos, 6 meses e 28 dias *Quinta-feira, 8 de maio de 1947*

Uma pessoa na rua me perguntou como chegar ao Trocadéro. Espontaneamente, em vez de dar a informação, respondi, com o sotaque de Suzanne, que não sou daqui, sou do Quebec, não conheço o Trocadéro.* Quando Suzanne imitava o sotaque francês, o *meu* sotaque, ela exibia toda a fisiologia da nossa língua. O rosto se contraía, as sobrancelhas se erguiam, ela endireitava a cabeça, cerrava um pouco as pálpebras, abria a boca de um jeito arrogante e contrariado: vocês, malditos franceses, sempre fazem biquinho ao falar, como se estivessem botando ovos sobre as nossas pobres cabeças!

23 anos, 6 meses e 29 dias *Sexta-feira, 9 de maio de 1947*

O sotaque, dizia Suzanne, é o idioma do jeito que cada um o come! Você engole o francês devagarinho, eu o devoro.

*

NOTA PARA LISON

Meses de interrupção se seguiram ao episódio hipocondríaco. Os prazeres do reencontro com a vida, a excitação da carreira recém--iniciada e das disputas políticas preponderaram em relação a este

---

* Nesta frase, o original usa caracteres que refletem o sotaque típico do Quebec de língua francesa. [N. do T.]

diário. Depois do golpe que me deu, meu corpo se eclipsou. Além disso, a vida pulsava a toda no imediato pós-guerra.

*

24 anos, 5 meses e 19 dias *Segunda-feira, 29 de março de 1948*

Depois de termos feito amor, Brigitte perguntou se eu tenho um diário. Respondi que não. Ela, sim. Perguntei se ela falará nele da nossa noite. Talvez, disse ela, com aquele falso pudor das moças que, depois de confessar o principal, acreditam preservar o seu segredo poupando outros detalhes. Claro que você vai falar, pensei, e é justamente essa a razão pela qual eu não faço um diário íntimo. O que ficou em mim da nossa noite é antes de tudo a sensação persistente de uma tensão dolorida no freio do meu prepúcio, perto da fenda. Isso é tudo o que devo registrar aqui. O restante, mais agradável, não diz respeito a nenhum diário.

24 anos, 5 meses e 22 dias *Quinta-feira, 1º de abril de 1948*

"Pôr a cabeça para fora" é de fato mais bonito do que "desencapotar". Embora se deva sempre desconfiar do belo em matéria de fisiologia, e, além disso, "desencapotar" tem algo que faz lembrar carro conversível, o que não deixa de me agradar. Sem considerar a "capota", o solidéu, dos padres. Eu desencapoto e, pronto!, menos um padre.

24 anos, 6 meses e 6 dias *Sexta-feira, 16 de abril de 1948*

Consultei um tal doutor Bêk, indicado pelo tio Georges, por causa desses balões-sonda que obstruem as minhas narinas durante semanas depois de cada resfriado (principalmente a narina esquerda). São pólipos, e não há nada a fazer. Uma afecção que me acompanhará a vida inteira? No estágio atual da medi-

cina, com certeza, meu jovem. Realmente não há nada a fazer? Procure não ficar resfriado no outono e na primavera. Como? Não frequente locais públicos: metrô, cinemas, teatros, igrejas, museus, estações de trem, elevadores... Uma lista de locais que ele emitiu como quem dita uma receita médica e que concluiu com a seguinte recomendação: abstenha-se de contatos bucais. (Evitar o gênero humano, em suma.) E se fizer uma cirurgia? Eu desaconselho, os pólipos não são amígdalas, eles voltam a nascer sistematicamente. O velho doutor Bêk me liberou, porém, com uma boa notícia: o pólipo nasal raramente se torna canceroso, contrariamente aos que talvez possam vir a ser encontrados, um dia, na sua bexiga ou nos seus intestinos.

24 anos, 6 meses e 14 dias *Sábado, 24 de abril de 1948*

Meu padre perdeu a "capota": o freio do prepúcio acabou cedendo e meu sexo, rasgado, cobriu a mim e Brigitte de sangue. Depois de se inspecionar, Brigitte afirmou que era "o mundo ao contrário".

24 anos, 6 meses e 21 dias *Sábado, 1º de maio de 1948*

Abstinência, portanto. De qualquer maneira, Brigitte tem a pele um pouco áspera. Não acredito que eu conseguiria passar todas as noites grudado a nádegas ásperas. Passar a vida com ela, talvez, mas as noites grudado às suas nádegas, não.

25 anos *Domingo, 10 de outubro de 1948*

Orgasmos do fundo do corpo, orgasmos da ponta do pau. Agora, com Brigitte, eu gozo porque é preciso gozar. Um orgasmo educado, um pequeno prazer limitado à região que o produz, uma concessão da glande à seguinte palavra de ordem: já que é

preciso trepar, trepemos, e, já que é preciso concluir, gozemos. Um orgasmo por princípio, sem que o espírito invista nele a totalidade do corpo. Bem feito para você, sussurra dentro de mim uma voz construtiva: para se esvaziar, é preciso antes se encher, meu garoto. Ame, encha-se de HAMOR, HAME portanto com todo o seu CHORACÃO e assim você gozará até não poder mais! Injunção totalmente negada ontem à noite por uma moça da rua do Mogador, a quem paguei de presente a mim mesmo pelo meu aniversário. Ela foi tão generosa no emprego do tempo, tão convincente em sua arte e tão pouco avara com seu corpo, que o meu, incluindo a cabeça, literalmente explodiu, como nos tempos de Suzanne.

25 anos e 2 dias *Terça-feira, 12 de outubro de 1948*

Aniversários me fazem recordar a primeira fase de minha vida, quando mamãe me perguntava o que eu acreditava "merecer" como presente. Ainda a ouço: o que você acha que merece ganhar de aniversário? Sempre com aquela intenção pedagógica que frisava cada sílaba e aqueles olhos enormes que saltavam de seu rosto para dar a entender que nada lhe escapava. E, no entanto, era uma mulher tão pouco atenta aos outros... E estes lhe davam menos atenção ainda. Eu tossia de propósito ao soprar as velas. Como o papai. O que eu realmente teria gostado de ganhar de aniversário? Uma bela tuberculose!

25 anos, 3 meses e 6 dias *Domingo, 16 de janeiro de 1949*

Passei um tempo considerável tentando retirar o que eu achava ser um fiapo de erva-doce preso entre o incisivo superior direito e o canino vizinho. Primeiro com a unha, depois com um canto de um cartão de visita e, finalmente, com um palito de fósforo afinado na ponta. Mas não havia nenhum fiapo de erva-doce. Tratava-se de uma mensagem equivocada enviada pela

gengiva, incomodada pela lembrança de algum problema anterior. Não é a primeira vez que ela apronta isso comigo. Minha gengiva se ilude!

25 anos, 3 meses e 12 dias *Sábado, 22 de janeiro de 1949*

É inútil continuar a esconder por muito tempo de mim mesmo: não sinto desejo por Simone. E a recíproca também é verdadeira. Nossos corpos não entram em acordo. Cedo ou tarde, essa incompatibilidade física se sobreporá à nossa cumplicidade. Já estamos vivendo de compensação. Esse entendimento perfeito que mostramos e que faz de nós um casal tão "público" esconde de nós mesmos o nosso fracasso sexual. Não se deve permitir que uma criança venha a sofrer, no futuro, por causa desse mal-entendido.

25 anos, 3 meses e 14 dias *Segunda-feira, 24 de janeiro de 1949*

Na cama, procuro aplicar com Simone o método que eu mesmo tinha ensinado a Dodo para comer coisas de que ele não gostava. Uma transposição, infelizmente, impossível. Meu irmãozinho fictício tinha de pensar com muita força no que ele tinha dentro da boca e apenas nisso, identificar cada elemento constitutivo de sua garfada, sem fazer nenhuma dessas representações fantasiosas que as crianças costumam criar a partir mais da consistência do que do gosto dos alimentos. O arroz-doce não é um vômito, o espinafre cozido não é um cocô etc. Pois bem, na cama, onde quase tudo diz respeito à consistência, esse método não funciona. Quanto mais eu sei o que estou abraçando, menos consigo me acomodar: aquela pele seca, aquela clavícula pontuda, aquele úmero que se faz sentir imediatamente atrás do bíceps, aquele seio duro demais, aquela barriga muito rija, aquela pelugem áspera, aquelas nádegas contraídas, pequenas demais para as minhas mãos, em resumo, aquele corpo atlético me faz sempre

imaginar o seu oposto. Pior, para usufruir dele, eu me vejo *obrigado* a fantasiar. Caso contrário, flacidez, desculpas esfarrapadas, noite morna, mau humor na manhã seguinte.

25 anos, 3 meses e 22 dias *Terça-feira, 1º de fevereiro de 1949*

Além disso, não gosto do cheiro dela. Gosto dela, mas não consigo sentir seu cheiro. Não existe tragédia maior do que essa no amor.

25 anos, 3 meses e 25 dias *Sexta-feira, 4 de fevereiro de 1949*

Montaigne: *O cheiro mais perfeito de uma mulher é ela não ter cheiro nenhum.* Inclusive isso. Onde anda você, Violette? O seu cheiro me agasalhava. Mas não é de você que Montaigne fala. Onde anda você, Suzanne? O seu perfume era a minha bandeira. E também não é de você que ele fala.

25 anos e 4 meses *Quinta-feira, 10 de fevereiro de 1949*

Simone e eu temos "tudo o que é preciso para se dar bem", mas os nossos corpos não *dizem* nada um ao outro. Nós combinamos, mas não formamos um só corpo. Para dizer a verdade, mais do que o corpo, o que me atraiu nela foi o seu jeito de ser: seu olhar, sua postura, a textura da voz, a graça um tanto brusca dos seus gestos, sua elegância permanente, aquele sorriso carnudo em um rosto cético, tudo isso (que tomei como sendo o seu corpo), combinando perfeitamente com o que ela falava, pensava, lia e silenciava, constituía a promessa de uma combinação perfeita. E eis que de repente eu me vejo na cama com uma campeã de tênis toda musculosa, com seus tendões, seus controles e contenções. O que teria acontecido se o boxe e os exercícios físicos não tivessem produzido em mim os músculos que tenho?

Abdominais contra abdominais, nós nos rejeitamos. E se eu optasse de agora em diante por ser obeso e mole? Deixasse o meu corpo inchar até que ele conseguisse absorver o dela untuosamente ao mesmo tempo que a penetraria? Ela se entregaria, se refastelaria nas dobras do meu corpo. Pauline R., a quem Fanche perguntou por que ela preferia os homens gordos, respondeu, revirando os olhos e alterando a voz: Ah!, é como fazer amor com uma nuvem!

25 anos, 4 meses e 7 dias *Quinta-feira, 17 de fevereiro de 1949*

Hoje a nossa cama já amanheceu quase totalmente arrumada...

25 anos, 5 meses e 20 dias *Quarta-feira, 30 de março de 1949*

A cárie ou a tentação da dor. Fui despertado de repente por uma cárie. Depois de me fazer dar pulos no ar, essa porcaria me pareceu *interessante*. A cárie dá choque. É a dor que mais se aproxima da descarga elétrica. Como todo choque, ela surpreende. A língua vagueia pela boca distraída, e subitamente dois ou três mil volts! É extremamente dolorido, mas instantâneo. Um relâmpago isolado em um céu de tempestade. Essa dor não se espalha, limita-se estritamente ao seu perímetro de ação maléfica e interrompe-se quase de imediato. A tal ponto que, depois de criar a surpresa, ela gera a dúvida. Começa, então, o perigoso jogo de investigação. Nossa língua, concentrada, cautelosa como um caçador de minas, vai até ali, testando a gengiva e as paredes do dente suspeito antes de passear pela cratera aberta e se enfiar pela fenda, com a circunspeção de uma lesma, as antenas tateando. Apesar dessa precaução toda, produz-se então uma descarga que nos faz pular até o teto e tudo fica claro. Mas é difícil manter por muito tempo no espírito a consciência de uma dor tão passageira. Então, voltamos. Nova descarga! O molusco se fecha no ato. É birrenta a cárie.

25 anos, 5 meses e 24 dias *Domingo, 3 de abril de 1949*

Caroline é uma cárie. A fulguração de sua maldade faz com que seja esquecida imediatamente. A tal ponto que, uma vez recebido o golpe, ficamos em dúvida se ela realmente o perpetrou. Uma moça tão terna! Uma voz tão suave! Uma pele tão pálida! Olhos tão azuis! Cabelos tão boticcelianos! Então, retornamos a ela. Verificamos. E voltamos choramingando. Ela me fez isto, ela me fez aquilo. Vítimas é que não faltam. Caroline é uma dessas cáries produzidas pelo nosso desejo insaciável de ser amados. Uma vez desmascarada, ela faz o dente ficar enfermo: fui uma criança tão infeliz. Ela posa como uma cárie inocente: não é culpa minha, foi a maldade dos homens o que me fez assim. E suas vítimas, incontáveis, brincam de dentista. Eu saberei cuidar de você, eu, sim, eu saberei! A cárie é charmosa. A gente balança por ela. Confie nos meus unguentos, na minha broca, eu sei que no fundo você não é assim! E nossa língua cede diante da fascinação do abismo. Prevejo uma carreira política brilhante para essa moça.

25 anos, 5 meses e 25 dias *Segunda-feira, 4 de abril de 1949*

E eis que, com essas considerações sobre a camarada Caroline, eu caio no diário íntimo. Uma pergunta: quando o meu corpo produz uma metáfora esclarecedora sobre a natureza de meus semelhantes, teria eu o direito de estendê-la na linha de algo que poderia passar por um diário íntimo? Resposta: não. Principal motivo para essa proibição? Caroline certamente tem um diário íntimo em que ela adapta o real ao sabor de seus desejos. E, além disso, várias outras metáforas conviriam ao temperamento dessa moça: a do carrapato, por exemplo, que se alimenta sinuosamente do nosso sangue e que sempre demoramos muito para descobrir. Ou o estafilococo dourado, que dorme profundamente entre dois despertares arrasadores. Não, não, nada de estender as coisas a um diário íntimo!

25 anos, 6 meses e 3 dias *Quarta-feira, 13 de abril de 1949*

Fui a um dentista (indicado pelo tio Georges), pela primeira vez na vida. Resultado: um inchaço no rosto que me impede de comparecer ao escritório. Troquei um choque elétrico intermitente por uma dor bem durável, um braseiro cujo combustível seria meu maxilar superior esquerdo, elevado ao mais alto grau de incandescência. Se você sente dor, tome isso. Tomei isso e continuo com dor. A dor começou com a própria picada da anestesia. De repente, eu me vi com uma agulha enfiada perpendicularmente na cratera do meu molar, e, toda vez que o meu carrasco acionava a seringa para injetar a sua droga, meu corpo parecia uma tábua de passar roupa. Não vai ser nada divertido, mas é rápido. Não foi divertido nem rápido. Uma vez injetado o líquido, ele passou a perfurar o maxilar com uma broca enorme que ressoava dentro do meu crânio como numa mina escavada por algum prisioneiro em trabalhos forçados. Todo esse escarcéu para extrair minúsculos filamentos cinza das profundezas do mundo. Veja aqui, é o seu nervo. Bem, agora vou fazer um curativo e, depois que isso cicatrizar, vamos preparar uma coroa.

Aconselhou-me também a escovar os dentes com mais seriedade. No mínimo dois minutos de manhã e de noite. De cima para baixo e da direita para a esquerda. Como os soldados americanos do SHAPE.*

25 anos, 6 meses e 9 dias *Terça-feira, 19 de abril de 1949*

Negociações difíceis com M&L, e de repente um cheiro violento de merda. Tão inesperado e tão brutal, que levo um susto. Aparentemente, meus interlocutores não sentem nada. Um cheiro que, no entanto, toma conta de tudo! Azedo, sufocante, um cheiro que pega você efetivamente "pela garganta", a coisa mais

* Supreme Headquarters Allied Powers Europa. Refere-se ao quartel-general das potências aliadas na Europa. [N. do T.]

excremencial possível. Como se eu tivesse caído dentro de uma fossa séptica. Esse horror me persegue o dia inteiro, em baforadas, sem que as pessoas à minha volta fossem atingidas. No escritório, no metrô, em casa, uma porta se abrindo e se fechando para latrinas imundas cujo bafo me sufoca. Ilusão olfativa, eis o meu diagnóstico. Não caí em nenhuma fossa séptica, eu *sou* esta fossa séptica, com um fedor que, felizmente, não ponho para fora. Uma ilusão de cheiro em uma fossa tapada, é sempre assim. Para tirar isso a limpo, comentei com Étienne. Ele perguntou se eu tinha ido recentemente ao dentista. Sim, em um que o seu pai indicou, na semana passada. Um molar de cima? Sim, do lado esquerdo. Não se preocupe, ele perfurou um seio teu e você está com uma ligação direta com as fossas nasais. Vai ficar assim por alguns dias, até cicatrizar. Fossas nasais? Abertas onde essas fossas? Nossa alma cheira a merda? E você tinha alguma dúvida disso? Étienne me conta mais coisas sobre esse cheiro *sui generis*. Não é que a nossa alma seja pestilenta, o que acontece é que os nossos seios da face, frequentemente infeccionados, produzem esse cheiro de pus, em outras palavras, de podridão orgânica, que atinge totalmente o nosso aparelho olfativo por menor que seja a derrapada produzida pela broca do dentista. É um acidente muito comum e sem gravidade. Essa conexão direta com o interior da nossa cabeça atua como uma lupa aumentando os nossos cheiros íntimos de podridão. (Para o lado externo, o fedor se atenua à medida que se difunde.) Quanto ao aroma, é bem real, não se trata de nenhuma ilusão: um concentrado de células em decomposição.

25 anos, 6 meses e 15 dias *Segunda-feira, 25 de abril de 1949*

Seis dias cheirando merda sem que ninguém perceba. Inclusive ao defender a minha tese. O júri achou-a brilhante. Congratulações unânimes. E eu preso à minha fossa. Uma espécie de lady Macbeth.

25 anos, 7 meses e 4 dias *Sábado, 14 de maio de 1949*

Gestos rápidos do alfaiate tomando minhas medidas com a fita métrica. Comprimento dos braços, das pernas, cintura, colarinho, largura dos ombros. Toques precisos e neutros na região entre as pernas. (Eu me pergunto fugazmente se *sinto* algo.) Mas o alfaiate não se interessa por este corpo. Na verdade, ele nem me toca. Nada a ver com a auscultação de um médico. Com as agulhas, seus dedos calculam um volume, desenham uma aparência. O que sai de sua oficina é um homem público, um homem vestido pela sua função. Meu corpo se sente estranhamente nu dentro deste terno novo.

25 anos, 7 meses e 5 dias *Domingo, 15 de maio de 1949*

O alfaiate me fez uma pergunta que eu não entendi. Você coloca à direita ou à esquerda? Ele teve de me explicar. Depois, precisei pensar. Mais à esquerda, eu acho. Sim, mais à esquerda. Meu sexo tem uma tendência a cair para a esquerda. Nunca tinha pensado nisso.

26 anos, 5 meses e 2 dias *Domingo, 12 de março de 1950*

Faz meses que nada escrevo aqui, como costuma ocorrer quando acontece alguma coisa importante comigo. No caso, uma paixão súbita. O mais urgente não era registrá-la, mas vivê-la. O sufoco amoroso! Nada fácil de escrever se queremos evitar que nos afoguemos em sentimentos lacrimosos. Felizmente, o amor tem muito a ver com o corpo! Faz três meses, portanto, numa noitada na casa de Fanche. O apartamento está cheio. Alguém toca a campainha, e eu sou o que está mais perto da porta. Abro, e ela apenas diz: "Sou Mona", e eu permaneço de pé, barrando-lhe a passagem, tomado por um amor imediato, incondicional e definitivo. É incrível a confiança que o desejo

deposita na beleza! Essa Mona, sem nenhuma sombra de dúvida a mais apetitosa das aparições, ei-la imediatamente promovida também à mais inteligente, à mais simpática, à mais refinada, à mais amável, à melhor companhia de todas! Uma perfeição superlativa. Meu coração derreteu como chumbo. Podia ser a mais idiota, a mais maldosa, a mais convencional, a mais gananciosa e calculista e mentirosa e sem-vergonha e maldita burguesa ou empregada malandra, e, mesmo que alguém me tivesse passado o seu dossiê previamente para conhecimento, ainda assim meu coração só daria crédito aos meus olhos! É tudo o que faltava em minha vida! Essa que estou vendo de pé à minha frente no enquadramento da porta e que, pensando bem, tampouco parece ter pressa de entrar, é minha! A grande mulher! Minha mulher! Adjetivo e pronome possessivos! Certeza eterna! É toda a nossa cultura que o fluxo das glândulas faz se concentrar no coração no instante em que essa paixão nos atinge, todas as canções de amor baratas e todas as óperas mais refinadas, o primeiro olhar do Montecchio para a Capuleto e do Nemours para a Clèves, e as virgens e as Vênus e as Evas dos Cranach e outros Botticellis, toda essa quantidade espantosa de amor proveniente seja da lama seja dos museus, das revistas ou dos romances, das fotografias publicitárias e dos textos sagrados, Cântico dos cânticos dos cânticos, toda a somatória de desejos acumulados pela nossa juventude, ampliada pelas nossas ardentes masturbações, todos esses tiros adolescentes de pólvora seca sobre imagens e palavras, todas essas aspirações de nossa alma desvairada, é tudo isso o que nos infla o coração e nos incendeia o espírito! Ah! O deslumbramento do amor! E esse clarividente repentino! Que fica parado como um estúpido de pé no enquadramento da porta. Por sorte, o meu sobretudo estava pendurado ali. Peguei-o, e há três meses eu e Mona não saímos da nossa cama, onde nos encaramos desde o início no atacado e no varejo, no agora e para sempre. Nácar, seda, chama e pérola, a perfeição da vagina de Mona! Isso tudo para ficar no essencial, pois há também o seu olhar cheio de apetite, o veludo delicado da pele, o peso suave dos seios e a firmeza tenra das nádegas, o arredondado

correto dos quadris, as curvas exatas dos ombros, tudo isso ao meu alcance, à minha exata medida, justamente na minha temperatura, tudo para as minhas narinas, tudo para o meu gosto – ah, o sabor de Mona! –, é preciso um Deus para que uma porta se abra dando para essa complementação tão perfeita! É preciso ao menos a existência de um Deus para que ocorra esse encaixe tão inquestionável dos nossos sexos! Já que se deve avançar progressivamente, primeiro foram nossas mãos e nossos lábios os que se encontraram, depois os nossos sexos, que nós fomos atraindo reciprocamente, acarinhando, excitando, enrijecendo, combinando, antes de autorizá-los a se visitarem/engolirem, a estenderem sabiamente a nota do prazer até atingir o dó mais agudo, e agora eles se devoram e se esbaldam por qualquer coisa, quanto mais rápido melhor, sem nossa permissão, às cegas, em escadarias, entre duas portas, no cinema, no subsolo de um antiquário, na chapelaria de um teatro, sob as árvores de uma praça, no alto da Torre Eiffel, ora, faça-me o favor! Eu digo nossa cama, mas na verdade nossa cama é Paris, Paris e seus arredores, no Sena e no Marne! Usamos os nossos sexos até se secarem, nós os preparamos e os limpamos com a língua, como o fundo de uma marmita, como as costas de uma colher, nós os contemplamos no seu apogeu e no seu esgotamento com a ternura tola de um bêbado, que traduz tudo isso em termos de amor, de futuro e de descendência, eu quero isso, uma progenitura, desde que Mona não deixe de estar sempre na cama comigo, crescer e multiplicar, por que não?, se o prazer continua intacto e a soma em questão leva o nome de felicidade? Que seja um bando de conquistadores, do jeito que for, um moleque para cada tiro dado se for preciso, e então alugamos um quartel inteiro para abrigar esse exército de amor! Em resumo, estou neste ponto. Poderia deixar esta minha pena avançar ainda muito mais aqui se uma urgência absolutamente nua deitada de través na minha cama não estivesse me soprando que a hora ainda não é de comemoração, mas sim de açao, ação e mais ação! Não se trata de celebrar o tempo passado, mas de honrar o tempo que nunca passa!

26 anos, 7 meses e 9 dias *Sexta-feira, 19 de maio de 1950*

Ontem à tarde, quinta-feira de Ascensão, eu e Mona fizemos seis vezes. Seis e meia, a rigor. E cada vez mais longas. Um esgotamento radiante, no sentido estrito do termo. Como pilhas que se tivessem gastado totalmente depois de proporcionar toda a energia que podiam. Mona se levantou e caiu, molemente, ao pé da cama. Ela riu: Já não tenho esqueleto. Normalmente ela diz que já não tem pernas. Batemos um recorde.

26 anos, 9 meses e 18 dias *Sexta-feira, 28 de julho de 1950*

É incrível como a energia amorosa faz bem ao corpo! Tudo, absolutamente tudo está dando certo para mim neste momento. Meus chefes me acham incansável.

26 anos, 10 meses e 7 dias *Quinta-feira, 17 de agosto de 1950*

O léxico não encontrou até hoje nenhuma expressão que evoque mais o gozo do que "ficar transtornado". É bem verdade que a gente se transtorna mesmo! No entanto, segundo o Littré, no século XIX esse verbo caracterizava algo fracassado, uma espécie de passo em falso na ascensão social. "Esse jovem está transtornado." Nenhuma acepção deste verbo evocava, então, o prazer. Ele designava apenas o naufrágio das esperanças burguesas.*

26 anos, 11 meses e 13 dias *Sábado, 23 de setembro de 1950*

Pontuação amorosa de Mona: Dê-me essa vírgula que faço dela um ponto de exclamação.

---

* O autor se refere aqui ao verbo *chavirer*. A tradução busca criar um efeito aproximativo, na medida do possível, pois não há em português o mesmo jogo semântico. [N. do T.]

27 anos, aniversário *Terça-feira, 10 de outubro de 1950*

Mona e eu encontramos o nosso animal certo. O resto é literatura. Deixemos de lado a sua graciosidade, a luz do seu sorriso, nossa confluência em todos os aspectos, deixemos de lado tudo aquilo que disesse respeito a um diário íntimo, e atenhamo-nos apenas à seguinte constatação, decorrente de uma animalidade absolutamente saciada: encontrei finalmente a minha fêmea, e, desde que começamos a dividir a mesma cama, voltar para casa significa, para mim, estar de retorno ao meu covil.

27 anos e 29 dias *Quarta-feira, 8 de novembro de 1950*

Ninguém consegue viver de nariz entupido. Acabo roncando. Mona não diz nada, mas eu devo roncar. Ora, eu sei, pela minha longa experiência de dormitórios, que às vezes temos vontade de sufocar uma pessoa que ronca com o seu próprio travesseiro. Ser rejeitado por causa do ronco? Eu? Jamais! Marquei uma consulta de manhã bem cedinho com o doutor Bêk para ele extrair esse pólipo da narina esquerda. Pouco importa que essa polpa imunda surja de novo em pouco tempo, tudo o que eu quero da cirurgia é poder respirar com liberdade pelo menos por seis meses. Tem certeza? Extrair um pólipo não é nada divertido! Enfim, nosso sobrinho vai nos ajudar. O sobrinho em questão é um senegalês gigantesco de uns vinte anos de idade, tão grande na largura quanto na altura, que está concluindo seus estudos de filosofia na Sorbonne e ganha uns trocados trabalhando para esse "tio", de quem faz as vezes, também, de secretário. Você acerta com o meu sobrinho – essa é a última frase que os pacientes escutam ao se despedir do doutor Bêk. O sobrinho mostra a fatura, embolsa o dinheiro, dá o troco e carimba o recibo sem nenhum sorriso, sem nenhuma palavra. Ele atua radicalmente no sentido da desmitificação do negro feliz do Banania.* Sua ajuda, no caso, consiste

* Banania é uma bebida matinal de chocolate muito difundida na França e cuja embalagem traz a figura de um homem negro sorridente. [N. do T.]

em imobilizar a minha cabeça com uma mão na minha testa e a outra no meu queixo, mantendo-a virada para o encosto de napa da cadeira de cirurgia, enquanto o tio manda que eu agarre firme nos braços dessa mesma cadeira e, "se possível", não me mexa. Então, ele introduz na minha narina esquerda uma pinça comprida e acotovelada (chamada pinça de Politzer), procura, procura, olhando ao léu para cima, tateia, até que o seu olhar se fixa em algum ponto: Ah! Peguei, o danado. Agora, respire fundo! E o doutor então puxa sem meio-termo o tal pólipo, o qual resiste com todas as suas forças arrancando de mim um grito de surpresa imediatamente sufocado pela mão imensa do sobrinho, menos para me impedir de berrar do que para zelar pelo moral das pessoas na sala de espera, lotada desde a madrugada graças à fama do doutor. Estalos dos ligamentos na caixa de ressonância do meu crânio. Ah! Não quer sair esse bicho sujo! O caso se torna algo pessoal entre o doutor e o pólipo. Este agarrando-se com todos os seus tentáculos às paredes de sua caverna, e o outro fazendo tanta força que os músculos de seu antebraço parecem prestes a se romper, enquanto eu sufoco na mão do sobrinho, e é como se o doutor Bêk tivesse decidido extrair a totalidade do meu cérebro através da minha narina esquerda, e ninguém sabe quanto tempo vai durar essa eternidade ao longo da qual eu seguro o fôlego da minha vida inteira, com meus pulmões à beira da explosão, meus dedos apertando até o metal dos braços da cadeira, minhas pernas projetando no ar o V de uma vitória congelada, e meu ouvido interno - estalos, rompimentos, gritos da carne - ressoando o combate titânico travado entre a matéria viva do meu crânio e esse louco furioso com os olhos saltados para fora das órbitas, os lábios engolidos, que sua toda a água disponível na sua cabeça a tal ponto que, embaçadas, as lentes dos seus óculos o deixam pouco a pouco cego. O esforço não seria tão impressionante se ele tivesse me arrancado a língua. Ah! Pronto! É ele! Estou sentindo! Iiiiisssoo! Um gêiser de sangue acompanha o orgasmo da vitória. Bicho bonito, hein?, exclama o doutor contemplando o pedaço de carne gotejante na ponta de sua pinça. Em seguida, volta-se para

o sobrinho, com um murmúrio distraído: limpe e tampe. O resto é comigo mesmo.

Quem fez isso com você?, pergunta Tomassin quando me sento à minha mesa no escritório. Minha narina inchada com um algodão cheio de sangue saindo para fora e meu olho semicerrado numa reação automática fazem o meu rosto parecer recém-saído de um interrogatório no mínimo difícil. Como a outra narina está entupida por causa da pressão exercida pela da esquerda sobre a parede do nariz, sou obrigado a respirar pela boca, com os lábios ressecados, e só me exprimo por consoantes, como um bêbado altamente alcoolizado. Tomassin teria me mandado para casa com prazer (menos por pena de mim do que em defesa da sua própria higiene pessoal), mas precisamos receber os austríacos, e "não temos a menor condição de correr nenhum risco de perder esse contrato". Que desgraça! Quando me inclino para beijar a mão enluvada estendida a mim pela baronesa von Trattner, esposa do ministro (Gerda é o nome dela), meu tampão se solta e o gêiser de sangue que mancha o delicado tecido de renda de Veneza coloca o contrato seriamente em perigo. *Verzeihen Sie bitte, Baronin!*

27 anos, 5 meses e 13 dias *Sexta-feira, 23 de março de 1951*

Semana Santa. Viagem de núpcias. Para Mona, Veneza, que é toda exposta, constitui o paraíso dos cegos. Não há necessidade de ter olhos para se sentir vendo tudo ali. Essa capital do silêncio é a cidade sonora por excelência. Entre o andar desanimado dos turistas e os estalidos decididos dos calcanhares venezianos, o voo das pombas nas praças e o canto das gaivotas, o apelo singular dos mercados – flores, peixes, frutas, quinquilharias –, a sineta dos *vaporetti*, o *staccato* dos pica-paus, o sotaque veneziano menos cantado, mais lacunar do que todos os demais dialetos italianos, tudo aqui está voltado para o ouvido. Cannaregio não soa como os Zattere, nenhuma rua, nenhuma praça produz um mesmo som. Veneza é uma orquestra, diz Mona, que me obriga

a identificar os nossos roteiros pela sua ressonância, de olhos fechados, a mão sobre o ombro dela, fazendo-me prometer que, se um dia um de nós dois perder a visão, o outro mudará para cá com ele. Cereja do bolo: a *acqua alta* nos possibilita caminhar pelas poças.

27 anos, 5 meses e 14 dias *Sábado, 24 de março de 1951*

Ontem foi Veneza através dos ouvidos; hoje, Veneza através do nariz, também de olhos fechados. Imagine que você é cego *e* surdo, propõe Mona. Para não se perder, você precisa reconhecer esses *sestieri* pelo cheiro! Então, aspire: o Rialto cheira a peixe, as cercanias de San Marco cheiram a couro de luxo, o Arsenal cheira a corda e alcatrão, afirma Mona, cujo olfato remonta até o século XII. Quando sugiro visitarmos pelo menos um ou dois museus, ela retruca que os museus estão nos livros, ou seja, em nossa biblioteca.

27 anos, 5 meses e 16 dias *Segunda-feira, 26 de março de 1951*

Veneza é a única cidade do mundo onde se pode fazer amor cada um apoiado em uma casa diferente da outra.

27 anos, 7 meses e 9 dias *Sábado, 19 de maio de 1951*

Ao ver Étienne se admirando no espelho, eu me dei conta de que eu mesmo jamais me olhei de verdade. Nunca dei uma dessas olhadelas inocentemente narcisistas, nunca fiz aquelas poses travessas que fazem as pessoas saborearem a sua própria imagem. Sempre limitei os espelhos às suas funções básicas. Função de inventário, quando eu, adolescente, avaliava o crescimento dos meus músculos; função indumentária, quando é

preciso combinar gravata, paletó e camisa; função de vigilância, quando faço a barba de manhã. Mas a visão de conjunto não me atrai. Eu não entro no espelho. (Medo de depois não conseguir sair?) Étienne *se* olha para valer; como todo o mundo, ele mergulha na sua imagem. Eu não. Os diversos elementos do meu corpo me constituem, mas sem me caracterizar. Em resumo, nunca *me* olhei realmente no espelho. Isso não é nenhuma virtude; é mais uma distância, essa distância irredutível que este diário procura preencher. Alguma coisa em minha imagem continua estranha para mim. A tal ponto que às vezes me assusto quando deparo com ele inesperadamente na vitrine de uma loja. Quem é esta pessoa? Não é nada, fique calmo, é apenas você mesmo. Desde a infância eu demoro para me reconhecer, e esse tempo nunca diminuiu. Em matéria de reflexos, prefiro o olhar de Mona. Estou bem? Está bem, está perfeito. Ou o de Étienne, antes de ir para uma reunião. Estou bem? Está bem. Não vai fazer ninguém tirar a saia para você, mas pode muito bem convencer a todos.

27 anos, 7 meses e 10 dias *Domingo, 20 de maio de 1951*

No fundo, eu me veria impedido de dizer *com que me pareço.*

28 anos e 3 dias *Sábado, 13 de outubro de 1951*

Acreditei ter acabado com a vertigem na infância, mas ainda a sinto presente, escondida nos meus testículos, sempre que me aproximo de algum vazio. Então, começa uma pequena luta. Experimentei isso novamente ontem, nas falésias de Étretat. Por que a vertigem se manifesta em mim inicialmente por um aperto nos testículos? Será que com os outros acontece assim também? No que me diz respeito, nessas horas os colhões se transformam no centro de tudo; um ponto de estrangulamento

que difunde o medo em jorros fortes para cima e para baixo. Como se eles substituíssem o coração para fazer pulsar em minhas veias um gêiser de areia que erode toda a rede sanguínea, braços, torso, pernas. A explosão de dois sacos de areia. Antigamente isso me paralisava.

28 anos e 4 dias *Domingo, 14 de outubro de 1951*

Perguntei a Mona se os ovários também são sentinelas da vertigem. Resposta: não. Em compensação, meus testículos se comprimiram de novo quando eu a vi se aproximar da beirada da falésia. Tive vertigem por ela. Colhões empáticos?

Durante essas experiências, lembrei-me da história do excursionista que caiu de uma falésia. Ele deu um passo em falso, escorregou alguns metros sobre pedras soltas e tombou no vazio. Aterrorizados, seus amigos continuavam a gritar quando ele próprio já perdera todo o medo. Ele considera que deixou de se aterrorizar no instante em que sentiu que tudo estava perdido. Para o resto de sua vida, ele se lembraria dessa perda de toda esperança como tendo sido uma experiência de beatitude. Ao final, foi salvo pela copa de uma árvore. E o medo voltou junto com a esperança de que conseguiriam tirá-lo dali.

28 anos, 1 mês e 3 dias *Terça-feira, 13 de novembro de 1951*

Tive de sair da mesa na cantina. Martineau arrotou discretamente, com o punho fechado lhe tapando a boca. Percebo mais uma vez que o arroto de outra pessoa, o que me permite ter um acesso direto à fermentação em curso no seu estômago, me incomoda mais do que os peidos, cujo cheiro me parece menos íntimo, mais universal. Em outras palavras, eu me considero mais *indiscreto* diante do cheiro de um arroto do que aspirando um peido.

28 anos, 2 meses e 17 dias *Quinta-feira, 27 de dezembro de 1951*

Nascimento de Bruno. Nasceu o nosso bebê. Instalou-se em casa *como se estivesse aqui desde sempre*! Fiquei sem voz. Meu filho é, para mim, objeto de uma *estupefação familiar*.

28 anos, 3 meses e 17 dias *Domingo, 27 de janeiro de 1952*

Tornar-se pai é virar maneta. Faz um mês que tenho apenas um braço. O outro está sempre carregando Bruno. Maneta da noite para o dia. A gente se acostuma.

28 anos, 7 meses e 23 dias *Segunda-feira, 2 de junho de 1952*

Acordei com um nó na garganta, a respiração entrecortada, os pulmões comprimidos, os dentes apertados e péssimo humor, sem nenhum motivo em especial. Aquilo que mamãe chamava de: "Fazer angústia." Deixe-me em paz, estou fazendo angústia! Quantas vezes a ouvi pronunciar essa frase enquanto eu não fazia nada além de levar ao lado dela a minha vida de menino excessivamente bem-comportado? Ela franzia os cenhos, seu olhar se ensombrecia (aqueles olhos tão azuis!), um rosto, eu diria, que via a si mesmo cheio de maldade por dentro, pouco se importando com o efeito que produzia para fora. Eu perguntava a Dodo: O que foi que você aprontou, mais uma vez, para a mamãe?

28 anos, 7 meses e 25 dias *Quarta-feira, 4 de junho de 1952*

Uma das manifestações mais estranhas dos meus estados de angústia é a mania de morder a parte interna do lábio inferior. Isso remonta à primeira infância. Apesar de decidir não fazer mais isso, apanho-me repetindo o ato com uma crueldade meticulosa a cada crise. Desde os primeiros sintomas, a parte interna do meu

lábio como que se anestesia, e meus pré-molares começam a se *divertir* ali arrancando filetes de uma pele que parece morta. Isso surge sem nenhuma dor, como se estivesse descascando uma fruta. Meus incisivos brincam durante alguns segundos com essas cascas de mim mesmo e depois as engulo. Essa autodevoração prossegue até que os meus dentes atinjam uma profundidade no lábio em que a carne se torna sensível à mordida. Então aparecem a primeira dor e o sangue. Atingiu-se um limite. É hora de parar. Mas o desejo de tocar essa ferida é grande. Seja aprofundando-a pouco a pouco com os dentes, incrementando o sofrimento até os olhos se encherem de lágrimas, seja comprimindo o lábio ferido com um movimento de sucção que o faz sangrar ainda mais. O jogo consiste, então, em verificar com um lenço ou com o dorso da mão a qualidade do vermelho desse sangue. Estranha tortura autoinfligida desde a infância por um sujeito que não tem nenhuma inclinação para práticas masoquistas. Fico me amaldiçoando o tempo inteiro enquanto dura a cicatrização, sentindo certo medo de ter ultrapassado um limite de suplício para além do qual a carne, de tão exigida, poderia não mais cicatrizar. Desde quando pratico esse pequeno ritual histérico com um componente suicida? Desde que perdi os dentes de leite?

29 anos *Sexta-feira, 10 de outubro de 1952*

Meu aniversário. Nunca mais esquecerei! Brandindo Bruno no ar para apresentá-lo aos convidados como a oitava maravilha do mundo, caí com ele na escada. Eu caí na frente e rolei até o fim dos degraus. Onze, para ser preciso. Instintivamente, envolvi Bruno com meu corpo. Mesmo rolando, mantive a cabeça dele apertada contra o meu peito, protegi-o com meus cotovelos, com meus bíceps e minhas costas, eu era um casulo envolvendo meu filho, e rolamos juntos até o degrau mais baixo em meio a um grande concerto de gritos. Todos os convidados já haviam chegado. Senti os ângulos dos degraus contra

o dorso das mãos, os ossos de minha bacia, minhas rótulas, meus tornozelos, minha coluna vertebral, meus ombros, mas enquanto rolava, com o peito para dentro e o estômago afundado, eu sabia que Bruno estava em prefeita segurança envolto por mim. Transformei-me instintivamente numa espécie de amortecedor humano. Bruno não teria corrido menos riscos se estivesse envelopado por um colchonete. E, no entanto, eu nunca fiz judô, nunca aprendi a cair. Manifestação espetacular do instinto paterno?

29 anos, 2 meses, 22 dias *Quinta-feira, 1º de janeiro de 1953*

Réveillon ontem à noite no R. Distribuição de charutos. Debates sobre os méritos comparados de Cuba, Manille e outros países produtores de tabaco. Minha opinião é solicitada. Vendo esses conhecedores cortar seus enormes charutos, não pude deixar de pensar que o ânus, ao cortar o excremento, exerce a função de um cortador de charutos. E a fisionomia, em ambos os casos, exibe a mesma expressão de concentração.

29 anos, 5 meses e 13 dias *Segunda-feira, 23 de março de 1953*

Eu não achava que uma criança pudesse nascer sorrindo. Pois é o caso de Lison, nascida nesta tarde, às cinco horas e dez minutos, gordinha, lisinha, descansada, com o sorriso de um pequeno Buda rechonchudo e careca, que lança ao mundo um olhar em que se embute um desejo explícito de apaziguamento. Meu primeiro reflexo diante de um recém-nascido – foi assim por ocasião do nascimento de Bruno também – não é brincar com o quebra-cabeça das semelhanças, mas procurar no novo rosto os sinais de um temperamento. Minha pequena Lison, desconfie de um pai que logo de cara lhe atribui a faculdade de pacificar o mundo.

29 anos, 7 meses e 28 dias *Domingo, 7 de junho de 1953*

Diferença entre uma carícia de pura ternura e outra que fazemos para acabar com o choro. No primeiro caso, o bebê se sente no centro do amor. No segundo, ele sente vontade de atirá-la pela janela.

30 anos, 1 mês e 4 dias *Sábado, 14 de novembro de 1953*

De onde Mona tirou a facilidade que ela tem no trato com os bebês? De minha parte, sempre sinto medo de machucá-los. Ainda mais que, quando trago Lison no colo, Bruno faz birra para que eu abra um lugar para ele também. Deficiência da língua francesa: eu era maneta quando carregava Bruno, e continuo maneta carregando Bruno *e* Lison. Tendo perdido um ou dois braços, dispomos de apenas uma palavra: maneta. Já os pernetas e os estropiados das duas pernas são mais bem tratados, assim como os caolhos e os cegos dos dois olhos.

30 anos, 3 meses e 18 dias *Quinta-feira, 28 de janeiro de 1954*

Um sonho inenarrável. Acordo angustiado às cinco horas da manhã. Mais precisamente, eu sei que a angústia espera por mim ao final do sono. Ainda durmo, mas sinto que serei arrancado do meu sono a fórceps pela angústia, o coração sendo puxado como se fosse a cabeça de uma criança. Ah, não agora, não desta vez! Eu não quero! Não! Com uma torsão hábil, meu coração se solta da pinça e meu corpo escapa da angústia; ele mergulha de volta no sono com a facilidade de um golfinho, um sono que agora tem outra natureza, ou, melhor, outra textura, um sono transformado em matéria lúcida de um bem-estar familiar, um refúgio onde a obtusa angústia não conseguirá me alcançar, um sono que ENTENDE TUDO: *Meu corpo acaba de mergulhar nos* Ensaios *de*

Montaigne! Então acordo e imediatamente percebo que me refugiei na densidade fluida dos *Ensaios*, a própria matéria desse livro, desse homem!

*

NOTA PARA LISON

Uma interrupção de dois anos. Aqui, mais uma vez, a manutenção do diário cedeu o seu lugar à construção do homem público. Ascensão profissional, disputas políticas, debates de todos os tipos, artigos, discursos, encontros, viagens aos quatro cantos do mundo, conferências, colóquios, matéria-prima das Memórias que, trinta anos depois, Étienne queria absolutamente que eu escrevesse. Mona não tinha a mesma visão das coisas: Quer salvar o mundo, então vá salvar o mundo, mas longe das crianças! De fato, Bruno chegou a me criticar frequentemente por ter-se sentido órfão durante esse período. Daí provêm, sem dúvida, os nossos desentendimentos.

*

32 anos, 4 meses e 24 dias *Segunda-feira, 5 de março de 1956*

Ao receber Tijo na saída da prisão, hoje de manhã, subitamente rememorei o seu nascimento. Ou, mais precisamente, que eu o vi nascer! No sentido exato da palavra, "ao vivo", surgindo entre as coxas de Marta, pálpebras e punhos fechados, como se mergulhasse na vida absolutamente determinado, desde o início, a lutar. Eu tinha dez anos, e tinha recalcado totalmente essa imagem. Mas, ao vê-lo ser expulso e passar pela cancela da cadeia (uma fenda aberta na gigantesca tela preta do portão, que por sua vez é cercado pelas pedras avermelhadas do muro), recordei-me imediatamente de sua aparição entre as coxas de Marta, que gritava, se esgoelava, o que deve ter me levado a abrir a porta do seu quarto, e Violette, não muito preocupada com os mugidos de sua fértil cunhada, me expulsou dali, "Mas, o que você está fazendo

aqui, caia fora, vamos!", e eu bati a porta para no mesmo instante colar o nariz na janela e ver Violette brandir Tijo inteirinho, Violette toda sorridente apesar das mãos ensanguentadas, Marta suando na cama encharcada, Tijo moreno e ruborizado também se esgoelando a plenos pulmões, e eu de repente sou puxado da janela por uma força gigantesca e me vejo diante de um Manès lívido, caindo de bêbado, que me perguntava, como se minha vida dependesse da resposta: E então? É galo ou galinha? Era um galo. Mas tão pequenino, que, logo depois de batizado como Joseph (em homenagem a Stalin), já começou a ser chamado de Tijo. A cancela da prisão fechou-se atrás dele, Tijo lançou um olhar à direita e depois à esquerda buscando antever suas perspectivas de liberdade até perceber a minha presença na calçada em frente e abrir os braços para mim sorrindo.

32 anos, 5 meses e 1 dia *Domingo, 11 de março de 1956*

Bruno passou uma parte da manhã com a língua pendurada molemente para fora da boca, como um cachorro sonhador. Quando lhe perguntei o motivo dessa exposição, ele respondeu com a maior seriedade do mundo: minha língua fica entediada dentro da boca, então de vez em quando eu a coloco para fora. O menino ainda se enxerga como um quebra-cabeça de peças espalhadas. Ele toma conhecimento dos elementos que o constituem como se fossem meros conhecidos. Sabe muito bem que, no caso, se trata da sua língua, não tem nenhuma dúvida quanto a isso, mas ainda pode brincar de achar que ela é estranha a ele, e colocá-la para o lado de fora como fazemos com um cão. Sua língua e ele, mas também seu braço, seus pés ou seu cérebro – nos últimos tempos ele tem conversado muito com o cérebro: Fique quieto, que estou falando com o meu cérebro! –, todos esses pedaços dele próprio ainda conseguem seduzi-lo. Dentro de mais alguns meses, ele deixará de pronunciar frases como essa, e em alguns anos não conseguirá sequer acreditar que fazia isso.

32 anos, 6 meses e 9 dias *Quinta-feira, 19 de abril de 1956*

Tijo comenta que, quando espirro, eu faço ATCHIM, literalmente. Ele vê nisso uma preocupação minha com a ortodoxia. Você e suas boas maneiras! Você foi tão bem-educado, que, se o seu traseiro pudesse falar, ele diria "pruut".

32 anos e 10 meses *Sexta-feira, 10 de agosto de 1956*

Ao observar as crianças escovando os dentes com tanto zelo, vejo-me na obrigação de admitir que não aplico em mim nenhuma das orientações que Mona e eu passamos a elas: três escovações por dia *sem pensar em outra coisa*, os dentes de cima primeiro – de cima para baixo, por favor! –, depois os de baixo – de baixo para cima, por favor! –, na frente e atrás, e, para terminar, uma longa escovação circular, metódica e paciente, de no mínimo três minutos. No meu caso, só a escovação da noite ainda sobrevive, de forma acelerada e desordenada, para não infligir a Mona um gosto de jantar na boca. Em outras palavras, eu não gosto de escovar os dentes. Mesmo sabendo que o calcário vai se acumulando, que com o avanço da idade ele produzirá em mim um riso amarelado e pouca gengiva, que um dia ou outro será preciso atacar essa muralha com uma picareta, que a ponte e a dentadura me espreitam, não há jeito, a perspectiva de limpar os dentes sempre me faz lembrar-me de tarefas mais urgentes, pôr o lixo para fora, dar um telefonema, concluir o último dossiê... Tudo acontece como se a procrastinação, que eu no entanto superei em todas as outras frentes, tivesse construído suas últimas trincheiras nesse campo da higiene bucal. A que se deve isso? Ao tédio, elevado, aqui, ao patamar de uma metafísica. Escovar os dentes é a antecâmara da eternidade. Só mesmo uma missa para me entediar mais do que isso.

33 anos e 18 dias *Domingo, 28 de outubro de 1956*

Mona e Lison foram passear, e passei o dia inteiro com Bruno. Afora a sesta profunda de uma hora, ele não parou um segundo sequer de se mexer, de *produzir movimento*. Tenho a sensação de que nenhum adulto, no mundo inteiro, por mais jovem, forte, preparado, incansável que fosse, nenhum adulto no auge de sua potência nervosa e muscular conseguiria produzir, em um mesmo dia, metade da energia dispendida por esse corpo tão pequeno de menino.

33 anos, 4 meses e 17 dias *Quarta-feira, 27 de fevereiro de 1957*

Saí de manhã sem me agasalhar bem. O frio me pegou e penetrou-me pelos ombros. Quando faz muito calor, tenho uma sensação oposta. O inverno nos invade; o verão nos absorve.

33 anos, 4 meses e 18 dias *Quinta-feira, 28 de fevereiro de 1957*

Estar na temperatura certa – eis tudo o que ambiciono.

33 anos, 5 meses e 13 dias *Sábado, 23 de março de 1957*

Acordei com um gosto amargo na boca e de mau humor. Definitivamente, não consigo resistir à comida, qualquer que seja a companhia, prazerosa ou insuportável. No primeiro caso eu como pelo entusiasmo, no segundo pelo tédio, nos dois casos como e bebo demais, sem estar com uma vontade real de comer ou beber. No dia seguinte, o castigo aparece: um despertar amargo, a boca e o humor carregados de fel. No caso de ontem à noite, desconfio que foi uma buchada de salsichão com pão e manteiga e três uísques de aperitivo. A manteiga e o salsichão não passaram pela alfândega. Tampouco, aliás, a feijoada que veio depois. (Re-

peti quantas vezes? Duas vezes? Três vezes?) O amargor matutino denunciou tudo à minha própria alta autoridade, que mais uma vez me critica pela falta de controle. No aperitivo, eu devoro o que houver como um pardal mecânico. Essa relação entre a comida e o tédio – ou o entusiasmo – vem da minha primeira infância. Dos tempos em que mamãe me tratava como "a menina da casa", ou seja, quando eu tinha de servir as entradas aos convidados sem poder pegar nada para mim. O castigo também remonta a muito tempo atrás: óleo de fígado de bacalhau, é isso o que eu trazia na boca hoje de manhã.

33 anos, 5 meses e 14 dias *Domingo, 24 de março de 1957*

De noite, uma merda pesada e pegajosa. Duas descargas não bastaram para desgrudar os restos da louça nem para apagar as marcas marrons no fundo da privada. Tive de usar a escova. E, então, uma revelação: na infância, eu não sabia para o que servia a escova dos banheiros. Pensava que fosse decorativa, com sua cabeça de porco-espinho sempre mergulhada numa gamela limpinha. Era familiar e, ao mesmo tempo, literalmente insignificante para mim. Às vezes eu fazia dela um brinquedo, um cetro, que eu brandia sentado no trono. Essa ignorância se devia a que o cocô das crianças não gruda, ou gruda pouco, na privada. Ele desliza sozinho e desaparece por conta própria na catarata sem deixar marcas. Restos de anjo. Dane-se a escova. Mas chega um dia em que o material se fixa. E resiste. A matéria *se calcifica*. Não damos muita importância – não olhávamos o fundo da privada –, até que o adulto de plantão nos mostre o negócio e exija que o local esteja limpo.

Quando foi, então, que fiz pela primeira vez esse gesto de escovação que tenho de repetir com tanta frequência hoje em dia? O acontecimento não está registrado neste diário. E foi, no entanto, um dia importante em minha vida. Uma perda de inocência.

Esse tipo de lacuna confirma, para mim, a reserva que tenho em relação aos diários íntimos: eles nunca captam nada que seja realmente determinante.

33 anos, 6 meses e 11 dias *Domingo, 21 de abril de 1957*

Jardim zoológico de Vincennes. Enquanto Lison, Bruno, Mona e eu devaneamos diante de um casal de chimpanzés ocupados em catar piolhos um no outro (quequitãofazenopapai?), penso numa expressão animalesca da nossa intimidade, característica de quase todas as mulheres que eu conheci: a caça aos cravos. A pele do meu peito pinçada entre os dois polegares e o cravo sendo expulso lentamente pela junção das unhas. A cara que Mona faz nessa hora! De minha parte, dando sempre uma olhadinha no vermezinho branco de cabeça preta esmagado na unha dela, simplesmente me submeto a esse parto com o mesmo estoicismo sonhador do meu camarada chimpanzé.

33 anos, 6 meses e 13 dias *Terça-feira, 23 de abril de 1957*

O que escurece a cabeça do cravo é a sua oxidação no contato com o ar. Essa massa gordurosa de restos celulares é de uma brancura imaculada enquanto está sob a proteção da pele. Assim que começa a sair, escurece. O envelhecimento não é outra coisa senão um fenômeno de oxidação generalizada. Enferrujamos. Mona me desenferruja.

33 anos, 6 meses e 21 dias *Terça-feira 1º de maio de 1957*

Ao lavar o cabelo hoje de manhã, pensei de novo no seu crescimento gorduroso durante a adolescência. Desde essa época, um dia de atraso já me faz senti-los como uma coisa estranha na cabeça, uma vassoura caída por acaso sobre o crânio. Em outras palavras, lavo os cabelos para esquecer que existem.

33 anos, 9 meses e 5 dias *Segunda-feira, 15 de julho de 1957*

Ao mijar no banheiro da cantina num momento em que o meu prepúcio se encheu e eu eliminei o conteúdo antes de ter tido tempo de abrir tudo direitinho, lembrei-me de que aos doze ou treze anos eu não conseguia controlar o jato. Falta de amadurecimento, ato de resistência à mãe, marcação animalesca de território? Por que os homens, nos mictórios públicos, sempre mijam fora da bacia? Desde que mamãe parou de me chamar a atenção pelos meus desvios, eu passei a mijar certinho no alvo.

33 anos, 9 meses e 8 dias *Quinta-feira, 18 de julho de 1957*

Tijo gosta de contar a seguinte história a propósito de homens mijando:

DELICADA HISTÓRIA DE UM HOMEM NO MICTÓRIO

Um homem está de pé diante de um mictório, as mãos afastadas, imóveis, visivelmente incapaz de fazer qualquer gesto. Seu vizinho, ocupado em fechar de volta a própria calça, interroga-se a respeito do que estaria acontecendo. O homem, bastante incomodado, mostrando as mãos petrificadas, pergunta se ele poderia fazer a gentileza de lhe abrir a braguilha. O outro, como bom cristão, aquiesce. Então, o homem, cada vez mais incomodado, pergunta se ele poderia estender a gentileza tirando-lhe o sexo para fora. O que o outro faz, com muito embaraço, mas faz. E, logicamente, já dentro da engrenagem da caridade, ei-lo obrigado a segurar o pau do pobre inválido para que este não molhe os pés. O outro mija com abundância, sentindo um alívio tão grande que suas pálpebras quase se fecham. Terminada a coisa, o homem das mãos imóveis pergunta ao seu benfeitor se ele poderia... poderia... poderia dar uma balançadinha, por favor? E assim por diante: balançar,

colocar de volta, fechar a braguilha... Uma vez renovado, o homem aperta calorosamente as mãos de seu benfeitor, o qual, estupefato ao ver aquelas duas mãos, que ele achava serem paralíticas, funcionar plenamente, pergunta o que o impedia de fazer tudo aquilo por conta própria.

Eu mesmo? Oh! Nada, nada, mas se o senhor soubesse o nojo que eu tenho disso!

33 anos, 11 meses e 4 dias *Sábado, 14 de setembro de 1957*

Encontrei um tal Roland no bulevar Saint-Michel. Impossível lembrar o nome dele. Impossível atribuir algum nome a esse rosto vagamente familiar. Impossível me lembrar dos motivos dessa familiaridade. Quem é esse homem de quem fui, a acreditar no que ele diz, muito próximo e em circunstâncias inesquecíveis? Fanche, a quem contei o encontro e descrevi o sujeito em questão, me disse: Pois é o Roland! Foi um dos meus feridos, no mesmo período que você, pertinho do fim, você não se lembra? Mesmo com Fanche dando detalhes – era um dinamitador!, conseguiu escapar de uma emboscada com as tripas para fora –, não consigo reconstituir esse Roland. Minha amnésia expurgou-lhe toda substância. Ele não passa de uma forma de homem flutuando em algum canto perdido da minha memória. E, logicamente, o seu nome verdadeiro não me diz nada, tanto quanto o pseudônimo de resistente. Isso me acontece com frequência, desde sempre. Alguma coisa no meu cérebro não cumpre a sua função. A memória é o instrumento menos confiável da minha caixa de ferramentas. (A não ser no que se refere aos aforismos de papai e às máximas que ele me fazia decorar, absolutamente indeléveis.) Pelo menos você não teria entregado nada se tivesse sido torturado pelos boches,* concluiu Fanche.

* Termo pelo qual os franceses chamavam os alemães, em tom depreciativo, desde a segunda metade do século XIX. [N. do T.]

34 anos, 1 mês e 25 dias *Quinta-feira, 5 de dezembro de 1957*

Meus semelhantes, meus irmãos, todos, como eu, limpam o nariz, no carro, quando parados no sinal fechado. E todos, quando se sentem observados, interrompem o gesto, como se tivessem sido pegos em flagrante delito de ato obsceno. Um pudor estranho, pois se trata de uma ação muito saudável – até relaxante –, essa de fazer a limpeza no sinal fechado. A ponta da unha explora a narina, descobre a meleca, define o seu contorno, desgruda-a devagarinho e, por fim, a extrai. O ideal é que não seja viscosa, senão livrar-se dela se torna uma verdadeira batalha. Mas quando tem uma consistência mole, como massa de pizza, como é prazeroso ficar girando-a entre o indicador e o polegar!

34 anos, 1 mês e 27 dias *Sábado, 7 de dezembro de 1957*

E se a meleca do nariz fosse apenas um *pretexto*? Um pretexto para brincar com essa boneca de cartilagem que é a ponta do nosso nariz? Em que estava pensando aquele motorista? E em que eu mesmo pensava antes de observá-lo? Que eu me lembre, em nada. Apenas um devaneio latente, à espera da abertura do sinal. Para isso é que serve essa cartilagem: aguardar pacientemente a retomada da vida. Hipótese confirmada esta noite pelo espetáculo de Bruno, sentado comportadamente na banheira, ocupado em torcer e retorcer o prepúcio com o dedo indicador, estampando no rosto a mesma *ausência de expressão* de um motorista no sinal fechado. O nosso prepúcio, a ponta do nosso nariz ou os lóbulos das nossas orelhas não são como os objetos transitórios propriamente ditos. Por não ser investidos de nenhuma representação especial, não cumprem o papel simbólico atribuído à boneca ou ao bicho de pelúcia. Limitam-se a manter os nossos dedos ocupados quando a mente está distraída. Um chamado discreto dirigido pela matéria ao pensamento que vagabundeia. A mecha de cabelo que fico remexendo enquanto

leio *Crime e castigo* sussurra, ao pé do meu ouvido, que eu não sou Raskolnikov.

34 anos, 4 meses e 22 dias *Terça-feira, 4 de março de 1958*

Um pombo morto sobre o gradil de um bueiro. Desvio o olhar, como se corresse o risco de "contrair alguma coisa" olhando para aquilo. Fantasia pura de poluição visual! Há algo de particularmente infecto na imagem de um pássaro morto. A prefiguração de uma pandemia. Os ouriços, os gatos ou os cães atropelados, a carniça de um cavalo ou mesmo o cadáver de uma pessoa não têm esse efeito. Quando eu era criança, os peixes estavam sempre vivos quando os segurava nas mãos; essa pomba na sarjeta estava morta demais.

34 anos, 6 meses e 9 dias *Sábado, 19 de abril de 1958*

Cuido do cozimento dos ovos quentes enquanto Lison desenha em silêncio, a mão fechada sobre a ponta do lápis. Finalizado o desenho, ela vem me mostrar, e eu exclamo oh, que desenho bonito, sem tirar os olhos do ponteiro de segundos do meu relógio. É um homem gritando dentro da cabeça dele, explica a artista. Isso mesmo: da cabeça de um homem preocupado sai outra cabeça gritando em dois balões e alguns traços que dizem tudo. Os desenhos das crianças são como os ovos quentes, obras-primas únicas mas ao mesmo tempo tão numerosas, neste mundo, que nem o olho nem as papilas gustativas lhes prestam a devida atenção. Se os isolamos, porém, esse ovo dominical ou esse homem que grita dentro da sua cabeça, se nos concentramos integralmente no sabor do ovo e no sentido do desenho, tanto um quanto o outro acabarão por se impor como maravilhas fundadoras. Se todas desaparecessem e sobrasse apenas uma galinha, as nações lutariam pela posse do último ovo, pois não existe nada melhor no mundo do que um ovo quente, e,

se restasse apenas um desenho de criança, leríamos tudo nesse único desenho!

Lison está naquela idade em que a criança usa o corpo inteiro para desenhar. É o braço todo o que desenha: ombro, cotovelo e punho. Toda a superfície da página é requisitada. *O homem gritando dentro da cabeça dele* se espalha por uma folha dupla arrancada de um caderno. A cabeça que grita e que sai da cabeça preocupada (preocupada ou cética?) ocupa todo o espaço disponível. Um desenho em expansão. Daqui a um ano, a aprendizagem da escrita vai se impor a essa amplitude toda. A linha ditará a sua lei. Ombro e cotovelo colados ao tronco, punho imóvel, o gesto se reduzirá à oscilação do polegar e do indicador exigida pelos minuciosos contornos das letras. Os desenhos de Lison serão vítimas dessa submissão, à qual devo a minha caligrafia de escrivão tão absolutamente legível. Depois de aprender a escrever, Lison passará a desenhar coisas menores que flutuarão na página, desenhos atrofiados como eram antigamente os pés das princesas chinesas.

34 anos, 6 meses e 10 dias *Domingo, 20 de abril de 1958*

Vendo Lison desenhar, revivi a minha aprendizagem da escrita. Meu pai tinha trazido da sua guerra uma grande quantidade de aquarelas em que havia registrado tudo aquilo que não dizia respeito à grande matança. Aldeias inteiras nos meses iniciais, depois casas isoladas, depois pedaços de jardins, buquês de flores, uma flor isolada, uma pétala, uma folha, um ramo de erva, numa espécie de registro decrescente do seu ambiente de soldado que expressava o avanço absolutamente devorador da guerra. Somente imagens de paz. Nenhum campo de batalha, nenhuma bandeira, nenhum cadáver, nenhum coturno, nenhum fuzil! Nada que não fossem sinais de vida, migalhas coloridas, explosões de felicidade. Havia cadernos e mais cadernos. A partir do momento em que minha mão conseguiu se fechar em torno de um lápis, comecei a envolver com meus traços cada imagem dessas aqua-

relas. Longe de se sentir ofendido com isso, papai, ao contrário, me guiava: com a sua mão sobre a minha, ele me ajudava a dar o contorno mais exato possível à realidade que seus pincéis haviam esboçado. Do desenho, passamos à escrita. Com sua mão sempre guiando a minha, uma caneta em lugar do lápis, ele me fazia desenhar letras depois de ter-me feito contornar margaridas. Foi assim que aprendi a escrever: passando das pétalas para as hastes e pernas. Trace-as com carinho, são as pétalas das palavras! Nunca mais voltei a ver esses cadernos de aquarelas, desaparecidos no enorme auto de fé materno, mas ainda hoje, às vezes, sinto a mão de meu pai sobre a minha no prazer infantil que experimento em cuidar bem das minhas letras.

35 anos, 1 mês e 18 dias *Sexta-feira, 28 de novembro de 1958*

Manès foi morto por um touro que o esmagou contra a parede de seu estábulo. Quando Tijo me deu a notícia, antes mesmo da tristeza eu senti fisicamente o choque, a torsão das costelas, o esfacelamento da caixa torácica, a explosão dos pulmões, a estupefação e, Manès sendo quem era até o fim, uma última explosão de fúria. O elogio fúnebre de Tijo: Só podia mesmo terminar assim, ele batia nos animais.

35 anos, 1 mês e 22 dias *Terça-feira, 2 de dezembro de 1958*

A famosa madalena de Proust bateu com toda a força depois do enterro de Manès (onde Fanche, Robert e eu tivemos de participar da programação oficial ao lado de toda a gente do Partido e da Resistência). De volta à fazenda, enquanto Robert abria algumas garrafas, Marianne colocou à minha frente uma torta e uma tigela de leite frio, sob pretexto de que era "hora do lanche" e que eu precisava me "refazer". A tigela, a torta, a companhia fraterna de Robert e Tijo e as expressões de Marian-

ne citando Violette ("Então, meu meninão!") já teriam bastado para me fazer lembrar aqueles momentos da infância, mas a verdadeira viagem se deu em torno da própria torta, aquela espécie de compota de uva e framboesa criada por Violette para as minhas "quatro horas". Mergulhei a torta no leite frio, menos por uma vontade real (hoje em dia o leite não me cai bem) do que para fazer o jogo de Marianne. O aroma de framboesa um pouco embolorado, o vermelho em todos os matizes, do roxo ao azul, na brancura do leite, o primeiro pedaço fresco e esponjoso, o crocante lateral da casca, a maciez quase coalhada da torta entre a língua e o palato – não é bem uma geleia, tampouco exatamente uma compota – e a recordação a se espalhar a partir da combinação instantânea de todos esses elementos me conduziram imediatamente à certeza de *ter sido esse pedaço*, a ponto de ainda sê-lo! Fui até o fim com a minha torta e a minha tigela, recusando os copos que Robert me oferecia (pare com isso e beba um pouco). Tijo exclamou: Ele gosta mesmo da torta! Então você não a comia só para agradar a Violette? Você gostava mesmo disso? Claro que sim, respondi. Você não? Preferia morrer! E eis que eu via com uma nova luz todo um lado gastronômico da minha infância. Naquilo em que eu acreditava ser privilegiado por Manès e Violette (Ninguém toca na torta, é para o pequeno, que ele precisa se refazer!), eu era na verdade aquele graças a quem se conseguia escoar o estoque de um doce execrado. E quando acontecia que eu oferecesse um pouco aos demais, a sua recusa aterrorizada (Não, obrigado, se Manès ficar sabendo!) era apenas, na verdade, expressão de um alívio covarde. E hoje todos me confessam que detestavam a torta de Violette, com seu "cheiro de vômito" e seu "gostinho de poeira". Não é difícil, concluiu Robert, se os boches nos tivessem prendido, todos nós teríamos confessado!

E a própria Violette? Ela gostava da torta?

Não há muita certeza. O que aconteceu foi que eu tinha entrado por acaso na cozinha no dia em que ela fazia experiências com esse doce (Abre o bico e experimenta isso para mim!) e eu

reagi com tamanho encantamento – e depois com tamanha fidelidade a esse encantamento –, que ela nunca mais ousou parar de produzi-lo.

35 anos, 1 mês e 23 dias *Quarta-feira, 3 de dezembro de 1958*

Uma história do gosto não poderia estar dissociada de um tratado sobre a sugestão.

35 anos, 1 mês e 24 dias *Quinta-feira, 4 de dezembro de 1958*

Ainda no enterro de Manès, Fanche me disse: Você, minha bomba, pode se fantasiar de Apache, Pigmeu, Chinês ou Marciano, não tem jeito, que eu o reconheceria pelo sorriso. E penso, então, nessas emanações do corpo que são a silhueta, o andar, a voz, o sorriso, a letra, o gestual, a mímica, únicos traços deixados em nossas memórias por aqueles para quem realmente olhamos. Sobre o irmão dela, que morreu pulverizado em um avião de caça, Fanche diz: Os lábios e a boca podem ter sido desmembrados, mas o sorriso não, era impossível. Ela se recorda também da mãe pela letra minúscula que tinha, da qual evoca com emoção as curvas perfeitamente desenhadas dos *rr*, e dos *vv*.

De minha mãe, ficou-me apenas a imagem de um olhar de cobrança. "Você merece estar vivo?" Dois olhos exoftálmicos e uma voz esganiçada. Ela achava o seu olhar penetrante, mas ele era apenas fora de órbita; achava sua voz determinada, quando era apenas esganiçada. A lembrança desses olhos e dessa voz me remete mais a uma atitude do que a uma pessoa: a autoridade obtusa e maldosa que ela praticava para "fazer o bem" temperando sua caridade com pequenos preceitos morais nauseabundos, como peidos da alma. E era, no entanto, uma mulher bonita, com cachos louros, um olhar luminoso, sorriso aberto, como mostram todas as fotografias. Eu disse a Fanche: não se fie muito no meu sorriso, é o sorriso da minha mãe.

35 anos, 1 mês e 25 dias *Sexta-feira, 5 de dezembro de 1958*

O corpo de mamãe nunca foi encontrado. Provavelmente desapareceu em meio aos escombros do túnel Nacional no 27 de maio de 44. Ela fora à cidade receber seus aluguéis. O bombardeio dos Aliados aconteceu naquela tarde. Com o grito das sirenes, deu-se uma movimentação imensa da população em direção à estação Saint-Charles, que ficava bem perto da sua residência. A suposição é de que ela também tenha se abrigado no túnel. Infelizmente, o alvo era justamente a estação, e o túnel foi soterrado no ataque. Muitos mortos e desaparecidos. Ironia do destino: o imóvel em que vivia foi o único do bairro a não ter sido atingido. A morte de mamãe foi anunciada a mim por uma carta do tio Georges dois meses depois. Assim como o fato de que eu herdava aquele imóvel.

35 anos, 6 meses e 22 dias *Sábado, 2 de maio de 1959*

Meu olhar se dirige a Lison, que está imóvel mas surpreendentemente agitada por dentro. Ela sorri e, sem se mexer, diz: O meu corpo não está dançando, mas o meu coração está. Oh! minha Lison! A felicidade pura de simplesmente existir. Eu mesmo ainda sinto às vezes esse júbilo interior, que faz o coração dançar, em certos dias em que obrigo o meu corpo a relaxar. Nas reuniões de balanço, por exemplo, quando Bertholien, com o seu pincenê antiquado com metade encoberta pelas sobrancelhas monstruosas, nos fala de "difração" e "linhas de convergência, senhores". Dança, meu coração, dança!

36 anos, 4 meses e 11 dias *Domingo, 21 de fevereiro de 1960*

Ontem foi um dia de chuva. Bruno brincava de índios e caubóis com os bonequinhos que tio Georges lhe deu de presente de aniversário. Uma hora inteira de ataques e contra-ataques, ofen-

sivas, recuos estratégicos, cachimbos da paz, tréguas rompidas, cercos, ataques fulminantes, assaltos de surpresa que terminam com uma derrota massacrante dos caubóis, que não deixa nenhum deles de pé. Uma hora de extrema agitação em um corpo quase parado. Adulto que sou, olhava-o brincar com um espanto de etnólogo – será que eu era assim aos oito anos? Que sensações eu teria hoje em dia se me pusesse a brincar de índios e caubóis durante uma ou duas horas?

Fiz o teste hoje à tarde. Enquanto Mona levava as crianças ao Jardim de Aclimatação (Não, papai não pode ir com a gente porque tem de trabalhar), sentei-me de pernas cruzadas sobre o tapete de Bruno. Assim que dispus as minhas tropas para a batalha, meu corpo manifestou, através de uma câimbra, a sensação de estar desperdiçando um tempo precioso. Grande demais para brincar com soldadinhos. Volumoso demais para caber nessa caixa de imagens. Enquanto isso, no Jardim de Aclimatação, as crianças se divertiam com os espelhos deformantes. E eu também, disse Mona de retorno a casa, como se tivesse voltado a ser menina!

36 anos, 7 meses e 3 dias *Sexta-feira, 13 de maio de 1960*

Para anunciar que vai mijar, Tijo usa sempre a mesma fórmula: Bem, vou lavar as mãos ao pé de alguma árvore. Hoje, depois do almoço, um impulso estranho me levou a tomar essa expressão ao pé da letra. Coloquei as mãos sob o meu próprio jato. Que eu saiba, nunca tinha feito isso, nem mesmo quando criança. Fiquei surpreso com a quentura da urina. Quase uma sensação de queimadura. Somos alambiques em ebulição permanente. Não muito mais consistentes do que as medusas, propulsionamo-nos mijando quente. Entender o que me levou a fazer essa experiência hoje, aos trinta e seis anos de idade, depois de negociar um contrato da maior importância com nossos fornecedores alemães – eis um belo tema para reflexão.

Em Mérac, que Tijo, Robert e Marianne nos venderam (graças ao que Robert pôde finalmente comprar o seu estacionamento), a caldeira e o chuveiro já deram o que tinham de dar. Proporciono, então, às crianças, as alegrias da limpeza à antiga, na grande bacia de zinco onde trinta anos atrás Violette me esfregava o corpo (essa bacia aguardava a passagem de uma geração pacientemente, à sombra, na lavanderia). Igual a ela, recorro ao regador, ao sabão de Marseille e à luva de banho, perseguindo pregas, dobras, todos os cantos ocultos onde a sujeira se impregna, onde o suor irrita a pele e forma brotoejas. Lison e Bruno esperneiam, gritam, reclamam que "é molhado", que "é frio", que "arde", provavelmente como eu fazia na idade deles, mas eu sigo em frente, sem piedade de suas respirações entrecortadas, seus dentes batendo, pois não é aos meus sofrimentos de infância que me conecto nesse caso, mas sim aos gestos de Violette, à precisão brutal de suas perseguições, atrás das orelhas, no fundo do umbigo, entre os dedos dos pés, com água fria e sem se preocupar muito se o sabão fazia arder os olhos ou esquentava as narinas, eu de início protestando mas logo depois feliz por ser virado para lá e para cá pelas suas mãos eficientes, brincando de fugir depois de enxaguado, batendo a planta dos pés molhados no cimento da lavanderia, berrando ao ser perseguido por um enorme lençol-fantasma e pego por ele, e encoberto e esfregado com cânfora, recebendo talco quando as assaduras o impunham, coisas, enfim, a que submeto hoje os meus filhos, que, devo admitir, não levam muito jeito de anjos. Lison diz rápido, rápido, rápido, aspirando o ar com os lábios fechados ("rápito, rápito, rápito"...), Bruno pede formalmente que a caldeira seja consertada, e eu vou limpando, com a luva e o sabão, cada vez mais espantado com a densidade de seus pequenos corpos, como se eu estivesse manipulando energia em estado bruto, toda a energia de duas vidas futuras fantasticamente concentrada nessa carne tão compacta de criança, sob essa pele tão suave. Nunca mais serão tão densas

assim, nem os traços de seus rostos serão tão nítidos assim, nem o branco de seus olhos será assim tão branco, nem suas orelhas serão assim tão perfeitamente desenhadas, nem os pontos do tecido de sua pele serão tão fortemente apertados. O homem nasce sob o hiper-realismo para se distender pouco a pouco até acabar num pontilhismo bastante aproximativo, antes de se desintegrar em poeiras abstratas.

36 anos, 10 meses e 2 dias *Sexta-feira, 12 de agosto de 1960*

Eu, quando criança, não tinha *consistência.*

36 anos, 11 meses e 7 dias *Sábado, 17 de setembro de 1960*

Ontem, no jantar, o velho general M.L., ferido em Verdun, contou sobre o testículo que perdera ali: Foi tudo o que eu deixei no ossário de Douaumont. Ainda assim, ele gerou uma dessas famílias numerosas cujo segredo só os militares conhecem. Não fosse a guerra, concluiu aritmeticamente, eu teria feito o dobro. Sua esposa não conta para nada.

36 anos, 11 meses e 21 dias *Sábado, 1º de outubro de 1960*

Na pracinha, Bruno e um garoto da idade dele se entregam ao ritual imemorial de comparar seus bíceps. Dois bracinhos dobrados em noventa graus, dois punhos fechados, dois bíceps enrijecidos, dois rostos dramaticamente crispados pelo esforço. Passamos a vida inteira comparando nossos corpos. Mas depois da infância isso se dá de maneira furtiva, quase envergonhada. Aos quinze anos, na praia, eu avaliava os bíceps e os abdomes dos garotos da minha idade. Aos dezoito ou vinte anos, era aquela saliência sob a roupa de banho. Aos trinta, quarenta, os homens

comparam os cabelos (a infelicidade dos carecas). Aos cinquenta anos, a barriga (não deixar que se forme), aos sessenta anos, os dentes (não perdê-los). E agora, nessas assembleias que reúnem velhos crocodilos, que são as nossas autoridades tutelares, as costas, o andar, a maneira de limpar a boca, de se levantar, de vestir o sobretudo, em suma, a idade, simplesmente a idade. Fulano parece mais velho do que eu, você não acha?

5

37-49 ANOS

(1960-1972)

Não vou me tornar, de jeito nenhum,
especialista nas minhas doenças.

37 anos, aniversário *Segunda-feira, 10 de outubro de 1960*

Durante uma reunião particularmente sonolenta sobre problemas de distribuição, cedi à tentação de testar o quanto o bocejo é um fenômeno contagioso. Fingi bocejar, esticando incrivelmente o rosto e dizendo logo depois "desculpem-me". Meu bocejo se propagou, digamos que por dois terços dos participantes – até chegar de volta a mim mesmo, que dessa vez bocejei de verdade!

37 anos e 3 dias *Quinta-feira, 13 de outubro de 1960*

Bruno, de seu lado, percebeu que bocejar ensurdece. Quando o seu professor o entedia, ele boceja, não para expressar esse tédio, mas para não ouvir mais o que o mestre está falando. Quando seus maxilares se abrem, diz ele, as orelhas zunem como se fossem atingidas por um vento forte. Então, eu ouço o vento. Ele acrescenta que os espirros, por sua vez, o deixam cego. Ele observou que seus olhos se fecham no exato instante em que as narinas explodem. E percebeu que não pode bocejar e espirrar ao mesmo tempo. Cego e surdo, mas alternadamente. Exatamente o tipo de observação que eu poderia ter registrado na idade dele se eu tivesse podido usufruir do meu corpo em vez de ter de conquistá-lo.

37 anos e 4 dias *Sexta-feira, 14 de outubro de 1960*

Aprimorando a experiência sobre o bocejo no escritório G.L.R. Bocejei de novo, mas desta vez fingindo *dissimular* o bo-

cejo. Bocejei, então, sem abrir a boca, os maxilares crispados, os lábios tensos. E, como ontem, vi esse bocejo se propagar, inclusive com a tentativa de dissimulação. Em certas circunstâncias, portanto, o ato se propaga tão naturalmente quanto o reflexo dele. (Comentário à parte: a breve crepitação que sinto dentro do ouvido quando bocejo. O som do papel-alumínio que embala as barras de chocolate.)

37 anos e 7 dias *Segunda-feira, 17 de outubro de 1960*

Tijo, a quem relatei minhas experiências sobre a propagação do bocejo, contou que, em matéria de contaminação mimética, ele se interessava havia algum tempo por aquilo que ele chamava de "variação das opiniões e conivência". Duas horas mais tarde, fez uma demonstração no restaurante onde almoçávamos com três parceiros da Z. Dirigindo-se a toda a mesa, Tijo contou: Ontem, minha mulher (ele, logicamente, não é casado) me levou para ver o último Bergman, é realmente... E então, em vez de concluir a frase, ele se calou, fazendo com o rosto uma expressão de reprovação quase beirando a repulsa (narinas pinçadas para cima, biquinho na boca, sobrancelhas franzidas, o rosto retraído etc.), expressão que eu vi então subitamente se esboçar também nas faces dos nossos três convivas. Depois que ela se fixou ali, Tijo concluiu a frase exclamando, com um sorriso aberto: é realmente... *genial*, não é?, uma manifestação de entusiasmo que alterou de imediato toda a geografia dos rostos, de repente abertos, sorridentes, iluminados por uma expressão de aprovação total.

37 anos e 13 dias *Domingo, 23 de outubro de 1960*

A primeira coisa que percebemos em nossos rostos quando estamos em público é o desejo de fazer parte do grupo, a irrepreensível necessidade de *estar ali*. Pode-se atribuir esse fato à

educação, ao seguidismo, à fragilidade de caráter – Tijo tende a pensar assim. De minha parte, vejo aí mais uma reação arcaica à solidão ontológica, um movimento espontâneo do corpo que se agrega ao corpo comum, rejeita instintivamente a solidão do exílio, mesmo que seja em uma conversa rápida e superficial. Quando observo as pessoas nos lugares públicos onde conversamos – salas, jardins, restaurantes, corredores, metrô, elevadores –, o que mais me chama a atenção, de início, no movimento dos corpos é essa capacidade de dizer sempre sim. Ela nos transforma em um bando de pássaros mecanicamente opinativos: sim, sim, fazem os pombos que andam lado a lado. Ao contrário do que Tijo acha, essa adesão superficial não exprime em nada aquilo que somos por dentro. O pensamento crítico aparecerá depois, talvez já esteja até em ação, mas, por instinto, sacrificamo-nos, antes, à coesão do grupo, para não nos matarmos uns aos outros. Pelo menos é isso o que transmitimos aos nossos corpos.

37 anos, 6 meses e 2 dias *Quarta-feira, 12 de abril de 1961*

Após uma evacuação irrepreensível, de uma peça só, perfeitamente lisa e moldada, densa, mas não pegajosa, com cheiro, mas não fedorenta, com um corte perfeito e um marrom homogêneo, produto de uma única empurrada e com uma passagem suave para fora, que ainda por cima não deixa nenhuma marca no papel, uma olhadinha de artesão satisfeito: meu corpo trabalhou muito bem.

38 anos, 7 meses e 22 dias *Sexta-feira, 1º de junho de 1962*

Lison às lágrimas. O irmão a xingou. Lison é particularmente sensível a ofensas. Para ela, as palavras têm muito sentido. Pelo que apurei, Bruno lhe disse: *Vá se cagar!* Dei-lhe uma bronca e quis saber onde ele aprendera esse insulto tão radical-

mente físico. Foi o José! Qual José? Um colega da escola. Um pequeno *pied-noir** recentemente vindo da Argélia, que trouxe consigo sua história dramática, sua família, seu sotaque e seu vocabulário. Não dou nem dez anos para que esse vocabulário transforme de alto a baixo todo o nosso catálogo de xingamentos. "Vá se cagar" possui, de fato, uma dimensão bem diferente de "seu tonto" ou de "vá tomar no cu". O verbo cagar dito no imperativo e conjugado a um pronome reflexivo é uma arma mortal. O adversário reduzido a ser o seu próprio excremento e a quem mandamos que defeque a si próprio. Há algo pior do que isso?

38 anos, 8 meses e 7 dias — *Domingo, 17 de junho de 1962*

Mais um xingamento absolutamente físico do pequeno José trazido nos últimos tempos para nossa casa: *La mort de tes os.***

39 anos, 3 meses e 4 dias — *Segunda-feira, 14 de janeiro de 1963*

Noite em claro por causa da angústia. Nó na garganta, um peso no peito, uma vibração surda dos nervos! Levantei-me cedo. Fui para o trabalho a pé, dando uma volta enorme: République, Grandes Boulevards, Opéra, Concorde, Jardim des Tuileries, Louvre, Pont des Arts... De início, passos puramente mecânicos, com o peso do corpo caindo inteiro sobre cada pé, com muito esforço, como a criatura de Frankenstein dando um passeio, o olhar fixo, ofegante, até *aquilo* se dissolver pouco a pouco, que os maxilares e os punhos relaxem, que os membros se soltem, que o andar ganhe

---

* A expressão *pied-noir*, literalmente *pé-negro ou pé escuro*, refere-se aos franceses ou colonos retornados da Argélia à França. [N. do T.]

** Literalmente, *a morte dos teus ossos*, considerada a injúria suprema no glossário de termos *pieds-noirs*. [N. do T.]

ritmo, que os pulmões se encham novamente, que o espírito deixe o corpo, que o terno vista o jovem sociável e que o cidadão diretor faça a sua lendária e sempre chamativa entrada no escritório: Bom dia para todos, como anda o moral das tropas?

40 anos, 7 meses e 13 dias — *Sábado, 23 de maio de 1964*

Fui ao Jardim de Luxembourg com as crianças esta tarde. De passagem, vi uma jogadora de tênis testar o cheiro de uma de suas axilas. Ela voltava para o vestiário, a raquete sob um braço, e, ops, aquele gesto vivo de um pombo que procura ver como anda o odor debaixo de sua asa. E eu, num desses miraculosos momentos de empatia que nos tornam, a todos nós, membros de uma mesma espécie, soube exatamente o que ela sentia: o deleite com um aroma familiar, mas logo em seguida identificado como cheiro a ser combatido. Regozijar-se de seus suores, sim, mas cheirar mal, não! Aposto que ela, assim que entrou no vestiário, passou nas axilas um desodorante comum, um desodorante que a tornará novamente uma pessoa comum.

Usufruímos às escondidas certos miasmas que ocultamos em público. Esse jogo duplo vale também para os nossos pensamentos, e essa duplicidade nos ocupa a vida inteira. Uma vez em nossas respectivas casas, minha jogadora de tênis e eu, cada um de seu lado, saboreamos um desses longos peidos que fazemos subir até as narinas através da onda criada - velha e conhecidíssima técnica - com o uso dos nossos lençóis.

40 anos, 7 meses e 14 dias — *Domingo, 24 de maio de 1964*

Esta noite, literalmente devorei Mona com as narinas e a língua. Mergulhei o nariz nas suas axilas, entre os seios, as coxas, as nádegas, respirando fundo, lambendo, sentindo seu sabor, seu cheiro, como quando éramos jovens.

41 anos, 2 meses e 10 dias *Domingo, 20 de dezembro de 1964*

No restaurante em que fomos comemorar com as crianças o aniversário de Mona, Bruno pediu que explicássemos a seguinte frase, enigmática, que ele lera no banheiro: "*Favor não jogar lenços higiênicos neste local.*" Duas perguntas o atazanavam: 1) Os lenços não são sempre, por natureza, higiênicos? 2) Quem seria louco o bastante para jogar um lenço na privada? A sombra de um sorriso passou pelos lábios de Lison. O que foi?, perguntou Bruno, irritado. Covardemente, deixei para Mona a tarefa de explicar tanto a frase quanto o sorriso.*

41 anos, 7 meses e 25 dias *Sexta-feira, 4 de junho de 1965*

Os testículos podem se comprimir de medo pelos outros, como eu já tinha percebido em Étretat quando Mona me causou vertigem ao se aproximar demais da beira das falésias. Eles me fizeram lembrar essa capacidade de empatia esta manhã, quando vi um ciclista ser derrubado por um táxi. Ele tinha passado no sinal vermelho, e o motorista não conseguiu evitar o choque. Resultado: depois de um voo rasante, o ciclista teve uma perna quebrada, duas ou três costelas partidas no encontro com o meio-fio, um corte no couro cabeludo, arranhões no rosto, e, em mim, uma compressão enorme nos colhões durante o seu voo rasante. Não podia ser outra coisa senão um medo empático, pois, afinal de contas, não era em cima de mim que o rapaz estava caindo. Concluo, portanto, defendendo que há um altruísmo dos colhões, que são capazes de temer pela vida de terceiros. Seriam os testículos a casa da alma?

* *Serviette hygiénique*, literalmente lenço higiênico, é o absorvente feminino. [N. do T.]

41 anos, 7 meses e 26 dias *Sábado, 5 de junho de 1965*

Esta noite pensei de novo no ciclista voador. Enquanto eu o virava de lado e limpava o seu sangue à espera da ambulância, ele me perguntou várias vezes se o relógio dele se tinha quebrado.

42 anos, 3 meses e 19 dias *Sábado, 29 de janeiro de 1966*

Jantar na casa de Chevrier, que está de volta à sede depois de passar dois anos no Peru *ad majorem buxidae gloriam*. Ele trouxe daquele país uma coleção impressionante de ex-votos gravados em pequenas placas de metal retangulares, não mais largas do que um dedo polegar: mãos, corações, olhos, pulmões, seios, dorsos, braços, pernas, intestinos, estômagos, fígados, rins, dentes, pés, narizes, orelhas, barrigas arredondadas de mulheres grávidas... Ex-votos sem nenhuma oração junto, apenas o órgão ou o membro a ser curado, gravado em uma placa mais ou menos pesada de um metal mais ou menos precioso. Nenhum sexo, nem de homem nem de mulher. Os mais numerosos, contou-me Chevrier, eram os corações, os olhos e as mãos. À pergunta de se eu acreditava nessas coisas, respondi que não. O que não me impediu de escolher, sem hesitação, um par de olhos quando ele sugeriu que eu pegasse um ou outro de lembrança.

42 anos, 3 meses e 20 dias *Domingo, 30 de janeiro de 1966*

Pensando bem, disse a mim mesmo durante uma breve insônia, eu preferiria ser cego a ser surdo. Parar de ouvir... passar a vida em um aquário vendo os outros viver? Não, melhor não vê-los e continuar, na minha escuridão, a ouvi-los falar, mexer-se, fungar, ser. Ouvir a respiração de Mona enquanto dorme, os barulhos da casa, o pêndulo do relógio da biblioteca, o próprio silêncio. Depois disso, adormeci e tive o seguinte sonho: estou deitado em uma mesa de cirurgia. Debruçado sobre mim, Par-

mentier veste uma camisa branca de cirurgião, um gorro branco e uma máscara que não me impede de vê-lo sorrir. Seu assistente encaixa nos meus olhos um aparelho complicado que mantém as pálpebras abertas. Durante esse tempo, Parmentier acende um bico de Bunsen sobre o qual coloca para aquecer um pequeno balão de cobre. Interpreto que se trata de uma espécie de rito de iniciação, ou, mais ainda, um calvário: a Direção quer saber se mereço ser transformado em *óleo*; Parmentier, então, vai despejar óleo fervente nos meus olhos e *eu não posso de modo algum perder a vista*. Felizmente, tenho em casa comigo o ex-voto que ganhei de presente de Chevrier. Procuro-o, cegamente, tateando, louco de terror, trombando contra os móveis, busco-o, mas não consigo encontrá-lo. Acordo sobressaltado e imediatamente mudo de opinião: antes surdo do que cego!

42 anos e 4 meses *Quinta-feira, 10 de fevereiro de 1966*

Portanto, nem pintos nem vaginas nas paredes das igrejas sul-americanas. Do alto de sua arrogância, meu espírito laico se diverte com isso. No entanto, também não há nenhum pinto na figura humana do Larousse que guardo comigo como algo sagrado desde a infância, tampouco no livro de ciências naturais extremamente laico que usávamos no terceiro ano e que supostamente tratava da fisiologia humana. Esqueci o nome do autor (Dehousseaux? Dehoussières?), mas não a raiva que senti ao perceber que ele abordava *todas* as funções – circulação, sistema nervoso, respiração, digestão etc. –, todas, menos a reprodução!

43 anos, aniversário *Segunda-feira, 10 de outubro de 1966*

Esta noite sonhei com um obelisco que se erguia tão lentamente que só eu conseguia perceber esse movimento. A bem da verdade, eu não percebia, mas tinha certeza da existência dessa ereção. O obelisco estava deitado, com a pirâmide do topo apon-

tando para o leste, e se levantava milimetricamente, *milenarmente*. Eu o fitava, fascinado pela convicção de que um dia, mesmo que tivesse de passar a vida inteira ali, eu veria esse obelisco oscilar em sua base, imobilizando-se finalmente e voltando-se para o céu como o ponteiro do relógio ao meio-dia. Não acorde, não acorde, principalmente não acorde antes que ele esteja de pé! Eu decidira permanecer dormindo até que ele estivesse perfeitamente vertical. Sua ascensão era tão vagarosa, que essa noite prometia ser a noite mais longa da minha vida, e eu saboreava infinitamente essa lentidão, sem tirar os olhos do obelisco, e essa noite era a minha própria vida, e minha vida, essa paciência inteiramente dedicada a observar o erguimento do obelisco. Efetivamente, acordei no instante em que, depois de uma hesitação cambaleante, o obelisco finalmente se fixou de pé sobre a sua base. E lembrei-me de imediato da frase de Tijo de ontem à noite durante o meu jantar de aniversário: Quarenta e três anos é a idade do número dos seus sapatos! Um ano estável! Você vai estar bem-calçado!

43 anos, 2 meses e 20 dias *Sexta-feira, 30 de dezembro de 1966*

Faz uns quinze dias que meu segundo dedo do pé direito ostenta um calombo nunca visto antes. Seria o surgimento de um calo, uma verruga, um olho de peixe, um joanete? Seja o que for, dói muito quando tocado. Pela primeira vez na vida, sou obrigado a escolher os sapatos em função disso. Nunca chegamos a conhecer o nome exato dos males de que padecemos. Dispomos apenas de um linguajar genérico: uma "espinha", "reumatismo", "queimações", um "calo".

43 anos, 2 meses e 25 dias *Quarta-feira, 4 de janeiro de 1967*

Informei-me, e se trata mesmo de um calo. Eis, então, aquilo que chamamos de calo. Parece-me, aliás, que passei por isso no maquis: botas apertadas demais.

43 anos, 3 meses e 5 dias *Domingo, 15 de janeiro de 1967*

O corpo do pai. Bruno disse a um amigo que está passando o fim de semana aqui com ele que nunca viu o pai aparecer de pijama para o café da manhã. Papai está sempre impecável, barbeado penteado engravatado, desde a madrugada. Essa indiscrição, um tanto irônica, me irritou, e eu disse ao meu filho, com a maior seriedade do mundo, que Mona e eu decidimos justamente passar as próximas férias familiares em um campo de nudismo, não tinha lhe contado isso? Essa brincadeira idiota teve um efeito incalculável. Bruno enrubesceu violentamente, deixou o pão no prato e saiu da cozinha, seguido de seu amigo, com uma vergonha bíblica estampada na testa: Sem e Jafé caminhando de costas para encobrir a nudez do pai. Ou corpo demais, ou corpo de menos. Desde Noé, tudo reside nisso.

43 anos, 5 meses e 19 dias *Quarta-feira, 29 de março de 1967*

Meus queridos pólipos. Ao espirrar, hoje de manhã, expulsei um deles. Obstruía a narina esquerda desde o meu último resfriado – fazia três meses e pouco. Inclinado sobre o lenço, espirrei a plenos pulmões. Não foi um desses espirros que damos com a boca aberta, que esvaziam os pulmões ao mesmo tempo que ocupam a casa toda com uma explosão alegre, mas um espirro puramente nasal, a boca fechada, toda a pressão do ar concentrada na narina a ser desentupida. Normalmente, nada consegue desentupir uma narina onde viceja um pólipo adulto e determinado. O ar se choca com o obstáculo, reflui e tapa hermeticamente os ouvidos. É como se o cérebro se dilatasse e se defrontasse com as paredes do crânio antes de retornar ao seu volume original. E você fica totalmente grogue. *De qualquer modo*, foi um espirro. (Em matéria de espirros, a experiência nunca decepciona a expectativa.) Espirrei de forma premeditada. Fechei a boca e os olhos, obstruí a outra narina, deixei que a vontade crescesse e provocasse cócegas na mucosa, escalasse a ponte do nariz e inchasse os

pulmões, abri o lenço ao máximo para evitar que se espalhasse o que seria projetado dali e espirrei com todas as minhas forças somente pela narina esquerda (a famosa energia do desespero). Milagre: ela desentupiu! Um golpe brando na palma da mão, uma coluna comprida de ar que brota, e, que maravilha, o caminho de volta também liberado! Pela primeira vez depois de todas essas semanas, o ar circula livremente em minha narina! Abri os olhos diante de um lenço salpicado de vermelho no meio do qual se encontrava aquilo que inicialmente tomara por um grande coágulo de sangue, mas que, ao contato, se revelou algo carnudo. Não desmaiei. Não disse a mim mesmo que tinha acabado de perder um pedaço do cérebro. Limpei a coisa com água, e ela se mostrou totalmente comparável a uma vieira: mole e densa, de uma brancura rosada, levemente translúcida e discretamente fibrosa. 21 milímetros de comprimento, 17 de largura e 9 de espessura. Peguei você, hein, seu velho pólipo?! É realmente incrível que um monstro como esse possa ter-se alojado na minha narina! O bom doutor Bêk (quantos anos teria ele agora?), a quem fui mostrá-lo, literalmente pulou de alegria. Expulsão espontânea de um pólipo? É raríssimo, sabia? Nunca vi isso antes! Ficou com ele para analisar e não cobrou a consulta, de tão contente que estava, como se eu o tivesse presenteado com uma pérola gigante.

43 anos, 8 meses e 24 dias *Terça-feira, 4 de julho de 1967*

Estiquei demais a corda nesses últimos tempos: jantares muito bem regados, noitadas até altas horas, pouco sono, despertares repentinos, muita dedicação ao trabalho, redação de dois artigos e de minha conferência, presença junto aos meus, presença junto aos amigos, presença no escritório, presença nos clientes, presença no ministério, atenção permanente, reações imediatas, autoridade, amenidades, convívio, eficácia, controle, controle, e isso há oito ou dez dias sem parar, com um desprendimento energívoro em que meu corpo segue sem nenhuma má vontade o estandarte brandido pelo espírito em uma ponte de Arcole perpétua.

Nesta manhã, nenhuma energia. Senti isso desde que abri as pálpebras. O influxo desapareceu. Depois de "esticar a corda", surge agora a tentação de "largar tudo". Tudo, hoje, dependeu de ter vontade, tudo teve de ser fruto de alguma decisão. Não dessas decisões que se encadeiam naturalmente no dia a dia, mas uma decisão caso a caso, uma decisão para cada ação, um esforço específico para cada decisão, sem nenhuma relação dinâmica com a precedente, como se eu já não estivesse sendo alimentado por uma energia íntima e contínua, mas por um gerador que estivesse fora da casa e que precisasse ser ativado – com uma manivela! – tantas vezes quantas fossem as decisões por tomar.

O mais cansativo é o esforço mental que preciso realizar para disfarçar essa fadiga diante dos que me cercam, para me mostrar afetuoso para com os meus (que ela transforma em estranhos) e profissional com os outros (que ela transforma indevidamente em pessoas familiares), em resumo, para defender a minha reputação de equanimidade e zelar pelo equilíbrio de minha estátua. Se eu não descansar, se não der ao meu corpo a sua dose de sono, o próprio gerador acabará entrando em pane e largarei tudo. A cada dia o mundo ficará mais pesado. A angústia se infiltrará então pela minha fadiga e já não será o mundo que parecerá mais pesado, mas sim eu mesmo no meio do mundo, um ser impotente, vazio e falso, eis o que a angústia sussurrará ao ouvido de minha consciência exausta. Cederei, então, a um desses ataques de cólera que deixarão aos meus filhos a lembrança de um pai com um humor perigosamente inconstante.

43 anos, 8 meses e 26 dias *Quinta-feira, 6 de julho de 1967*

Como eu previa, crise de angústia. O que diferencia a angústia da tristeza, da preocupação, da melancolia, da inquietude, do medo ou da cólera é o fato de ela não possuir objeto identificável. Um estado de nervos puro, com consequências físicas imediatas: aperto no peito, respiração ofegante, nervosismo, falta de jeito (quebrei uma tigela ao preparar o café da manhã), ataques

de fúria dos quais o primeiro que estiver na frente pagará o pato, palavrões engolidos que envenenam o sangue, vontade de nada e o pensamento tão limitado quanto o fôlego. Impossível me concentrar em qualquer coisa que seja, uma dispersão absoluta, gestos esboçados, frases esboçadas, reflexões esboçadas, nada se conclui, tudo se volta para dentro, a angústia devolve tudo, sem parar, ao coração da própria angústia. Não é culpa de ninguém – ou então é culpa de todo o mundo, o que dá na mesma. Faço birra para mim mesmo, acusando o planeta inteiro de ser apenas eu. A angústia é um mal ontológico. O que está acontecendo com você? Nada! Tudo! Estou só, como o homem!

43 anos, 9 meses e 2 dias *Quarta-feira, 12 de julho de 1967*

Acordo ensanguentado. A cavidade deixada pela cabeça no travesseiro está cheia de um sangue escuro em via de coagulação. Tanto sangue, que a sumaúma não conseguiu absorver. Devo ter sangrado pelo nariz durante o sono. Levantei-me devagar, para não acordar Mona. Escondi o travesseiro jogando-o no lixo. Os lençóis não foram atingidos. No banheiro, a confirmação: minha face estava preta, coberta por um sangue ressecado, a narina esquerda recheada de coágulos. Limpeza, assoadelas, banho, nada mais a destacar. Duas horas depois, durante a reunião do conselho de administração, nova hemorragia. A mesma narina, esquerda. O sangue escorria quase sem parar, manchando a camisa. Retomei minha apresentação com a narina obstruída por um chumaço de algodão hidrófilo, que Sabine, tendo descido até a farmácia da esquina, substituiu depois por um tampão cicatrizante. Ela também comprou uma camisa nova. Às 14 horas, nova crise, em plena negociação com os R., na V., na pausa para o café. Uma verdadeira catarata! Quase sujei de sangue os que estavam mais próximos. Mais um tampão hemostático, nova camisa, desta vez oferecida gentilmente pelo *maître*. (Isso é que é serviço!) Voltei para o escritório. Às 18 horas, nova hemorragia. Tampão no pronto-socorro de otor-

rinolaringologia do hospital infantil. O melhor serviço de Paris, segundo Étienne. Um plantonista de olhos translúcidos me fez um *tampão*. Consiste em enfiar na narina uma quantidade espantosa de tecido, até atingir os seios da face, os quais protestam até não poder mais. Ninguém imagina o quanto o crânio é esburacado! Uma camada fininha de osso em meio a incontáveis cavernas, galerias, fossas, cavidades, cada uma mais inervada do que a outra. O procedimento é tão demorado e dolorido, que quase enfiei a mão na cara do plantonista. Você poderia ter avisado, pelo menos! Meus olhos estavam cheios de lágrimas. Pronto, acabou, disse ele. Na hora de dormir, porém, nova hemorragia: a gaze comprimida inundou-se de sangue, que escorria também para dentro da garganta. Voltei ao hospital. Outro médico. Quem fez esse tampão? Eludi a resposta e expliquei-lhe que, como as hemorragias vinham ocorrendo a cada quatro horas, esta surgira dentro do prazo normal. Meu colega estava a par desse intervalo? Não me lembro de ter observado isso a ele. É chato, mas teremos de fazer um novo tampão e mantê-lo aqui esta noite em observação. A perspectiva de me submeter à colocação de um novo tampão não me agradava em nada, mas, em matéria de dor, prefiro a apreensão à surpresa. O interesse que tenho nela torna a coisa mais suportável. Tanto quanto pode ser suportável lhe enfiarem na narina uma bola de alfinetes, como os canhoneiros de antigamente entulhavam as suas peças de artilharia. Uma breve visão de Pierre Bezoukov vagando entre os artilheiros russos em Borodino. Também a evocação do rato de Orwell, corajoso animal a cavar uma galeria no nariz de um torturado para chegar até o seu cérebro. No fundo, controlar a dor é tomar a realidade por aquilo que ela é: rica em metáforas pitorescas. Por quanto tempo as metáforas conseguem distrair a atenção? Essa é a questão. Os médicos deveriam ser orientados a alertar seus pacientes: um tampão, senhoras e senhores, significa três minutos e quarenta e oito segundos de uma dor de subir pelas paredes, mais nenhum segundo que isso; eu o faço em três minutos e quinze, cronometrados; apertem os cintos! E o médico então ativaria a contagem regressiva, como se faz

para anunciar aos astronautas a iminência de uma partida: doze segundos... cinco, quatro, três, dois, um... Pronto, acabou. O senhor, então, passará a noite aqui.

Mona trouxe um pijama, um jogo para higiene pessoal e coisas para ler. Como todos os leitos para adultos estavam ocupados, dividi um quarto com duas crianças (uma otite e uma mordida de cachorro), que torpedeavam o meu plano de leituras. Um velho de focinho inchado era uma boa fonte de diversão. Quer dizer, então, que os adultos também podem ficar doentes? A ponto, até, de ocupar um quarto de crianças no hospital! Em resposta às suas perguntas, propus que tentassem resolver o problema do vazamento de torneiras dentro do meu crânio. Sabendo-se que essas torneiras produzem vinte centilitros de sangue a cada quatro horas, qual é a quantidade total de sangue que escorre em vinte e quatro horas? Considerando, por outro lado, que o corpo humano contém em média cinco litros de sangue na idade adulta, quanto tempo seria necessário para um paciente se esvaziar até a última gota? Vamos lá, ao trabalho! Não quero ouvir nem um pio! Como eu imaginava, eles adormeceram enquanto faziam os cálculos, e eu pude mergulhar nas minhas leituras, em meio às quais dei com a seguinte confissão de Hobbes, que caiu como uma luva: "O medo foi a única paixão da minha vida."

Depois de me colocar um novo tampão, o plantonista da manhã mandou-me de volta para casa, tão otimista como se tivesse me dado uma nova vida. No entanto, assim que chego a casa, um corrimento enxaropado provoca no fundo da garganta um gosto metálico que não deixa margem para dúvidas. Quatro horas depois, volto ao pronto-socorro, quarto tampão. (Quem disse que não nos acostumamos com a dor?) Desta vez, o plantonista foi cético: faço isso por dever de consciência, mas o senhor não está sangrando. Doutor, eu estou sangrando *por dentro*, a cada quatro horas. É somente uma *impressão* sua, senhor, o que acontece é uma epistaxe, como ocorre com a maioria das crianças; não é que esteja crescido demais para a sua idade, mas não é nada assim tão grave; o tampão estancou a hemorragia, o senhor já não está sangrando.

Voltei de novo para casa, onde a "impressão" sanguinolenta se manifesta como antes, com a mesma regularidade. Étienne manda um de seus amigos do Samu me ver. Como estava entre dois sangramentos, o amigo ratificou o diagnóstico do especialista: o senhor não está sangrando, é realmente uma impressão, devida provavelmente ao medo, não se assuste, vá dormir, que isso passa. Eu não estou assustado, eu estou é enfraquecendo-me. Eu me enfraqueço e Mona fica alarmada. Para tirar as coisas a limpo, ela decide retirar o tampão. Quer calcular a quantidade de sangue perdido. Nova hemorragia: completa uma tigela de sangue. Sempre na narina esquerda. Quatro horas depois, mais uma tigela. Voltamos ao hospital para mostrar as tigelas ao médico e perguntar se elas são mesmo apenas *impressões*. Em vão: caímos com outro médico. Mais um tampão, a pretexto de que o anterior talvez tivesse sido malfeito. O tampão é mais delicado do que parece, mas não se preocupe, senhor, a epistaxe é uma afecção totalmente benigna.

Na manhã de segunda-feira, meu corpo retorna ao trabalho com seu impecável traje de chefe. Isolo-me a cada quatro horas para sangrar tranquilamente, como quem vai ao banheiro mijar. Junto com o sangue, perco as forças. Com as forças, perco o moral. A cada hemorragia sucede-se uma tristeza irreprimível. Dir-se-ia que a melancolia preenche o espaço vazio deixado pelo sangue perdido. Sinto-me conquistado pela morte. Lenta, mas firmemente, ela vai ocupando o lugar da vida. Gostaria tanto de poder passar pelo menos mais dez anos ao lado de Mona, vendo Bruno crescer, podendo consolar Lison de suas primeiras dores de amores. É neste ponto que a minha melancolia de agonizante se fixa: *os amores de Lison*. Não quero que Lison sofra. Não quero que nenhum canalha se aproveite do seu charme um tanto desajeitado, de sua febril atenção ao mundo, de sua procura tão teimosa pela verdade na felicidade. Simultaneamente a essa angustia, invade-me certa paz, eu relaxo, deixo-me levar pela correnteza, transportado pelo meu próprio sangue, a morte, penso, a morte é um adormecimento tranquilo...

No dia seguinte, sem forças para ir ao escritório. Tijo passou em casa, alertado por Mona, e me levou imediatamente a Saint-Louis, onde trabalha um enfermeiro conhecido dele, ligado por sua vez a um otorrino e cirurgião-chefe de cirurgia da face, o qual, abismado com a quantidade de sangue que perdi nos últimos dois dias, concluiu que houve um erro de diagnóstico – trata-se, de fato, de uma epistaxe, mas de uma epistaxe *posterior*, que impõe urgentemente uma operação, com anestesia geral. A mão de Mona se solta da minha à entrada da sala de cirurgia.

Ao acordar, minha cabeça é uma abóbora crivada de fechas. Estou extremamente nervoso. Meu corpo, aparentemente imóvel, não para no lugar. Esperneio dentro de mim mesmo, como se eu fosse habitado por outro, que, segundo Mona, delirou copiosamente. Esse efeito de possessão é uma reação frequente à morfina, explica-me a enfermeira de plantão, a quem peço então que suspenda a morfina. Impossível, senhor, a dor seria forte demais! Se for isso mesmo, voltamos a usar. Suspensa a morfina, a dor aumenta, um aumento que cada um dos meus nervos acompanha com o maior interesse. Um São Sebastião cujos arqueiros visam apenas o rosto, mirando, todos eles, entre os dois olhos. Uma vez esvaziadas suas aljavas, o suplício se mostra suportável, desde que eu permaneça imóvel. Considerando a minha reduzida taxa de hemoglobina, o cirurgião quer que eu fique dez dias no hospital, para que eu possa me recompor e evitar, assim, uma transfusão. Ele pede que eu perdoe a Academia pelos erros de diagnóstico: O que o senhor quer? Uma epistaxe posterior é algo muito raro, e a medicina não é uma ciência exata. Em termos de diagnóstico, acrescentou, é sempre necessário deixar um lugar para a dúvida, assim como no teatro existe sempre o do bombeiro. Desgraçadamente, os jovens plantonistas só aprendem com a prática.

Dez dias no hospital, metade do tempo dormindo, metade escrevendo o que precede. No começo, os enormes bigodes de gaze que passam por dentro do meu nariz e saem pelas narinas me deixam com uma cara de turco de antigamente. Enchem-me de ferro, eu leio, caminho molemente pelos corredores, aprendo os nomes dos médicos e das enfermeiras, retorno ao ritmo e aos hábitos do pensionato, volto à gastronomia de cantina, me abandono e descanso, liberto de qualquer impaciência. O único porém que acrescenta desespero à doença é a feiura do meu pijama listrado (Mona me disse que não havia outro modelo na loja).

Meu vizinho de quarto é um jovem bombeiro ferido durante a repressão policial às manifestações do começo do mês. Ele tentava se interpor entre as forças da ordem e um grupo de manifestantes. Como estava sem uniforme, a ordem o fez perder os dentes, deslocou-lhe a mandíbula, fraturou-lhe o septo nasal, afundou-lhe uma das órbitas, partiu-lhe algumas costelas, quebrou-lhe a mão e um tornozelo. Ele chora. Tem muito medo. Chora de terror. Não consigo acalmá-lo. A voz de pato emitida através das minhas bandagens prejudica a sensatez das minhas palavras de consolo. Seus pais e sua noiva, uma menina afogada em lágrimas, não conseguem fazer melhor. Seus companheiros de brigada é que poderão trazê-lo de volta à vida. Toda noite, meia dúzia de bombeiros aparece aqui, travestidos de bretãs, alsacianas, saboianas, provençais, argelinas, em um happening folclórico festejado por todas as enfermeiras do nosso andar: gaitas de fole, pífaros, tamborins, iuius,* danças locais, bolachas amanteigadas, cuscuz, chucrute, Kronenbourg, chá de menta e vinho de Abîme, gargalhadas generalizadas que inicialmente temíamos que acabassem matando o nosso pequeno bombeiro (suas mandíbulas e suas costelas transformam sua risada em verdadeiro suplício), mas que na verdade o ressuscitam.

* Gritos e cantos agudos e femininos da África do Norte. [N. do T.]

43 anos, 9 meses e 17 dias *Quinta-feira, 27 de julho de 1967*

Deixei o hospital. Comemoração na cama com Mona. Mas a hemoglobina estava em 9,8, em vez de 13. Desconfio que não recompuseram meus glóbulos o suficiente para irrigar os corpos cavernosos. Mas isso não conta quando se considera a hospitalidade tropical de Mona. Uma ereção magnífica! Chegamos até a bater um recorde de duração.

A ereção ocorreu, mas depois dela veio algo diferente: um jato de lagrimas à guisa de orgasmo! Soluços irreprimíveis, entrecortados por pedidos de desculpas que só faziam multiplicá-los. Mesma coisa na firma, onde fui obrigado a deixar uma reunião de balanço para chorar até não poder mais na minha sala. Uma tristeza sem motivo, pura dor de existir, me atinge em ondas inesperadas, devastadoras, como rupturas de barragens. Depressão nervosa pós-operatória, totalmente previsível, ao que parece, liquefação da alma depois do esvaziamento do sangue. Solução? Repouso, meu senhor, muito repouso, o senhor passou por um rolo compressor que o esmagou completamente, é preciso tempo para recuperar a forma, fígado de vitela, senhor, um tratamento com fígado de vitela, rico em ferro, fígado de vitela, bife de cavalo, chouriço e repouso. Não exagere no espinafre, sua lenda é enganosa, não contém ferro. Evite as emoções, faça mais esporte, recoloque o seu corpo na corrida pela vida!

Eis-me, então, em Mérac, onde as lágrimas vão secando. Longos passeios acabam com as últimas supurações melancólicas. Deitados na grama, Mona e eu nos presenteamos com crepúsculos anteriores à nossa progenitura. Jardinagem, a molecada (as crianças de Marianne e os nossos adolescentes), guisados de cogumelos, música, uma lista sem fim de pequenos prazeres que alimentam o instinto de vida.

43 anos, 10 meses e 1 dia *Sexta-feira, 11 de agosto de 1967*

Minhas roupas roçam na pele dolorosamente na região da cintura. Picadas de insetos? O ácaro invisível, a aranha sinuosa, a

mutuca silenciosa, o carrapato oculto, teriam todos eles se aproveitado das nossas brincadeiras na grama? Tudo conferido: nada de carrapatos, mas um cinturão de pequenas bolhas de cabeça transparente que, partindo da virilha direita, avançam pelas costas até a altura do rim direito. Diagnóstico: herpes. Em outras palavras, um vírus da varicela que brincava de Bela Adormecida no meu corpo e que foi reativado pela depressão, sob a forma de uma inflamação nervosa. Ao que parece, é algo comum. Não há tratamento. Dessas afecções que um dia desaparecem sozinhas. Até lá, é preciso esperar. Em resumo: uma epistaxe provoca uma anemia, que gera uma depressão, que desperta um vírus que brinca de herpes. O que devo esperar agora? Uma tuberculose legendária? O câncer abnegado? A lepra, e que meus dedos dos pés caiam, transformados em pó?

43 anos, 10 meses e 7 dias *Quinta-feira, 17 de agosto de 1967*

Insulto de Bruno depois de um ataque de mau humor de Lison: "O que foi? Está de paquete, é?" Lison, que talvez estivesse no período de suas regras – o que é às vezes dolorido para ela –, ficou em silêncio, recolhida. E Bruno enrubesceu. Essas brincadeiras dos moleques sobre a menstruação das meninas são uma constante histórica. Eles sentem nisso um mistério feminino do qual estão excluídos, o surgimento de uma complexidade que forja a mulher em mistério... O insulto à menina que se torna mulher enquanto nós mesmos nos sentimos ainda muito longe de ser homens, essa é a vingança comum dos meninos. Mas o poderio normativo gerado pelos vários sentidos da palavra "regra" os intimida. Essa irmã que eu finjo desprezar é detentora da regra. Ela possui o instrumento de medição. Ela dita as regras. Ela regula o curso dos astros. Os meninos prefeririam que a palavra regra fosse asquerosa, mas os seus vários sentidos impedem que isso aconteça. Daí os substitutivos mais ou menos depreciativos criados de geração em geração: chico, lua, paquete... Fonetica-

mente, também, o termo genérico "mênstruo" evoca certa monstruosidade vagamente repugnante, dessas que são "apontadas" com sarcasmo.

Menstruação... Será por ter me informado desde cedo sobre ela? Será por causa do silêncio que negava a sua existência no meu meio familiar? Será por ter ouvido as piadas obscenas que meus colegas mais velhos faziam a seu respeito? Será pelo fato de que ela nunca nos incomodou em nada, a Mona e a mim, na prática do amor? O fato é que, muito distante de produzir uma representação satânico-repugnante que sempre foi a norma em nossa civilização até a minha juventude, sempre vi as regras com simpatia. Quando aprendi que as mulheres tinham regras e para o que serviam essas regras, e que, por outro lado, elas atingiam idades bem maiores apesar de seus vários partos e dos efeitos desgastantes da dominação masculina, em resumo, quando juntei esses elementos todos, atribuí à menstruação a virtude de fazer as mulheres viverem mais tempo do que os homens. Superstição que alimento ainda hoje e que, até onde sei, não se baseia em nenhuma observação científica. Acontece que desde muito cedo eu associei o sangue a uma espécie de carburante. Ora, considerando que todo mês as meninas renovavam uma parte de seu carburante, purificando assim a totalidade de seu reservatório, enquanto o nosso sangue circula em circuito fechado por um corpo que, consequentemente, se estanca mais rápido que o delas (daí a minha epistaxe endiabrada), o fato de pensar assim, digo, me convenceu de que as regras eram a principal garantia da longevidade feminina. Uma crença da qual nunca nada me demoveu. Pode ser uma tolice, mas até agora não encontrei ninguém que me provasse que o seja. O mundo da minha infância era um mundo de viúvas, o que contribuía para aprofundar essa convicção. O de hoje também, a julgar por todas essas idosas sem idosos que andam por aí. Que eu saiba, nem todas essas viúvas mataram os seus maridos, e as guerras, por mais devastadoras que sejam, não bastam para explicar essa constante da humanidade: as mulheres vivem em média mais tempo do que os homens. Graças às suas regras, afirmo eu.

Penso nisso toda vez que vejo um absorvente em alguma gaveta de banheiro ou no *nécessaire* de Mona quando viajamos. Não que os contemple com alegria ou afeição, mas esses pacotes de futuro, perfeitamente alinhados em sua caixa, com seu pequeno cordão, sempre me fazem rememorar minha convicção: graças às suas regras, as mulheres vivem mais tempo do que os homens.

43 anos, 10 meses e 8 dias *Sexta-feira, 18 de agosto de 1967*

Segundo Mona, se me apego a essa crença é simplesmente porque não tenho nenhuma atração pela viuvez: você prefere que seja eu quem chore primeiro sobre o seu túmulo. Típico dos homens isso! Sempre tentando transformar o seu medo em virtude. Ainda segundo Mona, as mulheres passaram a viver mais a partir do momento em que deixaram de morrer no parto, apenas isso. Ultrapassar-nos, hoje em dia, em termos de idade, é apenas uma forma de recuperar os milênios perdidos.

44 anos, 5 meses e 1 dia *Segunda-feira, 11 de março de 1968*

Nada de aperto de mãos quando cruzamos um com o outro. Decornet e eu, nos corredores da firma: apenas um movimento de cabeça, bom dia, boa noite. Ele faz de tudo para estar sempre com as duas mãos ocupadas. Numa delas, o guarda-chuva, na outra, a capa. Uma caixa de ferramentas *e* um copinho de café. Uma cadeira de escritório *e* um aparelho telefônico. Uma máquina de escrever *e* uma planta.

A questão – eu soube disso hoje por Sylviane – é que Decornet tem horror a apertos de mão. Horror, na verdade, a todo e qualquer contato físico. Esse gigante bonachão, sósia de Jacques Tati, vive o terror constante de *pegar alguma coisa* – um micróbio, um vírus, alguma doença infecciosa. Lava as mãos de vinte a trinta vezes por dia e nunca se separa de um pequeno frasco de desinfetante para o caso de, por infelicidade, alguma carne tocar a sua

carne. Nesse caso, ele é capaz de empregar artimanhas de índios Sioux para limpar a sujeira sem ser notado. Quanto tempo ele durará nesta firma sem se sacrificar ao ritual do *shake hands*? De minha parte, nunca experimentei esse tipo de fobia, convicto que sou de que o inimigo que um dia me matará já está devidamente abrigado em mim. E é com certa curiosidade que me pergunto por onde o meu corpo começará a degringolar.

44 anos, 5 meses e 12 dias *Sexta-feira, 22 de março de 1968*

Sylviane, sempre ela, me informa que uma das estenógrafas da contabilidade acaba de largar o marido porque ele, independentemente de lugar ou circunstância, ficava sempre comendo a caca do seu nariz. Até mesmo à mesa. Um psiquiatra tiraria ótimo proveito de uma persistência da infância como essa. E também dessa esposa que pede o divórcio por um motivo tão claramente enviesado.

44 anos e 6 meses *Quarta-feira, 10 de abril de 1968*

Descobri no lado interno do antebraço direito, ali onde a pele é mais macia, três bolinhas milimétricas, de um vermelho muito forte, que formam exatamente a constelação do Triângulo Austral. E que me fizeram lembrar as brincadeiras amorosas com aquela linda moça, presente de aniversário dos meus vinte e três anos, Suzanne, minha quebequense. E que será que Suzanne se tornou? Não resisti a ligar esses três pontos vermelhos com uma caneta esferográfica.

44 anos, 6 meses e 17 dias *Sábado, 27 de abril de 1968*

Diz o dermatologista que são angiomas minúsculos chamados *rubis*, que devem se multiplicar ao longo dos próximos anos.

Efeito da idade, diz ele, à guisa de explicação: a pele envelhece acendendo-se. E acrescenta, melancolicamente, que desde tempos imemoriais os chineses sempre leram o futuro conforme a distribuição desses rubis pelo corpo, mas que essa prática certamente foi banida pela Revolução Cultural.

44 anos, 6 meses e 23 dias *Sexta-feira, 3 de maio de 1968*

"A pele envelhece." Essa frase anódina acabou acertando na mosca. É um *velho caduco*, dizia mamãe referindo-se a pessoas de quem não gostava (de quem ela gostava?). Velho caduco, velho gagá, velho caquético, velho tonto, carne velha, velho maluco, velho carcomido, velha coroca, velho lelé, velho nojento: as palavras, a língua e as expressões prontas deixam entrever certa dificuldade que temos para entrar na velhice de coração tranquilo. Aliás, *quando* é que entramos nela? Em que momento nos tornamos velhos?

Maio 1968

Estariam as ruas escrevendo o diário do corpo?

44 anos, 9 meses e 24 dias *Sábado, 3 de agosto de 1968*

Esta manhã, em Marselha, a primeira sensação de chegada do verão: a rapidez com que me vesti. Dois tempos, três movimentos, cueca, calça, camisa, sandálias: é verão. Não foram as roupas em si, por mais leves que sejam, que me causaram essa sensação de alegria de verão, mas a rapidez com que as pendurei em mim.

No inverno, levo o tempo de um cavaleiro com armadura para me vestir. Cada parte do corpo exige a conveniência desse ou daquele tecido protetor: meus pés são birrentos em relação à lã das

meias; meu dorso, por sua vez, exige a tripla proteção de uma camiseta, mais camisa e pulôver. Vestir-me no inverno consiste em encontrar o equilíbrio entre minha temperatura de dentro e a dos diferentes ambientes de fora – fora da cama, fora do quarto, fora de casa... Trata-se de imergir no nível apropriado de calor; nada mais desagradável nem mais repreensível do que sentir calor demais no inverno. Esse aparelhamento invernal demanda uma atenção e um tempo consideráveis. "Pendurar uma roupa" é uma expressão estival. No inverno, nós as colocamos, um verbo rudimentar; nós as colocamos e as portamos. Pois há também o peso. Bem antes de suas propriedades caloríferas, é o peso do sobretudo o que me protege do frio.

(Do ponto de vista do tempo que levam para isso, os toureiros são os únicos que se vestem no verão como se estivessem no inverno. Um toureiro nunca "pendura" suas roupas. Profissão difícil essa.)

44 anos, 9 meses e 26 dias *Segunda-feira, 5 de agosto de 1968*

"Aos trinta e cinco anos eu ainda continuava amando", escreve Montesquieu em seus *Pensamentos*. Pensei nisso enquanto eu e Mona fazíamos amor. O que ele entendia por isso? Capacidade de se apaixonar como na primeira juventude? Constatação de uma virilidade intacta? Nesse caso, o que pensar desse "ainda"? Era comum, no século XVIII, deixar de ficar de pinto duro depois dos trinta anos? Era nisso que eu pensava nos braços de Mona, com o desejo em plena ascensão, quando, de repente, queda brusca, o alpinista degringolou... Como nos tempos de minhas primeiras tentativas. O senhor está com o sexo em outra parte, concluiu Mona, que sempre mostrou interesse por esse enigma masculino. De minha parte, atinjo novamente as fronteiras deste diário: o limite entre o corpo e a psique. Do pânico de ser jovem demais ao terror de ser velho demais, passando pela doença da impotência que matou Pavese e levou o Octave de Stendhal a morrer pela

independência da Grécia, o espírito e o corpo se acusam reciprocamente pela impotência, em um processo assustadoramente silencioso.

44 anos, 9 meses e 29 dias *Quinta-feira, 8 de agosto de 1968*

Levei as crianças para brincar no mar, na pequena praia de Cagnes. Fazia muito tempo que eu não me banhava! Nadei debaixo da água, o mesmo tempo que fazia quando jovem. Debaixo da água, eu renunciaria com prazer à respiração e a todas as obrigações superficiais. O carinho absoluto da minha pele pela pele do mar, eu poderia fazer disso uma paixão exclusiva, aprender a não respirar, viver como um boto, levar nessa seda uma vida sem gravidade, abrir às vezes o bico e me deixar levar para me alimentar. Mas fazemos escolhas que reduzem as nossas paixões mais imperiosas a simples ideias de felicidade. Basta que eu saiba que estou bem debaixo da água para me dispensar de me banhar. Era nisso que eu pensava, nesta manhã, submerso no Mediterrâneo, antes de voltar a fincar os pés na areia. Fincar os pés... Imagine! Assim que saí da água, os seixos me desequilibraram, como um desses brinquedinhos de madeira, em geral girafas, que as crianças fazem cair sobre si mesmos apertando a sua base. Enquanto eu estava ali, de quatro, Bruno e Lison, descalços como eu, jogavam voleibol com outros adolescentes, galopando como se corressem na areia.

44 anos, 10 meses e 2 dias *Segunda-feira, 12 de agosto de 1968*

Nesta manhã, avancei em direção ao mar depois de recusar as sandálias horríveis de plástico transparente que Mona me trouxe. Mantinha-me (segurava-me) o mais reto possível sobre os seixos, talvez rígido demais, um tanto encurvado, simulando aquele andar sonhador do sujeito que saboreia o horizonte antes de dar um mergulho. As plantas dos pés, articuladas com

os tornozelos, testavam cada seixo – consistência, temperatura, superfície, esfericidade –, transmitiam a informação aos joelhos, que imediatamente informavam aos quadris, e a coisa andava, *eu* andava, até que a soma de informações por transmitir se tornou algo que fez meu cérebro se perder e uma pedra inesperada, mais pontiaguda do que as outras, ordenou que meus braços buscassem o equilíbrio. E foi assim, com os braços batendo no ar, que eu me vi reencarnado em Violette! Não pensei em Violette, não evoquei Violette, não recordei Violette, eu *era* Violette, oscilando sobre os seixos quando íamos pescar. Eu era o velho corpo trôpego de Violette, Violette andava em mim – não comigo, mas *em* mim! Uma possessão integral, deliciosamente consentida. Eu era Violette avançando com seu andar oscilante em direção à cadeirinha de praia que eu puxava para trás dois ou três metros para provocá-la. Quando tiver a minha idade, dizia ela, você também não vai conseguir ficar de pé sobre os seixos, mas eu ainda consigo segurar um peixe vivo na mão! Só que quando você tiver a minha idade eu já estarei morta. Oh, Violette! Você está aqui! Você está aqui!

44 anos, 10 meses e 3 dias — *Terça-feira, 13 de agosto de 1968*

No fundo, gosto de pensar que os nossos *habitus* deixam mais lembranças no coração daqueles que nos amaram do que a nossa imagem.

44 anos, 10 meses e 5 dias — *Quinta-feira, 15 de agosto de 1968*

Ainda na praia. Leio, deitado sobre a toalha. Vou indo, diz Mona. Vejo-a então avançando em direção ao mar. Que maravilha, essa continuidade do corpo feminino, que nada interrompe! Cabe dizer que Mona nunca usa esses maiôs de duas peças que cortam as mulheres em cinco pedaços.

45 anos, 1 mês e 2 dias *Terça-feira, 12 de novembro de 1968*

Depois de um jantar silencioso, Bruno foi dormir sem dizer nada, trazendo no rosto uma ausência de expressão que queria exprimir alguma coisa. Essa situação tem se repetido com frequência nos últimos tempos. Estamos na adolescência. Pretendemos ter uma cara que nos dispense da tarefa de falar. Trabalhamos o silêncio significante. Exibimos o rosto como uma radiografia de nossa alma. Mas, lamentavelmente, os rostos não dizem nada. São apenas grandes telas em que se pode ver a susceptibilidade do pai. O que foi que eu fiz para merecer do meu filho essa cara de enterro?, pergunta-se o pai, infantilizado por esse enigma; mais um pouco e ele gritaria: não é justo!

A cara de Bruno me faz lembrar um curta-metragem de Kouletchev (ou Kouletchov, enfim, esse cineasta russo), em que se vê o rosto de um homem filmado de frente, em primeiro plano, alternando com a foto de um prato cheio de comida, de uma menina morta em um caixão e de uma mulher deitada languidamente em um sofá. O rosto do homem é totalmente inexpressivo, mas, quando está sobre o prato, o espectador acha que esse rosto expressa fome; à vista da menina morta, que expressa desespero; e um desejo ardente à vista da mulher deitada. Trata-se, no entanto, do mesmo plano, do mesmo rosto, totalmente inexpressivo.

Fale, meu filho, fale. Pode acreditar: ainda é o que encontramos de melhor para nos fazermos entender.

45 anos, 1 mês e 7 dias *Domingo, 17 de novembro de 1968*

Decodificar as poucas mímicas de Bruno para que ele disponha de um léxico que lhe permita ler no rosto de seu próprio filho, quando esse dia chegar.

Erguimento dos ombros, associado a diferentes caretas:

1) E daí?
2) Dane-se.
3) Não sei.

4) Veremos.

5) Não tenho nada a ver com isso.

Inclinações laterais da cabeça, sobrancelhas erguidas, olhar reto para frente, 30° acima do horizonte, com um leve suspiro:

Preciso mesmo ouvir esse tipo de coisa? (*Se o suspiro for mais intenso*: Você só fala besteira!)

Breves inclinações verticais da cabeça, evitando cruzamento de olhares:

Pode dizer o que quiser, que não me interessa.

Olhar fixo dirigido a um ponto qualquer, dedos tamborilando sobre a mesa:

Você já me disse isso mais de cem vezes.

Discreto sorriso interior, o olhar dirigido para a toalha da mesa:

Não digo nada, mas penso.

Sorriso com o canto da boca:

Se eu quisesse, acabaria com eles usando minha ironia.

O papel dos olhos:

Olhos girando: filho incompreendido; olhos bem abertos: filho incrédulo; pálpebras caídas: filho exausto...

O papel dos lábios:

Lábios puxados para dentro: raiva contida; sorriso invertido: desprezo; lábios inchados: suspiro fatalista.

O papel da testa:

Rugas verticais da concentração inútil (Tento entender você, mas, realmente, não...). Rugas horizontais da estupefação irônica (Ah, é? É mesmo? Sem brincadeira?). Testa lisa: para além de qualquer expressão...

Etc.

45 anos, 3 meses e 1 dia *Sábado, 11 de janeiro de 1969*

Lison cortou um dedo comendo crustáceos. Tijo pegou-o com determinação e enfiou-o num pote de pimenta moída muito fina. O sangue se coagulou imediatamente sem que Lison sentisse dor alguma. E amanhã já não vai ter nem mesmo uma cicatriz. Per-

guntei a Tijo quem lhe ensinara isso. Quem você acha que podia ser? Violette, ora bolas!

45 anos, 5 meses e 9 dias *Quarta-feira, 19 de março de 1969*

Dezessete horas de negociações. Vou ficar sem falar por três dias. O que mais cansa nesse tipo de esporte não é o esforço dispendido para manter na mente o conhecimento total dos assuntos em pauta, nem a atenção integral dedicada aos argumentos de uns e de outros, nem os recuos abruptos em determinado ponto que imaginávamos já ter superado, nem mesmo a hora que passa sem anunciar nenhum descanso, não, o mais exaustivo é o peso que a retenção tem em todos esses temperamentos muito férteis. Porque todos ficam de pinto duro o tempo todo. É essa ereção permanente o que os colocou nesse nível de poder. Sem a liberdade de pôr para fora o pau e bater na mesa as suas convicções, esticam ao máximo as calças. Desgastam-se em circunvoluções diplomáticas pensando ao mesmo tempo apenas em comer o rabo uns aos outros. Nos seus escritórios é diferente, eles podem ejacular sem grandes estragos em cima dos subordinados, mas, aqui... A personalidade política é priápica por natureza. É com essa energia que se conquista o poder; ou então exatamente com o seu contrário, como a impotência glacial de um Salazar, um virgem convicto. Quando Khrushchev bate com seu sapato na mesa da ONU, não se trata de uma crise, é a forma de ele pôr para fora, sua maneira de permitir a si mesmo um momento de descanso. Entendo-o. Em dezessete horas, meus pés dobraram de tamanho.

46 anos, 2 meses e 29 dias *Quinta-feira, 8 de janeiro de 1970*

Pelo jeito bem próprio com que Chevrier começou a me olhar, no almoço, enquanto falávamos sobre Genebra diante de nossos pratos de fígado de vitela, eu percebi que um pedacinho de salsa tinha se colado em alguma parte do meu lábio inferior. O que me

levou a pensar em um certo Valentin, que me espantava bastante na época em que eu me preparava para o concurso. Um poço de conhecimento, com digressões encantadoras sobre o amor cortês, os poetas da Renascença ou a *Carte de Tendre*. Mas ele não entendia esse tipo de olhar, e comia como um porco. Ao final da refeição, podíamos ler o menu inteiro na sua barba. Era totalmente repugnante. E também um sinal premonitório da vagabundização que o conduziria, anos depois, a um hospital psiquiátrico, justamente ele, o melhor da turma.

46 anos, 8 meses e 7 dias *Quarta-feira 17 de junho de 1970*

Por mais fatigantes que possam ser, minhas insônias me fazem lembrar minha velha alegria de poder dormir de novo. Cada despertar é uma promessa de voltar a dormir de novo. Entre dois sonos, eu flutuo.

48 anos e 6 meses *Segunda-feira, 10 de abril de 1972*

Fui acordado esta manhã por um assobio bem parecido com o de uma panela de pressão esquecida no fogão. Pensando que o som viesse da rua, voltei a dormir. Novo despertar uma hora depois. O mesmo assobio. Agudo, contínuo, um vespeiro, um sopro a vapor, alguma coisa assim. Comentei com Mona. Que assobio? Você não está ouvindo? Não, não estou. Está surda? Ela esticou orelhão ouvido. Um assobio, como um fiozinho de vapor, bem agudo... Não? Não, estou dizendo, não. Levantei-me, abri a janela para ouvir o som de fora. Com efeito, o som vinha da rua. Fechei a janela, mas o assobio continuou! Com a mesma intensidade. Mona, você realmente não está ouvindo isso? Realmente, ela não ouvia nada daquilo. Fecho os olhos. Concentro-me. De onde pode vir isso? Vou à cozinha preparar o café, e volto a ouvir ali o assobio, sem conseguir saber de onde vem. Verifico a ligação do gás, a chama do aquecedor de água, as frestas das janelas... A caminho do

nosso quarto, com a cafeteira na mão, abro a porta do corredor: ele continua ali, como em toda parte, com uma constância inebriante, um traço desenhado com régua entre os meus dois ouvidos. Então o reconheço. É um desses assobios que às vezes escuto em minha cabeça ao final de uma refeição. Mas esses passam logo. Aparecem e desaparecem, como estrelas cadentes. Algumas trajetórias são mais longas do que outras, mas todas acabam desaparecendo no espaço infinito do meu crânio. Mas agora, não. Tapo as orelhas: o assobio continua aqui, dentro de minha cabeça, plantou morada entre os dois ouvidos! Pânico. Dois ou três segundos de imaginação maluca: e se isso ficar para sempre? A ideia de ouvir esse som pelo resto da vida, sem poder interrompê-lo ou modulá-lo, é totalmente apavorante. Vai passar, diz Mona.

E, com efeito, passou: a barulheira da rua, os guinchos do metrô, o burburinho dos corredores, as conversas no trabalho, a campainha do telefone, as sucessivas negociações, as reclamações de Parmentier, as ladainhas de Annabelle, as escaramuças particularmente penosas entre Raguin e Garet sobre os custos de funcionamento, a interminável diatribe de Félix no almoço, todo esse ruído da cidade e do trabalho acabou se sobrepondo à minha estrela cadente, que se desintegrou dentro dele.

Mas, quando a porta do apartamento se fechou às minhas costas, esta noite (Mona estava na casa de N. e Lison em seu curso), o assobio estava de volta, esticado entre os meus dois ouvidos, igualzinho a como estava de manhã. A verdade é que ele não me deixou ao longo do dia. Simplesmente foi encoberto pelos ruídos da vida pública.

48 anos, 6 meses e 4 dias — *Sexta-feira, 14 de abril de 1972*

O otorrinolaringologista indicado por Colette é, sem dúvida, o melhor em sua especialidade. Depois de quarenta e cinco minutos de espera, o melhor dos otorrinolaringologistas me anuncia, em quatro pontos, que:

1) Eu sofro de zumbido;

2) Em cinquenta por cento dos casos, o zumbido não é curável;

3) Cinquenta por cento dos pacientes acometidos de zumbido permanente optam pelo suicídio;

4) Essas boas notícias me custarão cem francos, favor pagar na secretaria.

Noite em claro, evidentemente. Uma chance em duas de ter zumbido definitivo, ou seja, um aparelho de rádio permanentemente ligado dentro da cabeça, cujo único programa produz em mim um assobio contínuo, em outros, um uivo, em outros, um tambor, em outros, um carrilhão, castanholas ou um ukulelê. Não tenho nada a fazer a não ser *esperar*. Aguardar que isso passe ou se confirme, que o programa se mantenha em estado de assobio ou que a orquestra toda se instale em minha caixa craniana.

48 anos, 6 meses e 5 dias — *Sábado, 15 de abril de 1972*

Recuso-me a ficar fuçando nas livrarias médicas. Recuso-me a querer me informar sobre tudo o que diga respeito ao zumbido. Não vou me tornar, de jeito nenhum, especialista nas minhas doenças.

48 anos, 7 meses e 12 dias — *Segunda-feira, 22 de maio de 1972*

Mona tem me achado tão ansioso nos últimos dias, que me aconselhou a fazer uma consulta. Entre nós, a palavra consulta, assim, pronunciada a seco, refere-se apenas a uma categoria de médicos: os psiquiatras.

48 anos, 8 meses e 7 dias — *Sábado, 17 de junho de 1972*

A neuropsiquiatra com quem me consultei ontem parece mais preocupada com a saúde do otorrinolaringologista do que com

a minha. Na verdade, meu senhor, melhor seria que esse colega é que estivesse aqui. O caso dele me parece mais inquietante do que o seu. Segundo ela, o zumbido permanente é uma doença tão difundida que, se levasse metade dos doentes ao suicídio, se transformaria na primeira causa de mortalidade.

Depois disso, mudando de assunto, perguntou-me havia quanto tempo eu vinha respirando sem me preocupar com os pólipos que obstruem as minhas narinas. Ora, desde sempre, eu creio. Não, caro senhor, não é desde sempre. Segundo ela, eu simplesmente me esqueci do começo de uma afecção crônica contra a qual não tenho muito que fazer, que me leva a falar de forma levemente anasalada e me dá a sensação de respirar através de um canudo. Mas eu me ajusto a isso. Meu cérebro está acostumado, como se acostumará também com esse zumbido, que ele em breve classificará na categoria silêncio. Na verdade, caro senhor, o que mais o afeta é a surpresa, a novidade desse zumbido, e o medo de que ele se eternize o deixa apavorado, mas, concluiu ela, ninguém pode viver em estado de surpresa permanente.

Falou-me então sobre a sua especialidade, que consiste justamente em convencer os seus pacientes de que eles se acostumarão com aquilo que consideram, por enquanto, insuportável. O rosário de doenças e de traumatismos que ela então desfiou é tão impressionante, em variedade e em monstruosidade, que perto deles o meu zumbido adquire a dimensão de um animalzinho doméstico. Deixei-a, levando comigo uma receita de soníferos e daquilo que tia Huguette chamava de "calmantes".

– Volte aqui se o senhor continuar a sentir medo.

48 anos, 11 meses e 22 dias *Segunda-feira, 2 de outubro de 1972*

O ministro G., furioso com uma brincadeira feita pelo pobre Berthelot, empina a cabeça e abaixa perigosamente o tom:

– O senhor sabe com quem está falando?

Berthelot, enrubescido e confuso, se retrai em sua concha. E eu me recordo de uma das expressões do pequeno José: *Vá se cagar*, seu ministro de merda.

– Enfim – sibila o ministro, fuzilando-me com o olhar –, se sua chefia acha isso divertido!

Não, senhor ministro, o que realmente me diverte é a reação escatológica que as manifestações de orgulho estatutário sempre provocam em mim. O senhor gostaria de ser visto como um busto romano... Ora, as estátuas me dão vontade de cagar, e a ideia de cagar ao pé de uma estátua me faz sorrir. Um sorriso de satisfação idiota, admito, mas temos algum outro sorriso quando damos uma boa cagada?

49 anos, aniversário *Terça-feira, 10 de outubro de 1972*

Como a psiquiatra tinha previsto, passaram-se três meses e eu já me acostumei com o meu zumbido. A maior parte dos nossos medos físicos tem em comum com nossos miasmas o fato de que os esquecemos assim que o vento passa. Pastamos no campo dos nossos afazeres e nos paralisamos como corças desesperadas quando o corpo se pronuncia. Uma vez passado o alerta, voltamos a pastar com nossa cara de predador.

49 anos e 20 dias *Segunda-feira, 30 de outubro de 1972*

Nossas doenças são como essas piadas de que nos consideramos os únicos depositários, mas que, na verdade, todo o mundo conhece. Quanto mais eu falo sobre zumbido (fazendo cara de curiosidade em relação ao significado da palavra para esconder que sofro disso), mais encontro pessoas afetadas por esse problema. Ontem, com Étienne, por exemplo: Obrigado por me fazer essa pergunta, faz com que meu zumbido desperte! Ele me confirmou que nos acostumamos com isso muito bem. Quer dizer, corrigiu-se, acabamos convivendo com isso. Pois, na verdade, nos

privamos do silêncio. No caso dele, como no meu, tudo começou com um pavor imenso. Ele usou a mesma imagem que a minha: Eu tinha a sensação de estar conectado permanentemente a um rádio ligado, e a ideia de levar uma vida de alto-falante não me era nada agradável.

49 anos e 28 dias *Terça-feira, 7 de novembro de 1972*

Meu zumbido, *minhas* queimações, *minhas* angústias, *minha* epistaxe, *minhas* insônias... Propriedades minhas, em suma. De que somos alguns milhões a compartilhar.

6

50-64 ANOS

(1974-1988)

Que me devolvam a minha duração.
Que minhas células se desacelerem.

50 anos e 3 meses *Quinta-feira, 10 de janeiro de 1974*

Se fosse publicar este diário, eu o destinaria antes de tudo às mulheres. Em troca, adoraria poder ler um diário que uma mulher tivesse escrito sobre o seu corpo. Para descobrir pelo menos em parte o mistério. Em que consiste o mistério? No fato, por exemplo, de que o homem desconhece tudo o que a mulher sente em relação ao peso e à forma de seus seios, enquanto a mulher não sabe nada a respeito do que o homem sente em relação às dimensões do seu sexo.

50 anos, 3 meses e 22 dias *Sexta-feira, 1º de fevereiro de 1974*

Desde sempre Mona junta sabonetes líquidos, loções para o rosto (que ela chama de "noções para o gosto"), cremes, máscaras, leites, unguentos, xampus, pós, talco, rímel, sombras, bases, blushes, batons, delineadores, perfumes, em suma, quase tudo o que a cosmética oferece à mulher para que ela se aproxime daquilo com que gostaria de se parecer, ao passo que o meu único utensílio de higiene é um sabonete de Marseille em forma de cubo com o qual faço a barba e me lavo por inteiro, dos cabelos aos dedos dos pés, passando pelo umbigo, pela glande, pelo buraco do cu e até pela minha cueca, que ponho imediatamente para secar. O território do nosso lavabo é totalmente ocupado pelas tropas de Mona: escovas, pentes, lixas para as unhas, pinças, pincéis, lápis, esponjas, algodões, esponja de pó de arroz, estojo de maquiagem colorida, tubos, potes e borrifadores, que travam uma batalha sem fim, que eu sempre interpretei como uma busca cotidiana de

exatidão. Mona se maquiando é como Rembrandt retocando infinitamente os autorretratos de sua vida. Menos uma luta contra o tempo do que o acabamento da obra-prima. Imagine!, retruca Mona. *A obra-prima desconhecida*, isso sim!

50 anos, 3 meses e 26 dias *Terça-feira, 5 de fevereiro de 1974*

De minha parte, depois do banho – sem o qual eu não conseguiria acordar –, o primeiro encontro lúcido do dia é com o meu pincel de barba, um prazer diário que remonta aos quinze anos de idade: o de me barbear. Na mão esquerda, o sabonete de Marseille, na direita, o pincel, mergulhado na água morna, com a qual já molhei o rosto. Lenta preparação da espuma, que não deve ser muito líquida nem muito pastosa. Em seguida, espalhar exaustivamente até obter um rosto perfeitamente coberto pela metade com uma espécie perfeita de chantilly. Depois, o barbear propriamente dito, que consiste em devolver esse rosto a ele mesmo, a reconstituir a figura anterior à barba, anterior à espuma, esquadrinhando tudo amplamente, da pele do pescoço cuidadosamente esticada até o começo dos lábios, passando pelas maçãs do rosto, pelas bochechas e pela mandíbula, da qual não se deve negligenciar a aresta maxilar, onde, com a cumplicidade da pele que se oculta deslizando sobre o osso, o pelo às vezes nos prega algumas peças. A essência do prazer reside no rangido dos pelos em seu encontro com a lâmina e nas amplas avenidas de pele desenhadas pela navalha, assim como no desafio renovado a cada manhã: remover *toda* a espuma usando apenas a navalha, sem deixar um floco sequer para a toalha com a qual, depois, me secarei.

51 anos, 1 mês e 12 dias *Sexta-feira, 22 de novembro de 1974*

Depois de certas jornadas de trabalho eu atravessaria três vezes Paris inteira a pé! Encantado com meu andar tão lubrificado,

os tornozelos flexíveis, joelhos estáveis, barrigas da perna firme, quadris sólidos, por que voltar para casa? Continuemos a andar, usufruamos desse corpo em marcha. É a felicidade do corpo o que confere beleza à paisagem. Pulmões arejados, o cérebro acolhedor, o ritmo da caminhada ensejando o das palavras, que se reúnem em pequenas frases de satisfação.

51 anos, 9 meses e 22 dias *Sexta-feira, 1º de agosto de 1975*

Um pequeno susto acontece às vezes quando, ao assoar o nariz, a polpa do dedo deixa no lenço de papel úmido uma mancha rosada que me parece ser de sangue diluído. Mas a surpresa não chega a ter tempo de me amedrontar, pois o alívio surge quase imediatamente: é apenas a ponta do dedo! Isso nunca acontecia comigo antes da epistaxe.

52 anos, 2 meses e 4 dias *Domingo, 14 de dezembro de 1975*

Estava ontem à noite em plena discussão à mesa dos R. – pouco importa o assunto –, ganhava pontos indiscutivelmente (sobretudo contra o tédio de estar ali), à beira de conquistar a concordância de todos, quando de repente... me faltou uma palavra! Um branco na memória! Um fosso se abriu sob os meus pés. E eu, em vez de recorrer a uma perífrase – à criatividade –, pus-me a buscar estupidamente a palavra em questão, interrogando a memória com a fúria de um proprietário expropriado; exigia dela que me devolvesse a palavra certa! E procurei essa maldita palavra com tamanha obstinação, que, no momento em que, derrotado, finalmente optei por uma perífrase, percebi que não me lembrava sequer do assunto de nossa conversa! Felizmente, já se falava de outras coisas.

52 anos, 9 meses e 25 dias *Quarta-feira, 4 de agosto de 1976*

Antes de mergulhar no sono, vi claramente, sobre um cepo de açougue, um cérebro ensopado de sangue. Alguma coisa me fez pensar que era o meu, e esse pensamento me proporcionou um contentamento inefável, que se mantém até agora. Foi a primeira vez, acredito, que vi o meu cérebro assim. Cheguei a me perguntar se, caso uma bala de canhão me arrancasse um pé, uma das mãos ou qualquer outro órgão que fosse então lançado longe no campo de batalha entre outros pedaços humanos, perguntei-me se eu os reconheceria com a mesma facilidade que ao meu cérebro tal como estava naquele açougue.

53 anos *Domingo, 10 de outubro de 1976*

Completo mais um ano. De onde tiro todos eles? Para onde foram os anteriores? Os últimos dez anos, por exemplo, durante os quais, ao que parece, todas as minhas células, salvo as do coração e do cérebro, foram renovadas? À exceção dos presentes das crianças, recusei qualquer comemoração formal. Nada de jantar, nada de amigos, somente Mona e uma noitada em nosso pequeno barco pessoal – que ficou mais pesado, sim, mas ainda flutua bem. Antevendo esse acesso de melancolia, Mona organizou essa noitada havia muito tempo: dois lugares reservados na sala Favart para ver Bob Wilson: *Einstein on the Beach*. Cinco horas de espetáculo! Uma sinfonia de lentidão. Exatamente do que preciso: que me devolvam a minha duração, que minhas células se desacelerem. Fiquei imediatamente fascinando com a entrada milimétrica da locomotiva gigante sobre o palco, com a interminável escovação de dentes de todos os atores e principalmente com aquele estrado fosforescente que leva meia hora para passar da horizontal para a vertical em uma penumbra em que só vemos ele. E eu reconheci esse estrado: é o obelisco que, na noite dos meus quarenta e três anos, se levantou em meu sonho com uma lentidão histórica!

Como contraponto a *Einstein on the Beach*, um casal que estava sentado na nossa frente mostrou outra concepção de duração. E não se tratava de um casal jovem, de um encontro de namorados, tampouco de um sedutor que estivesse aplicando com uma conquista recente o golpe do você não imagina o que vai ver, não, nada disso, eram dois experientes andarilhos do amor único, e que, como eu e Mona, já haviam ultrapassado o estágio do deslumbramento cultural e da necessidade de uma baby-sitter para cuidar da progenitura. Tinham vindo com uma garrafa térmica de café e uma pequena cesta com coisas para beliscar que mostravam claramente que eles sabiam a que tipo de espetáculo iriam assistir, que estavam solidamente instalados em seu amor, em seu tempo, em sua sociedade, no gosto em geral e no de hoje em particular. A cesta era de vime, charmoso. Também não era um casal em fim de linha que tivesse ido ao teatro para preencher uma solidão compartilhada: não há nenhuma dúvida de que no grande pátio do palácio dos Papas, em Avignon, eles se enrolariam juntos em uma mesma e única manta. Aliás, a mulher apoiou a cabeça sobre o ombro do parceiro desde o momento em que a luz da plateia deu lugar ao inquietante fulgor boreal do palco. Todo o mundo foi envolvido pelo senso de duração de Bob Wilson, e o casal desapareceu dentro do halo da minha própria fascinação. Mal cheguei a ver quando o homem, erguendo delicadamente o ombro direito, fez a companheira retomar sua posição vertical. Enfeitiçado pela entrada da locomotiva, pela infindável escovação de dentes, pelo estrado fosforescente e pelo violino com duas notas de Philip Glass, perdi a noção do tempo, a consciência do meu corpo e de tudo o que pudesse haver à minha volta. Não conseguiria nem mesmo dizer se estava bem ou mal sentado. Minhas células devem ter parado de se renovar. Em que momento dessa eternidade a mulher ofereceu ao seu vizinho uma xícara de café que foi recusada com um seco movimento negativo da cabeça? Em que momento ela murmurou o início de uma reflexão logo interrompida por um "pssssiu!" sem chance de apelação? Em que

momento ela começou a se remexer na cadeira até receber um "pare com isso" irritado que fez algumas cabeças virarem-se para eles? Desses breves episódios, espalhados ao longo de várias horas, uma consciência apenas periférica. Até o momento em que o homem emitiu aos gritos uma frase que por alguns segundos transferiu o espetáculo do palco para a plateia, jogando para o alto a cesta de vime e levando a mulher a empreender uma fuga sem nenhuma resistência: Caia fora, sua idiota de merda! Eis o que acabava de proferir aos berros o companheiro de harmonia. E a mulher se retirou, derrubando tudo pelo caminho, chegando a cair no corredor, reerguendo-se, forçando a passagem como quando avançamos a contracorrente, uma dessas fugas em que pisamos sobre tudo o que há pela frente, espectadores, bolsas, óculos (alguém gritou "meus óculos!") e mesmo as crianças pequenas, se houvesse.

53 anos e 2 dias *Terça-feira, 12 de outubro de 1976*

Isso que eu registrei ontem não cabe neste diário. Ainda bem!

53 anos, 1 mês e 5 dias *Segunda-feira, 15 de novembro de 1976*

Tijo, que se divertiu com essa história, contou-me ter visto seu camarada R.D. mijar escondido no carro de um policial que lhe aplicava uma multa. Estava chovendo, e, enquanto o tira registrava a infração concentrado em proteger o talonário, que não queria molhar, R.D. mijava tudo o que havia bebido de álcool na porta aberta do carro de patrulha, com o pau coberto pela lateral de sua capa. Evidentemente, liberar os esfíncteres desse jeito diante de uma autoridade em plena ação provoca admiração. Eu não conseguiria fazer isso. Não apenas por medo, mas porque nunca achei engraçado esse tipo de coisa. As pessoas que peidam, mijam ou arrotam ostensivamente me causam mais repugnância do que as que dissimulam. Talvez seja isso o que tenha me

mantido afastado desde sempre dos esportes coletivos. O dormitório, o vestiário, o refeitório, o ônibus do time, onde floresce aquela eterna exposição de virilidade – isso não é para mim. Provavelmente isso se deve ao meu lado filho único. Ou a ter ficado muito tempo em pensionato. Ou tranquilamente dissimulado...

53 anos, 1 mês e 10 dias *Sábado, 20 de novembro de 1976*

Bruno me perguntou de supetão se eu assisti ao seu nascimento. Pelo tom de sua voz, eu me senti questionado, não tanto pela sua curiosidade, mas como um sinal dos tempos. (Muito desconfiado, o sinal dos tempos, em relação a esse tipo de assunto.) De fato, não assisti ao nascimento de Bruno nem ao de Lison. Por quê? Por medo? Por falta de curiosidade? Por que Mona não pediu que o fizesse? Por inapetência em relação à dilaceração de corpos? Por causa da adoração do sexo de Mona? Ignoro totalmente a resposta. Para dizer a verdade, essa questão nem foi colocada para mim, assistir ao parto da esposa era algo que simplesmente não se fazia naquela época. Mas o sinal dos tempos exige respostas, principalmente às perguntas que não são expressas. Seria eu um desses maridos que abandonam suas mulheres deitadas sozinhas sobre o leito da dor? Seria eu um desses pais que já começam negando a própria paternidade? Eis o que meu filho me perguntava por trás de seus olhos fixos. Certamente não, meu garoto, eu chego a sentir tontura em lugar da sua mãe, eu me associo terrivelmente às suas dores de cabeça, às suas dores de barriga, sempre tive interesse o mais elevado pelo corpo dela, e enquanto você e sua irmã vinham ao mundo eu andava para lá e para cá, classicamente, esfregando as mãos na sala de espera da maternidade. Com sua mãe, eu sempre fui empático ao máximo possível. E eu estava muito curioso pela sua chegada. E pela chegada de Lison também. E então? Será que o nascimento de Tijo, os gritos de Marta em seu leito lambuzado, a abertura cavernosa e pegajosa de sua vagina, o rosto lívido de Manès cheirando a cachaça, será que tudo isso me vacinou para sempre contra tudo

o que fosse obstétrico? Pode ser. Mas eu não me lembrava disso tudo quando vocês nasceram. Era um conjunto de imagens totalmente recalcadas.

Essas coisas todas eu não disse a Bruno. Elas passaram pela minha cabeça muito rapidamente antes que eu ouvisse a minha própria voz responder: assistir ao seu nascimento? Não. Por quê?

– Porque Sylvie está grávida, e eu pretendo estar lá para acolher meu filho.

Para bom entendedor...

*

NOTA PARA LISON

Minha querida Lison,

A releitura dessa escaramuça entre mim e o seu irmão me enche de vergonha. Esse "Não. Por quê?", que se considerava espirituoso, aumentou ainda mais o fosso que nos separava. Eu não só não procurei preencher esse fosso, mas também parece que experimentei certo prazer em aprofundá-lo. A tal ponto, que ele acabou por se tornar o túmulo da nossa relação. Bruno me irritava. E eu transformava isso em um caso de incompatibilidade. Diferença de temperamentos, eu pensava comigo mesmo, apenas isso. E parei por aí. Esse tipo de indignidade paterna constitui o negócio da psicanálise. Eu deveria ter reservado o tempo necessário (a energia) para responder a Bruno.

Tanto mais que, ao reler este diário, não encontro nele nenhuma descrição de Mona grávida. E, no entanto, me parece que essa coisa diz respeito ao corpo! Pois bem, nada, nenhuma alusão. Como se Bruno e você fossem frutos de uma partenogênese. Um antes e um depois, mas nada no meio. Pior ainda: constato que, mesmo fazendo um esforço de reflexão, não guardo nenhuma lembrança das duas gravidezes de Mona. É isso o que eu devia ter dito a Bruno. Nenhuma lembrança da sua mãe grávida, meu rapaz, desculpe-me, eu mesmo fico estupefato com isso, mas é a pura realidade. E

então refletir um pouco com ele. Isso não deve ser algo raro entre os homens de minha geração. (Eis mais um departamento em que não fui ninguém especial.) Naquela época, a mulher cuidava de sua gestação sozinha, cercada de outras mulheres. Os homens pareciam ainda presos ao começo do neolítico, mal e mal conscientes de seu papel na procriação. Dizia-se que a mulher esperava um filho, como se este fosse obra do Espírito Santo. A mulher, aliás, não "esperava" nada: ela trabalhava nessa criação. Quem esperava era o homem, que, para enganar a sua espera, enganava a sua mulher antes de poder usá-la novamente. Além disso, havia mais de quinhentos anos que o Concílio de Trento encobria a imagem da gravidez: os artistas eram proibidos de representar a Virgem grávida, nem mesmo amamentando! Isso não se pinta, isso não se esculpe, isso não se olha, isso não se leva em conta, disso a gente não se lembra, a gente apaga da nossa memória e sacraliza! A animalidade é uma vergonha! Escondam esse ventre que eu não consigo ver! A Virgem não é um mamífero! Era algo tão profundamente incrustado no inconsciente católico de minha geração, que não havia como acontecer que isso transbordasse do meu, apesar do meu ateísmo escancarado. Minha cabeça era feita a partir do molde de uma cabeça comum.

Por outro lado, Mona afirma que nós fizemos amor até momentos bem avançados durante os períodos em que você e Bruno estavam a caminho. A castidade não era o nosso forte, e, se hoje não consigo me lembrar de Mona grávida, é para, diz ela, expiar aqueles jogos amorosos de que ela guarda tão boas recordações! Ela é que definia a hora de suspender as nossas efusões, em uma data precisa de sua gravidez para além da qual ela estaria "refinando a moldagem final" (sic)*.*

Veja bem, Lison. Na época do seu nascimento, ainda não tínhamos entrado na era do homem grávido inaugurada pela sua geração: uma inversão espetacular de papéis operada pelo pai materno, com a incorporação mimética do personagem da mãe, a tal ponto que, lembre-se, o seu amigo F.D. se contorcia de dores abdominais enquanto sua mulher dava à luz, e que Bruno se dizia

muito mais bem preparado para dar a mamadeira a Grégoire do que Sylvie.

Enfim, a principal coisa que eu deveria ter dito a Bruno se nossa conversa tivesse acontecido é que no mesmo instante em que peguei vocês em meus braços, você e Bruno, me pareceu que existiam desde sempre! *Isso é o mais espantoso: nossos filhos datam da eternidade! A partir do momento em que nascem, já não conseguimos nos conceber sem eles. É verdade que guardamos a memória de um tempo em que eles não existiam, em que existíamos sem eles, mas a sua presença física implanta dentro de nós raízes tão repentinas e profundas que eles parecem existir desde sempre. Esse sentimento* só *existe em relação aos nossos filhos. Conseguimos imaginar a ausência de todas as outras pessoas, por mais próximas e amadas que sejam, mas a ausência de nossos filhos, não, por mais recente que tenha sido a sua chegada. Sim, eu gostaria muito de poder ter dito tudo isso a Bruno.*

*

53 anos, 5 meses e 2 dias — *Sábado, 12 de março de 1977*

Ao tomar banho hoje cedo, ocorreu-me a seguinte cronologia. Até oito ou nove anos, Violette me "esfregava", dos dez aos treze eu fingia me lavar, dos quinze aos dezoito eu passava horas fazendo isso. Hoje em dia, tomo um banho antes de sair correndo para o trabalho. E quando me aposentar? Será que me derreterei no banho? Não, nós nos acostumamos, o banho me acordará enquanto eu puder me manter de pé. Quando chegar a hora, serei escalpelado por algum enfermeiro nas horas em que a visita é proibida. Enfim, alguém cuidará da minha higiene.

53 anos e 7 meses — *Terça-feira, 10 de maio de 1977*

Nascimento de Grégoire. Nascimento de meu neto, caramba! Sylvie está bem cansada, Bruno bem pai, Mona encantada,

e eu... Pode-se falar de amor à primeira vista por ocasião do nascimento de uma criança? Acredito que nada na minha vida me emocionou tanto quanto conhecer esse pequeno desconhecido que se tornou familiar tão instantaneamente. Deixei o hospital e caminhei durante três horas sozinho sem saber aonde ia. Uma forte sensação de que Grégoire e eu tínhamos trocado um olhar decisivo e firmado um pacto de afeição perpétua. Será que vou mimá-lo? Esta noite, champanhe. Tijo, do jeito dele, como sempre: Você não sente certo asco de dormir com uma avó?

53 anos, 9 meses e 24 dias *Quarta-feira, 3 de agosto de 1977*

Bruno e Sylvie desde o nascimento de Grégoire. Sua exaustão de pais novatos: noites entrecortadas, sono em sobreaviso, ritmos alterados, atenção a todo momento, inquietude polimorfa, acessos de precipitação (mamadeiras perdidas, leite quente demais, leite frio demais, droga, acabou o leite!, droga, a fralda ainda não secou!). Já esperavam tudo isso. Sua cultura os preparara para isso, e já imaginavam sabê-lo por instinto. Sobretudo Bruno. Mas a verdadeira causa de sua exaustão deve ser buscada em outro lugar. O suposto instinto parental não tinha mostrado a eles o total desequilíbrio na relação de forças em questão. Os bebês desenvolvem uma energia que não tem nenhuma comparação com a nossa. Diante dessas vidas em expansão, parecemos seres antigos. Mesmo em seus piores excessos, os jovens adultos cuidam de poupar suas forças. Os bebês, não. Energia predadora em estado puro, eles se alimentam da presa sem nenhum escrúpulo. Salvo nos momentos de sono, não há descanso. E os pais, justamente, gozam de muito pouco sono. Sylvie está acabada, Bruno, escorando-se no seu papel de pai-modelo, está com os nervos à flor da pele; eles se sentem devorados vivos pelo objeto exclusivo de sua atenção. Sem admiti-lo – como deuses, jamais ousariam admitir uma coisa horrorosa como esta! –, sentem certa nostal-

gia dos tempos não tão distantes em que, "no nosso meio", como dizia mamãe – que aliás nem era desse "meio" –, a garotada ficava aos cuidados dos empregados. Bons tempos, em que as crianças da alta sociedade esgotavam as mamas do povo. Eu mesmo não fui criado por Violette? Ao mesmo tempo, é claro, seus corações se derretem por Grégoire. Afinal – embora isso, como pais modernos, eles também nunca digam –, esse senhorzinho é a encarnação do seu amor: eles eram dois para acolhê-lo na sala de parto, e agora estão os três juntos para sempre. Aqueles dedinhos transparentes, as bochechas radiantes, os braços e as panturrilhas rechonchudos, essa barriga tranquila, essas dobras, as covinhas, as nádegas firmes de anjinho, toda essa pneumática tão compacta é fruto de seu amor! E aquele olhar! A qual divindade silenciosa pertence o olhar que os recém-nascidos nos dirigem sem piscar? Diante de que eles abrem aqueles olhos de pupilas tão escuras e íris tão fixas? Diante de que eles se abrem *do outro lado*? Resposta: diante de todas as perguntas que virão. Diante do insaciável apetite de entender. Depois de terem seu corpo devorado, os jovens pais temem pelo seu espírito. Seu cansaço tem origem na certeza de que isso não terá fim. Mas, psssssiu.... As pálpebras de Grégoire se fecharam... Grégoire está dormindo... Sylvie o coloca no berço com um cuidado bíblico. Pois a maior das artimanhas desse ser todo-poderoso consiste em se fazer passar pela coisa mais frágil do mundo.

53 anos, 10 meses e 16 dias *Sexta-feira, 26 de agosto de 1977*

Na volta de nosso passeio hoje com Lison e os filhos de Robert e Étienne, eu não pulei a barreira. É a primeira vez que não salto essa barreira. O que me conteve? O medo de me "fazer de jovem" diante de jovens? Medo de tropeçar na barreira? No mínimo, uma desconfiança repentina. De quê? De meu corpo? Duvidei de meu impulso? O corpo fala. O que ele diz? Que a força da idade diminui.

Faz dois dias que Grégoire fica mexendo nas orelhas com um ar bastante concentrado. Apesar dos meus esforços para tranquilizá-la (todos os bebês, que eu saiba, brincam com aquilo que se destaca: dedos dos pés, nariz, dobras da pele, prepúcio, língua, primeiros dentes, orelhas...), Sylvie diagnostica o início de uma otite. É preciso levar Grégoire com urgência ao pediatra. Uma otite malcuidada pode se tornar uma coisa muito séria, pai, o seu amigo H. ficou surdo! Elevador, carro, elevador, pediatra, o qual informa que não, nada de otite, não se assuste, cara senhora, os bebês dessa idade sempre fazem esse gesto, é absolutamente normal. Mas ele deixou de explicar o "porquê". Por que os bebês de dez meses ficam mexendo nas orelhas com um entusiasmo monomaníaco se tais orelhas não coçam? E aqui estamos eu e minha nora seriamente ocupados em tentar responder a essa pergunta durante a sesta de Grégoire. Como não encontramos nenhuma resposta convincente, decidimos estudar as nossas próprias orelhas com um espírito de descoberta deliberadamente regressivo, de modo a tentar saber o que Grégoire vem *sentindo* nos últimos três dias. Para fazer isso, temos de nos juntar a Grégoire em sua primeira infância, inspecionar nossas orelhas com a inocência dos nossos dez meses de idade. Esticamos então os lóbulos como se fossem gomas de mascar (sua elasticidade, aliás, é bem relativa), sondamos o contorno – o de Sylvie é menos largo, mas com um desenho muito mais delicado do que o meu –, trituramos o trágus – o meu é bem mais espesso do que o de Sylvie, e sobretudo mais peludo, que coisa, desde quando é assim?, desde quando esses pelos ásperos formam um penacho selvagem nesse triângulo de carne que até a nossa investigação eu nem sabia que se chamava trágus? –, exploramos as profundezas da concha – se Bruno nos visse agora, sussurrou Sylvie de olhos fechados e passando da concha à parte de trás do pavilhão –, e de repente, eureca!, ela encontra! Já sei! Encontrei! Feche os olhos, pai! (Eu obedeço.) Dobre as orelhas, como um cocker. (Eu obedeço.) O que você ouve?, pergunta Sylvie batendo com a ponta dos dedos na parte

de trás do meu pavilhão. Como um tambor, respondo, ouço a minha nora fazer um tum-tum-tum no pavilhão da minha orelha e isso ressoa furiosamente dentro do meu crânio! Pois bem, é o que Grégoire acabou de descobrir! A música, pai! A percussão! Hipótese que testamos assim que Grégoire acordou de sua sesta. Não há nenhuma dúvida, é exatamente a parte de *trás* de seus pavilhões o que a cobaia melômana fustiga inicialmente, com as duas mãos, para em seguida bater ali com seus dedos ágeis, como alguém tamborilando sobre uma mesa. Logo depois, com a lamentável inconstância dos aprendizes, ele leva à boca um trator de plástico, e eu então proponho a Sylvie que desçamos até a garagem para experimentar um pouco do carro, para ver como é.

55 anos, 4 meses e 17 dias *Terça-feira, 27 de fevereiro de 1979*

Uma pequena mancha de café no dorso de minha mão enquanto escrevo. Um marrom bem diluído. Limpo-a com a ponta do indicador. Ela resiste. Junto um pouco de saliva, mas ela não sai. Mancha de tinta? Não, a água e o sabonete não resolvem. Tampouco a escova de unha. Tenho de me render ao óbvio: não se trata de uma mancha sobre a minha pele, mas de algo produzido pela própria pele. Uma marca de velhice, oriunda das profundezas. Dessas que se proliferam nos rostos idosos e que Violette chamava de *flores de cemitério*. Desde quando ela está se formando aqui? Seja assinando documentos no escritório, seja comendo ou escrevendo aqui em minha mesa, o dorso de minha mão está quase sempre à vista, e eu nunca tinha reparado nesta mancha! No entanto, esse tipo de flor não cresce assim de uma hora para outra! Não, ela se imiscuiu em minha intimidade sem despertar minha curiosidade, ocupou espaço tranquilamente, e durante dias eu olhei para ela sem a ver. E, hoje, eis que um estado específico de minha consciência a mostra a mim mesmo de verdade. Muitas outras florescerão devagar, e logo mais já não me lembrarei de como eram as minhas mãos antes das flores de cemitério.

55 anos, 4 meses e 21 dias *Sábado, 3 de março de 1979*

Algumas mudanças em nossos corpos me fazem pensar nessas ruas que percorremos há muitos anos. Um dia uma loja fecha, a placa desaparece, o local fica vazio, para alugar, e nos perguntamos o que havia antes ali, ou seja, na semana passada.

55 anos, 7 meses e 3 dias *Domingo, 13 de maio de 1979*

Tijo, que eu parabenizo por conseguir manter ao seu lado surpreendentemente uma simpática Ariette (mas o que eu tenho a ver com isso?), me deixa falar, e, depois que concluí meu elogio aos sentimentos duradouros, disse, com a maior seriedade do mundo: o sexo de um homem não deixa mais traços no sexo de uma mulher do que a passagem de um pássaro no céu. Impossível ler nos seus olhos o sentido que ele atribui a essa frase com jeito de provérbio chinês.

56 anos, aniversário *Quarta-feira, 10 de outubro de 1979*

Aos vinte anos, quando eu me espreguiçava, era como sair voando. Hoje de manhã, achei que estava me crucificando quando me espreguicei. Preciso me desenferrujar. A previsão daquele professor de ginástica (Desmile? Dimesle?), que, no segundo ano, dizia que ficaríamos enferrujados precocemente se não fizéssemos exercícios diariamente... Talvez. Enquanto aguardo, quando vejo o estado em que se encontram hoje os meus amigos esportivos que antes me deixavam aturdido com suas performances (Étienne hoje em dia paralisado por reumatismo, com os dedos e as clavículas quebrados várias vezes e os ombros de jogador de rúgbi trucidados pela capsulite), penso que fiz bem em resistir ao culto do recorde e aos ditames do treinamento permanente, essa espécie de onanismo. Sempre detestei o esporte enquanto religião do corpo. O boxe, para mim, era uma espécie de dança

lúdica, uma arte da esquiva. Além disso, eu o praticava sobretudo sozinho; quase sempre, era em um saco que eu batia. E, no caso do tênis, era contra uma parede. Quanto às abdominais e às flexões, eram os meus exercícios de encarnação. Eles davam um corpo ao menino transparente que havia sido o fantasma de seu pai. Ganhar um jogo de queimada, levar um adversário tinhoso ao esgotamento sobre o ringue, ridicularizar um pedante no tênis, subir de bicicleta um terreno vertical – tudo isso era vingar papai, mas mantendo-o a distância, em uma cadeira da tribuna de honra. O esporte nunca foi, para mim, uma necessidade física. Aliás, abandonei toda e qualquer atividade desde que conheci Mona.

56 anos, 9 meses e 27 dias *Quarta-feira, 6 de agosto de 1980*

Piada que ouvi agora há pouco em um bar onde tomava um café, contada pelo meu vizinho de balcão, que com certeza já tinha passado do primeiro copo: Nada de mulheres, diz o médico ao paciente. Nada de mulheres, nada de café, nada de tabaco, nada de álcool. E fazendo isso eu viverei mais tempo? Não sei, diz o médico, mas o tempo vai parecer bem mais longo para você.

56 anos, 9 meses e 29 dias *Sexta-feira, 8 de agosto de 1980*

Catapora em Mérac, as pústulas atacaram a tribo das crianças como uma nuvem de gafanhotos. Os impactos na pele, com suas auréolas. Ninguém escapou, elas gemem, dormem, acordam, se queixam de que isso coça, e são então proibidas de coçar, Mona e Lison fazendo o papel de enfermeiras de guerra, atuando em todas as frentes. Estão aqui Philippe, Pauline, os netos de Étienne e três amiguinhos. Telegrafei a Bruno para que ele nos mande Grégoire a fim de que este possa participar dessa vacinação natural, mas Bruno se recusou em um telegrama cuja brevidade diz

muito. Texto: *Você está brincando, imagino!* Assinatura: *Bruno*. É uma pena, diz Mona, a catapora em grupo vira uma brincadeira; em uma criança sozinha, é um castigo.

Não consigo deixar de tentar imaginar Bruno escolhendo as quatro palavras de sua resposta. Com que idade a gente se reconcilia com o fato de ter um pai vivo?

56 anos, 10 meses e 5 dias *Sexta-feira, 15 de agosto de 1980*

Quantas sensações ainda desconhecidas! Durante o concerto, na igreja, uma mulher de braços nus, com o cotovelo apoiado sobre o espaldar da cadeira ao lado, vazia, puxava distraidamente os pelos da axila. Experimentei. Até que não é desagradável. Poderia se tornar rapidamente um vício se o local fosse de mais fácil acesso.

57 anos, aniversário *Sexta-feira, 10 de outubro de 1980*

Um lindo presente de aniversário de Lison. Jantávamos juntos Mona, Tijo, Joseph, Jeannette, Étienne e Marceline etc. Sentada de frente a mim, Lison participava das conversas com uma alegria de viver que me parecia multiplicada por alguma força externa a ela mesma. Estava inspirada. Tem um bom gênio, que a cansa um pouco, a julgar pelos seus traços fortemente marcados. Depois do jantar, pedi que viesse à biblioteca. (Desde sempre fazemos esse jogo da convocação paterna. Filha, vamos até a biblioteca! Lison finge um ar pesado, e eu uma postura de comendador fechando a porta às nossas costas.) Sente-se. Ela se sentou. Não se mexa. Ela olhou para os seus pés. Percorri as prateleiras da biblioteca e peguei *Doutor Jivago*. Busquei o trecho que pretendia ler, ah!, está aqui, achei! Nona parte, capítulo três. São os cadernos de Iuri Jivago. Ele escreve neles para Varykino, no fim do inverno, perto da primavera. Escute. E Lison escutou.

"Parece-me que Tonia está grávida. Eu disse isso a ela. Ela não acha, mas eu estou convencido. Vejo-o em sinais imperceptíveis, que antecedem os indícios mais evidentes e que não conseguem me enganar. O rosto da mulher se modifica. Não se pode dizer que ficou feia, mas o seu aspecto externo, de que até então ela era absoluta senhora, escapa agora de seu controle. O que sairá dela e em que ela se transformará, só o futuro o poderá dizer."

Levantei a cabeça. Lison disse: Isso é o que a gente chama de um pai perspicaz! E nos lançamos nos braços um do outro.

*

NOTA PARA LISON

E então, minha querida, eis que o seu pai, que não guarda nenhuma lembrança das gravidezes de sua mãe, percebeu a de sua filha no momento em que Fanny e Marguerite ainda mal estavam a caminho! A que tipo de instinto se deve esse tipo de presciência? No fundo, você poderia muito bem passar este diário para La Nouvelle Revue de Psychanalyse, *que o nosso amigo JB faria uma festa com ele.*

*

58 anos e 28 dias — *Sábado, 7 de novembro de 1981*

Nas lojas dos nossos bairros chiques é raro, hoje em dia, ouvir alguma ofensa racista de caráter deliberadamente físico. No entanto, nesta manhã, na padaria, Tijo e eu estávamos comprando croissants e brioches. Lison saíra, e eu e ele íamos passar a manhã com Fanny e Marguerite. Na padaria, então. Duas senhoras bem-vestidas e um árabe à nossa frente. Atrás, a fila se estende quase até a porta. (Uma padaria de prestígio.) Do outro lado do balcão, a padeira de avental rosa, desses comerciantes

que concentram toda a sua distinção no uso do condicional. Diga-me de que a senhora *gostaria*. E de que mais a senhora *precisaria*? Atendidas as duas freguesas, chega a vez do velho árabe. Túnica e chinelos, a que se somam um forte sotaque e uma vacilação própria à sua idade avançada. Acabou-se o condicional. Bom, e então, o que é que ele quer? Por que ele não se decide? Difícil entender a resposta do interessado. O quê? O homem aponta para um *palmier*. E, ao fazê-lo, desvia o olhar para o doce desejado. A padeira cor-de-rosa aproveita o instante para apertar ostensivamente o nariz, fazendo com a mão direita o gesto de quem afasta um cheiro ruim. Ela apanha o *palmier* com um pegador de metal, embrulha-o num gesto único e informa o preço jogando-o na frente do freguês, que levanta sua túnica para pegar o dinheiro no bolso da calça. Não encontrando o montante exato, recoloca a mão no bolso para verificar novamente, se atrapalha, busca em outro bolso, de onde tira uns velhos óculos. Ei! Não temos o dia inteiro para esperar! Não está vendo as pessoas? Um gesto amplo assinala a clientela. Ele fica nervoso. Caem algumas moedas no chão. Ele se abaixa, se levanta, e, em desespero, espalha todas as moedas que possui sobre o mármore falso do caixa. Ela recolhe o valor certo. Ele deixa a padaria olhando para baixo. Acima de tudo, nada de pedir desculpas! E então soam os clarins do batalhão: esses árabes, não só vêm aqui chupar o nosso sangue, mas também deixam o seu fedor! Silêncio total. Provavelmente de espanto, mas, de qualquer forma, silêncio. (Incluído o meu.) Até que a voz de Tijo se levanta. Realmente, esses árabes são nojentos! (Pausa.) Pois só mesmo sendo nojento para chupar o sangue da senhora! (Pausa.) Para o jovem executivo atrás de nós: Francamente, o senhor chuparia o sangue dessa senhora? O executivo ficou lívido. Não? Eu o entendo, pois, pelo que sai da sua boca, dá para saber que o sangue dela não deve ser flor que se cheire! Agora, um terror generalizado. Tijo se dirige a outra freguesa: E a senhora, chuparia o sangue dela? Não? E o senhor, também não? Pois é, isso é porque vocês não são árabes! E então nenhuma

gota de sangue circula pelo corpo único da clientela. Seus rostos temem os golpes, pois essas palavras são físicas. Decido parar com o massacre, quando Tijo se dirige diretamente à padeira com uma voz angelical: Prezada senhora, gostaríamos imensamente de comprar quatro croissants e quatro brioches. Poderia atender ao nosso pedido?

58 anos e 29 dias *Domingo, 8 de novembro de 1981*

O homem só teme realmente pelo seu corpo. A partir do instante em que um ofensor compreende que alguém poderia *fazer* com ele aquilo que ele *disse*, o seu terror se torna inominável.

58 anos, 1 mês e 5 dias *Domingo, 15 de novembro de 1981*

Mona e eu estávamos de plantão ontem à noite cuidando de Grégoire e seu amigo Philippe, os dois com quatro anos e meio de idade. Além do jantar, de fazê-los escovar os dentes, de contar uma história, apagar as luzes às 9 horas em ponto e deixar a porta do quarto entreaberta com a luz do corredor acesa, tivemos também de dar-lhes banho. Ao secar seus corpos, achei que Grégoire era bem mais pesado do que Philippe, embora os dois tenham uma aparência idêntica. Para tirar a coisa a limpo, decidi pesá-los. Surpresa: com uma diferença de apenas cinquenta gramas (diga-se de passagem, em favor de Philippe), os dois têm o mesmo peso: dezessete quilos e pouco. Grégoire não é mais pesado, mas infinitamente mais *denso* do que Philippe. Pobre Philippe! Estou convencido de que essa falta de densidade aponta, para ele, uma vida de grandes incertezas, de dúvidas permanentes, de convicções voláteis, de culpabilidade latente, de angústia recorrente, em resumo, de considerável embaraço para consigo mesmo, ao passo que Grégoire, bem firme sobre seus pés, terá um tranquilo destino de tanque. A dor de existir para Philippe, o

hedonismo estável para Grégoire. Questão de densidade. Apesar de Mona dizer que minha observação não encontra apoio em nenhum argumento, esta manhã, novamente, a lembrança dessas duas massas tão tragicamente desproporcionais reforçou ainda mais a minha convicção.

58 anos, 6 meses e 4 dias *Quarta-feira, 14 de abril de 1982*

Árdua e prolongada negociação com o japonês Toshiro K. Qual seria a idade dele? É tão magro, que o seu quimono marrom parece uma casca em volta de um graveto. Seus gestos têm a lentidão de um lêmure, e sua caneta é como uma acha de lenha entre os seus dedos. Impressões contraditórias: esse homem que já não tem forças para viver parece ter todo o tempo à sua disposição. A extensão dos seus momentos de silêncio, a extrema lentidão de seu discurso e de seus gestos ressuscitaram a imagem de meu pai, que movia uma montanha para levar uma colher de sopa até a boca. Quatro anos de guerra e os gases alemães tinham extraído tão completamente a substância de seu corpo quanto um século inteiro o fez com esse velho japonês. Em resumo, meu pai veio se sentar à mesa de negociações; ele se instalou nos momentos de silêncio de Toshiro K. Saia daí, papai, você está me atrapalhando. Vejo-o apoiar-se para empurrar o aparador de nossa cozinha, mas o aparador não se move um único milímetro. O senhor Toshiro K. permite que eu veja meu pai esgotando as suas derradeiras forças nesse embate doméstico. Papai, por favor, seu filho está em uma negociação. Ele agora está sentado à mesa de jantar da família. Mamãe e eu não conseguimos desviar os olhos da mosca que pousou em seu nariz. Ela já me vê como um cadáver, diz ele, sem fazer nenhum gesto para afastá-la. Mamãe sai da mesa derrubando a cadeira. Ela grita, vocês são odiosos. Ele sussurra que de jeito nenhum. Menino que sou, beijo a mão que ele me estende. O senhor Toshiro K. espera. Papai faz a negociação se prolongar. No avião de volta,

meus colaboradores me elogiarão pela paciência que tive com o velho japonês.

58 anos, 6 meses e 5 dias *Quinta-feira, 15 de abril de 1982*

Meu pai com seu corpo de casca. Sem pulmões, os músculos descarnados, tendões soltos. E eu, rapaz alto, com os membros amolecidos, imitação integral de sua extrema lentidão, deslocava-me esbarrando nos móveis, como um jovem fantasma do meu pai, do qual minha mãe fugia, a pobre coitada, aterrorizada por aqueles dois seres inconcebíveis.

59 anos *Domingo, 10 de outubro de 1982*

Desde o fim do verão, essa coceira às vezes violenta sob a omoplata esquerda, que parece vir de uma vértebra, mas que se manifesta sobretudo depois que eu como demais. Esperei que ela se tornasse recorrente para falar dela aqui.

59 anos, 1 mês e 8 dias *Quinta-feira, 18 de novembro de 1982*

Morfologia do recrutamento. Acabo de contratar um redator com um currículo tão furado como a capa de um aventureiro. Mas o seu olhar esperto, sob uma arcada de sobrancelhas de estilo neandertal, me inspirou confiança. Bréval (apaixonado pela psicomorfologia) preferia outro sujeito, esguio, com uma cabeça harmoniosa, carregado de diplomas e calorosamente indicado pelo próprio ministro. Mas, desde as suas primeiras palavras, eu percebi que o jovem rapaz tinha acabado de entrar em campo – e cheio de uma presunção gelatinosa. Entre um esqueleto novinho em folha e uma ossatura que sobreviveu ao paleolítico, não hesitei um segundo.

59 anos, 1 mês e 14 dias *Quarta-feira, 24 de novembro de 1982*

Sobre o prazer de se coçar. Não só pela onda orgástica que se conclui na apoteose do alívio, mas também pela delícia, sobretudo, de localizar milimetricamente o ponto exato da coceira. Isso também é "conhecer-se bem". É muito difícil mostrar a alguém o lugar exato onde ele deve coçar você. Nesse terreno, o outro sempre decepciona. Como costuma acontecer, ele sempre se afasta um pouco do assunto.

59 anos, 1 mês e 15 dias *Quinta-feira, 25 de novembro de 1982*

Podemos nos coçar até atingir o gozo, mas tente fazer cócegas em si mesmo... Você nunca conseguirá fazer você mesmo rir de cócegas.

59 anos, 3 meses e 12 dias *Sábado, 22 de janeiro de 1983*

Ensino Grégoire a comer coisas que ele detesta. No caso, essas endívias grelhadas que Bruno insiste obstinadamente em fazê-lo comer para "formar seu gosto". Fiz Grégoire, então, experimentar pacientemente o gosto das endívias grelhadas. Em outras palavras, levei-o a se interessar por essa coisa horrorosa como já havia feito à sua época com Dodo, meu irmãozinho fictício, para que eu mesmo conseguisse engoli-las. Coma *sentindo de verdade o sabor*, procurando realmente entender o gosto que elas têm. Você verá, é *interessante* saber por que a gente não gosta de alguma coisa. (Nesse tipo de exercício, surpreendo-me falando em itálicos, como papai fazia.) Vamos lá? Vamos lá! Uma colherada pequenininha para começar, seguida de uma descrição minuciosa do gosto sentido, no caso, aquele amargor repudiado pela maioria das crianças (à exceção dos italianinhos, talvez, que conhecem bem cedo a cultura do *amargo*). Uma segunda colherada, um

pouco mais generosa, para se certificar de se aquela descrição era bem fundamentada, e assim por diante (sem nunca chegar a uma colherada grande, com a qual, acreditando abreviar o suplício, se provoca na verdade o vômito). Grégoire foi até o fim de seu prato com uma satisfação totalmente intelectual. Ele diz que as endívias têm gosto de prego enferrujado. Tudo bem para o prego enferrujado, desde que ele coma essas endívias sem resistir, mesmo considerando-as nojentas.

Um gosto de prego enferrujado... Isso me fez lembrar aqueles gigantes que comiam bicicletas nos parques de diversões da minha infância. Contei isso a Grégoire. Um deles chegou até a engolir um automóvel. Um Juvaquatre. Grégoire perguntou se a mãe dele, a mãe do gigante, sabia dessa história do Juvaquatre.

60 anos *Segunda-feira, 10 de outubro de 1983*

Meu aniversário. Por que as dezenas são comemoradas com tanto fausto? Mona resolveu reunir todo o mundo. Haverá tanta gente assim no meu enterro? Segundo Tijo, nesses casos é necessário festejar duas vezes, pois cada dezena é ao mesmo tempo enterro e nascimento. Você era um velho cinquentão e agora é um jovem sessentão, diz ele erguendo o copo para brindar à minha saúde. Um garoto na sua nova idade. Viva! Não é absurdo. Sopre as suas sessenta velas, meu caro, você está renascendo para mais dez anos!

60 anos, 10 meses e 6 dias *Quinta-feira, 16 de agosto de 1984*

Perto da uma da madrugada, ouço o ruído de passos indolentes sobre o cascalho do jardim do hotel T., enquanto Mona dorme ao meu lado. Esse ruído faz parte dos sons apaziguadores de minha vida.

61 anos, 7 meses e 2 dias *Domingo, 12 de maio de 1985*

Ontem à tarde levei Grégoire para ver *Greystoke*, enésima versão de Tarzan. Grégoire ficou encantado, e eu impressionado com a seguinte cena: lorde Greystoke, avô bonachão de mim Tarzan você Jane (essa brincadeira é mais velha que o mundo, mas Grégoire, admirado, acha que eu sou o primeiro a fazê-la), mergulha o seu pincel de barba em uma xícara de café antes de espalhar a espuma no rosto. Experimentei a coisa esta manhã. Resultado surpreendente! Os poros da pele se retraem sob o efeito adstringente do café e conservam o seu aroma durante uns vinte minutos. Pele de bebê perfumada com café. Mona ficou encantada. Acha que estou ficando cada vez mais refinado.

61 anos, 7 meses e 17 dias *Segunda-feira, 27 de maio de 1985*

Um acidente besta. Segunda-feira de Páscoa. Tomávamos chá na casa da senhora P., velha amiga da falecida mãe de Mona e que está com cento e dois anos de idade. Um solar neovitoriano, com o chá sendo servido do lado de fora, sob um plátano que cresceu bem no meio de uma quadra de tênis! A imagem é ainda mais impressionante se se considera que, em torno desse plátano, a quadra, de saibro, continua a ser tratada como antes, regada, varrida, com suas linhas cuidadosamente traçadas com cal, como se nada tivesse acontecido. Tomar chá sob essa árvore é penetrar vivo em um quadro de Magritte. O jogo consiste em não mostrar nenhum estranhamento quanto a isso na frente da velha senhora. Se, no entanto, algum desavisado indaga a senhora P. a esse respeito, ela responde: O que vocês querem? Todos os meus homens já morreram, ninguém joga mais, e essa árvore nasceu aí, é preciso saber aceitar tanto aquilo que nos abandona quanto aquilo que chega para nós. Em resumo, saboreávamos o nosso chá quando um cão penetrou a propriedade. A velha senhora o observou com o canto do olho e não gostou. Quem vai me livrar desse animal? E aqui se deu o acidente. Levanto-me de supetão, corro atrás do cachorro

abanando os braços e gritando, mas um obstáculo invisível me atinge a testa em pleno impulso. Meus dois pés se desprendem, caio de costas com a mão e a cabeça se chocando violentamente contra o chão. Alguns segundos de aturdimento, uma dor dilacerante em toda a extensão da testa; quando me volta a consciência, vejo-me com a visão toda encoberta por uma cortina de sangue. Mona me socorre, secando-me as feridas. Explicação: o obstáculo era um arame de ferro estendido na altura da cabeça de um homem, resquício da grade que antigamente delimitava a quadra de tênis. É então que observo a minha mão. O dedo médio, enrijecido verticalmente em relação à palma, aponta para o céu. Não consegue voltar ao lugar. Um pedaço de mim que se desalinha. Não é nada, diz Mona, você só quebrou o dedo. Hospital: o plantonista espantado com a variedade dos estragos: "O que aconteceu?" Difícil explicar em poucas palavras: o chá, a quadra de tênis, Magritte, o cão, a velha senhora, o arame de ferro, em resumo, o maior desastre da história mundana do chá. Injeção antitetânica (o arame estava enferrujado), oito pontos de sutura na calota craniana. Tentaram escalpelá-lo? Radiografia do crânio, um curativo enorme em forma de pirâmide para manter a bolsa de gelo sobre o galo, radiografia da mão, afinal de contas o dedo não tinha quebrado e foi realinhado à força (um tanto brutal), uma tala e o curativo.

Mais tarde, Mona perguntou o que me dera na cabeça para sair correndo daquele jeito.

– Acho que eu estava meio entediado.

– Aquele arame podia ter decapitado você.

61 anos, 7 meses e 22 dias — *Sábado, 1º de junho de 1985*

No final de *Greystoke*, o velho lorde acaba morrendo numa noite de Natal ao escorregar pela escadaria do castelo sentado sobre uma enorme bandeja de prata à guisa de trenó. Quando criança, a partir do seu quarto, ele vencia todos os degraus sobre

a mesma bandeja; mas agora já não tem idade para isso, ele não consegue controlar a sua trajetória e morre em uma curva. Sua cabeça se choca com um pesado pilar de madeira. Imensa tristeza para Tarzan. (E para Grégoire.) O velho lorde foi vítima de um acesso de infância. É o que deve ter acontecido comigo ontem, quando bruscamente comecei a brincar de espantar o cachorro. É muito frequente que a criança que tenho dentro de mim se faça presente. E ela conta com as minhas forças. Todos nós estamos sujeitos a esse tipo de ataque. Mesmo os mais velhos. A criança reivindica o seu corpo até o fim. Não desiste. São tentativas de reapropriação tão imprevisíveis quanto uma invasão. A energia que emprego nesses momentos vem de outro tempo. Mona fica apavorada ao me ver correr atrás de um ônibus ou trepar nas árvores para colher alguma fruta difícil de alcançar. O que me dá medo não é que você faça isso, mas é que apenas um segundo antes você não pensava em fazê-lo.

61 anos, 7 meses e 27 dias *Quinta-feira, 6 de junho de 1985*

Retirados os pontos da cabeça. A cicatriz forma no crânio uma auréola cor-de-rosa, como se – *dixit* Grégoire – alguém o tivesse aberto para ver o que tem dentro. Depois, à tarde, Mona ficou assustada com o andar de Grégoire. Mostrou-o a mim, pela janela, enquanto ele brincava com Kopek no jardim. O menino parece arrítmico, meio deslocado, lento e como que desorientado. O próprio cachorro parece impressionado de ver o seu dono caminhar torto. Assustado, corro até ele: Grégoire afirma, então, apontando para a minha cicatriz, que ele é neto do Frankenstein.

62 anos e 29 dias *Sexta-feira, 8 de novembro de 1985*

Hoje de manhã, esqueci a senha do meu cartão do banco. Não só a senha, mas também a estratégia mnemônica criada para

guardá-la, bem como o percurso que meus dedos fazem sobre o teclado. Fiquei paralisado de estupefação na frente do distribuidor de notas. Totalmente abalado. Nova tentativa? Que tentativa? Nenhuma lembrança. A mínima pista. Como se essa senha nunca tivesse existido. Pior ainda: como se ela existisse em outra parte, em algum lugar a que não tenho acesso. Pânico misturado com raiva. Continuo na calçada, diante da máquina, sem saber o que fazer. As pessoas, na fila, se agitam. O equipamento me devolve o cartão. Eu digo: acho que ele está quebrado. Que vergonha de ter emitido essa frase, de ter-me sentido obrigado a fazer isso! Afasto-me e caminho quase raspando nos prédios. Perdi tudo: memória, dignidade, autocontrole, maturidade, completamente destituído de tudo. Essa senha era eu. Deixo o carro de lado e decido ir até o escritório a pé. A raiva e a vergonha me fazem caminhar depressa. Atravesso com o sinal vermelho. Buzinas. Impossível me controlar. Impossível encarar o episódio na sua devida proporção: uma falha na corrente, sem consequências de longo prazo. Agora, quando escrevo estas linhas (a senha retomou por conta própria o seu devido lugar em minha memória), faltam-me palavras para descrever o estado de absoluto terror em que esse breve esquecimento me deixou.

62 anos e 1 mês *Domingo, 10 de novembro de 1985*

Esses sumiços repentinos de algum número conhecido, senha do cartão do banco, senhas de portas de uso frequente, números de telefone, nomes ou sobrenomes, datas de nascimento etc., me atingem como meteoritos. A surpresa, mais do que o próprio esquecimento, provoca um abalo em todo o meu planeta. Em resumo, não consigo me acostumar com isso. Em contrapartida, não fico nada surpreso ao acertar as respostas dos jogos desses programas de rádio ou televisão que ouço de vez em quando distraidamente. Grégoire: Então você sabe *tudo*, vovô? Você se lembra de *tudo*?

62 anos, 4 meses e 5 dias *Sábado, 15 de fevereiro de 1986*

Cabeleireiros. Na minha juventude, eles não massageavam o crânio. Lavavam grosseiramente a cabeça antes de transformá-la numa vassoura que o *Pinto*, um fixador em forma de bastão, mantinha firme até o corte seguinte. (Não, o Pinto apareceu mais tarde, nos primeiros anos do pós-guerra.) Seja como for, esse ofício se feminilizou e, portanto, se refinou, e então, ao lavarem os nossos cabelos, os dedos, hábeis, passaram também a massagear o crânio. Um momento de entrega, em que, por menos competente que seja a massagista, todos os sonhos se tornam possíveis. Acredito até ter sussurrado, um dia, à beira do êxtase: Pare, por favor. O senhor não gosta de massagem?, perguntou ingenuamente a jovem cabeleireira. Acho que balbuciei, atrapalhado: Sim, sim, mas não. Quando digo "ingenuamente", na verdade não acredito nem um pouco nisso. Pois, se eu fosse uma moça e massagista de couro cabeludo, eu me divertiria muito com esses senhores totalmente entregues à minha destreza e cuja posição não lhes possibilita dirigir para sua braguilha os olhos que se reviram com a ação dos meus dedos. As velhas situações de troca de risadas entre amigas! Talvez até compitam entre si quando isso acontece, para aliviar o tédio de suas jornadas intermináveis. E o seu? Quantos segundos levou para ficar duro?

62 anos, 9 meses e 16 dias *Sábado, 26 de julho de 1986*

Uma angústia persistente, a manhã toda. Grégoire pagou o pato. Quase pulei de susto quando – fazíamos a feira – ele me perguntou, quase chorando, se eu estava chateado. Que cara eu teria feito para ele? Que expressão reprovadora? Que máscara de ódio? E isso havia quanto tempo? Aliás, que cara temos quando estamos com cara de mau? E que cara temos quando não estamos com cara de mau? Vivemos atrás de nossos rostos. O que a criança vê no rosto adulto é um espelho. E, no caso em pauta, o espelho devolvia a Grégoire a imagem de uma culpa enigmática.

– O que foi que eu fiz?

– O que você fez... o que você fez... é que você merece um belo sorvete. De que você quer? Baunilha? Chocolate? Morango? Pistache?

– Avelã!

Então, dois sorvetes de avelã. Dois!

Da angústia ao sentimento de culpa... Mona, a quem contei o ocorrido, me ensinou que o verbo "culpabilizar" entrou na língua francesa em 1946. E o verbo "*des*culpabilizar", em 1968. É quando a História fala por si só...

62 anos, 9 meses e 17 dias — *Domingo, 27 de julho de 1986*

O outro pode ser um remédio contra a angústia, desde que se trate de alguém estranho à nossa intimidade, um pouco indiferente. Não há um só dia de trabalho que não consiga acabar com minha angústia. A partir do momento em que atravesso a porta da empresa, o homem social prevalece diante do homem angustiado. Torno-me imediatamente receptivo àquilo que os outros esperam de mim: atenção, conselhos, congratulações, ordens, encorajamento, brincadeiras, broncas, apaziguamento... Transformo-me em interlocutor, parceiro, rival, subalterno, bom patrão ou bicho-papão, encarno a própria imagem da *maturidade*. O papel por desempenhar sempre superou a minha angústia. Mas os nossos, por sua vez, aqueles que nos são próximos, nos aplaudem em tudo, justamente por serem nossos, por fazerem parte de nós mesmos, e acabam sendo vítimas privilegiadas do moleque que internamente nunca deixaremos de ser. Grégoire foi quem pagou o pato outro dia.

62 anos, 9 meses e 23 dias — *Sábado, 2 de agosto de 1986*

Ao falar – com muita frequência – sobre a angústia neste diário, não falo da alma, tampouco faço psicologia, mantenho-

-me mais do que nunca no registro do corpo, esse maldito novelo de nervos.

63 anos *Sexta-feira, 10 de outubro de 1986*

Mijando em um café da rua Lafayette. A luz se apaga no meio da coisa. Duas vezes. Pergunto-me em que média de idade se baseiam os instaladores de minuterias para definir o tempo mínimo de iluminação para quem mija. Será que sou tão lento assim? Será que antes eu era tão rápido assim? Droga de discriminação em favor dos jovens, que atinge até a produção desses moinhos de tempo! A observação vale também para as minuterias das escadas e para as portas de elevadores, que se fecham cada vez mais rápido.

63 anos, 1 mês e 12 dias *Sábado, 22 de novembro de 1986*

Que farei com a minha angústia quando a aposentadoria chegar? Sem empregador, sem empregados; quem combaterá minha veia ontológica quando eu for privado da companhia dessas pessoas tão necessárias na sua indiferença?

63 anos, 6 meses e 9 dias *Domingo, 19 de abril de 1987*

Marguerite arranhou o joelho ao cair sobre o cascalho. Limpei a ferida usando a técnica de Violette: gritar em lugar da vítima. Marguerite não sentiu nada, mas, depois do curativo pronto, ela disse, um tanto fatalista, como se desconfiasse de que eu poderia de agora em diante tirar proveito desse dado objetivo: Sabe, vovô?, eu acho que você é meio louco. O que Fanny logo confirmou.

63 anos, 6 meses e 11 dias *Terça-feira, 21 de abril de 1987*

A panturrilha de Marguerite na minha mão e a intuição de que dessa bolinha brotará uma moça bem alta.

63 anos, 11 meses e 7 dias *Quinta-feira, 17 de setembro de 1987*

Fundo de olho na doutora L.M. Ela me diagnostica o início de uma catarata. Que progredirá por doze ou quinze anos até que a cirurgia se torne necessária. Por enquanto não sinto efeito algum; vejo tão bem quanto antes. Você ainda tem muito tempo pela frente. Além disso, hoje em dia essa cirurgia não é nada, uma simples formalidade. (Imagem fugidia de tia Noémie em seu pequeno apartamento da rua Chanzy. Temendo a cegueira, ela treinava andar de olhos fechados. Quando finalmente ficou cega, já não tinha forças para andar.)

64 anos, 1 mês e 11 dias *Sábado, 21 de novembro de 1987*

Ao buscar o resultado dos exames de sangue pedidos pelo doutor P., dei-me conta de que nunca falei aqui do ritual particularmente humilhante que significa para mim a abertura do envelope. Um esquecimento que diz muito da vergonha que toma conta de mim nesse momento de puro terror. Se aqueles que, no escritório, me têm como o mentor de suas carreiras me vissem nessa situação! Ah! o grande chefe impávido, herói da Resistência, guardião do moral das tropas! Agora um moleque debruçado sobre um envelope com um frio de medo na barriga, como um desativador de minas. É uma mina antipessoa que sempre tenho de desmontar. Qualquer dia, o envelope explodirá no meu rosto. Segue anexa a sua condenação à morte. Pois o único inimigo, no caso, é o inimigo interno. Uma vez aberto o envelope, meu olhar se dirige imediatamente para as primeiras duas linhas, glóbulos brancos e glóbulos vermelhos

(ufa!, bem na média, sem sinal de alguma infecção maior), em seguida pulo diretamente para o fim da última página, onde está a medição da próstata, também chamada de PSA, um número fetiche para os sexagenários. 1,64! 1,64 ante 0,83 nessa mesma época do ano passado. Em suma, o dobro. Bem abaixo da média superior (6,16), certo, mas, ainda assim, o dobro! Em apenas um ano! Ou seja, se essa tendência se confirmar, serão 3,28 no ano que vem, 6,56 no ano seguinte, e, em curto prazo, a eclosão cancerosa e a projeção de metástases até os recôncavos do cérebro! A bomba está aqui, inteirinha, invisível e regulada para explodir na hora marcada. Antes fosse somente a próstata! Mesmo que eu me enganasse no cálculo exponencial da próstata, o que pensar da taxa de açúcar? Pois ainda há o açúcar! Glicemia 1,22g/l ante 1,10 no ano passado (um nível já acima do normal!), com um avanço constante há vários anos. Portanto, perspectiva de diabetes. Injeções diárias, cegueira, amputação (está muito "caído", o pobre coitado)... A menos que se pense em uma ofensiva da creatinina, bem acima da média aceitável, e em encarar a falência dos rins e a diálise até o fim da vida. Um aleijado cego e dialisado, que bela perspectiva para o futuro! Haveria como abrir esse envelope sorrindo?

64 anos, 6 meses e 4 dias — *Quinta-feira, 14 de abril de 1988*

Pouso perturbado no aeroporto de Vancouver. Trem de aterrissagem quebrado, saída da pista, passageiros de cabeça para baixo, avalanche de bagagens, pânico a bordo etc. Saí dessa sem nenhuma contusão e, devo dizer, não muito apavorado. Como é que conseguimos, sendo pusilânimes como somos, deixar calmamente as nossas vidas à mercê desses objetos (aviões, trens, navios, automóveis, elevadores, montanhas-russas) sobre os quais não temos o menor controle? A quantidade de usuários, sem dúvida, afasta a nossa inquietude. Pensamos na inteligência da espécie. Tantas pessoas competentes participaram da construção desse aparelho, e tantas pessoas com uma inteligência crítica

confiam a ele diariamente os seus corpos, por que não eu? Ao que se soma o argumento estatístico: corre-se um risco infinitamente menor de quebrar o pescoço amontoando-se nele do que atravessando a rua. É preciso considerar também o poder de sedução do destino. Não nos incomodamos em confiar a nossa sorte aos acasos da mecânica. Deixe que a inocente máquina decida a minha sorte em lugar das minhas células, suspeitas, todas elas, de má-fé. De agora em diante, olharei os resultados dos meus exames de sangue somente quando estiver a onze mil metros de altitude, em meio a fortes turbulências e se possível dentro de um avião em chamas.

64 anos, 6 meses e 5 dias *Sexta-feira, 15 de abril de 1988*

De qualquer modo, lembro-me de uma conversa com B.P., engenheiro de testes de voo, que passou a vida inteira testando aviões. É preciso ser totalmente maluco para subir naquilo, dizia ele, em resumo. Sabe o que nós fazemos quando um avião vibra muito a ponto de se quebrar em pleno voo? Pois bem, nós o destruímos e depois reconstruímos, exatamente o mesmo, e este, sabe-se lá por quê, não vibra. Quanto a mim, concluía ele, toda vez que desço de um avião de linha com os outros passageiros, não digo a mim mesmo que cheguei, digo a mim mesmo que escapei.

64 anos, 10 meses e 12 dias *Segunda-feira, 22 de agosto de 1988*

Achei na *História natural* de Plínio essa particularidade dos texugos, que, numa batalha, prendem a respiração para não sentir os ferimentos infligidos pelos adversários. Isso me fez lembrar o exercício que fazia na infância, que consistia em prender o fôlego ao passar pelas urtigas para que elas não me picassem. Robert é que tinha me ensinado o truque. Conto isso a Grégoire. Tudo o que ele encontra para me responder é: Isso é o seu lado texugo, vovô.

64 anos, 10 meses e 14 dias *Quarta-feira, 24 de agosto de 1988*

Grégoire muito ocupado em limpar o nariz enquanto lê *Tom Sawyer*... Suas narinas? A gruta de Joe, o Índio. Suas melecas? O tesouro colocado ali. Como eu, ele associará o prazer de limpar o nariz ao da leitura pelo resto da vida.

64 anos, 10 meses e 20 dias *Terça-feira, 30 de agosto de 1988*

Plínio, ele novamente, escreve que os romanos eram proibidos de cruzar as pernas em público, o que me fez voltar sessenta anos. Uso calça curta (talvez seja Dodo), e papai ainda não está totalmente *corroído por dentro*. Recebemos alguns convidados para o chá. Sentado em minha poltrona, cruzo as pernas, como todos os adultos à minha volta. Mamãe exclama: Sente-se direito! Cruzar as pernas, isso não se faz! À noite, em minha cama, repito a experiência e percebo que meu pequeno sexo me proporciona muito prazer se o faço ir e vir com a ponta dos meus dedos entre as coxas cruzadas.

64 anos, 11 meses e 15 dias *Domingo, 25 de setembro de 1988*

Tijo, que é baixo e fisicamente nunca teve nada daqueles fortões de Batignolles, sempre me surpreenderá por sua potência muscular, sua rapidez, sua precisão e sua delicadeza de fera. Ontem à tarde, levamos Fanny e Marguerite para passear na beira do Sena. Uma gaivota brincava de ficar passando perto de nós. Uma vez, duas vezes... Na terceira vez, Tijo ergue o braço esquerdo e agarra o pássaro em pleno voo. Interrupção clara de uma trajetória. Pavor nos olhos do animal. (Um verdadeiro pavor de desenho animado. Glup!) Vejam que beleza! Ela procura, procura, e acha que não corre risco nenhum! Tijo esfrega o seu nariz no bico da bela ave, leva-a até as gêmeas, que lhe acariciam o dorso, e depois a solta. A gaivota sai voando, um pouco atordoada,

mas não ferida. Prosseguimos em nosso passeio rememorando certas peças, todas elas físicas, que Tijo me pregava quando era pequeno. Dentre elas, uma na idade que as gêmeas têm agora. Eu flertava com Marianne, no Briac, quando Tijo apareceu de repente jogando figos em nós e gritando Morte aos boches e Viva a Resistência! (Verão de 43.) Uma emboscada-relâmpago. Enquanto eu corria até a figueira de Lulu para contra-atacar, ele me atingia no olho, na testa, no queixo, e desaparecia. Fim do flerte com Marianne; eu estava tão melado que atraía as vespas, de que ela tinha muito medo. Tive de me lavar da cabeça aos pés e enfiar minhas roupas na lavadora. Em fim de estação, o figo está ao mesmo tempo denso e mole, o impacto o faz explodir como uma granada e o seu sumo se espalha penetrando por todos os interstícios. Sem falar nos caroços nos cabelos. E aqueles pedaços de casca grudados em você como uma carne sanguinolenta! A lapidação a golpes de figo é o homem emplumado do Oeste americano. Minha vingança foi terrível. Nazista, para ser bem claro. A repressão fria de um ocupante. Fiz uma bela provisão de munições e capturei Tijo na hora em que ele menos esperava (ele ia levar o leite para os Douvier), amarrei-o no plátano de Peluchat e lhe anunciei – em alemão! – sua condenação à morte. Ele gritou "Viva a França" e, enquanto eu o fuzilava, se mostrou tão estoico quanto o *Pequeno soldado* de Andersen que eu tinha lido para ele na noite anterior. É que ele achava que o seu suplício terminaria ali, o coitado. Errado. Depois de transformá-lo em um pote de geleia, soltei-o e o mergulhei no bebedouro dos Douvier, onde o limpei dos pés à cabeça. Desta vez, o pequeno soldado foi bem menos estoico! A higiene não era o seu forte, e a família não se importava muito com isso. A água estava tão fria e a vítima batia os dentes com tanta força, que o próprio carrasco foi tomado por um vago arrependimento.

Você não gostava de se lavar quando era pequeno?, perguntou Marguerite. Pequeno, eu?, respondeu Tijo, esticando-se na ponta dos pés, eu nunca fui pequeno!

*

NOTA PARA LISON

No fundo, minha querida, acho engraçado ter mantido este diário durante toda a vida. O que não quer dizer que eu o ache engraçado.

7

65-72 ANOS

(1989-1996)

Eu devia ter feito um
diário dos meus esquecimentos.

65 anos, 9 meses e 2 dias *Quarta-feira, 12 de junho de 1989*

Fiz um corte no polegar ao consertar o pneu furado da bicicleta de Grégoire. Com a câmara devidamente remendada, estava recolocando o pneu no aro quando a chave de fenda se soltou e cortou meu polegar como um caranguejo. Muito sangue e uma dor dos diabos. Dessas dores que chegam até o coração. Como era domingo, Grégoire sugeriu que fôssemos à casa do pai de seu amigo Alexandre, que é médico. O doutor me recebeu amavelmente e se pôs a trabalhar. Nada de grave, disse ele, os tendões não foram atingidos. Mas teremos de dar uns pontos. Muito bem. Estando ausente Alexandre, Grégoire achou "interessante" assistir ao conserto. O bom doutor pegou uma seringa para me aplicar uma anestesia. Eu recusei, argumentando que tínhamos pressa, pois Grégoire precisava chegar a tempo de pegar a partida de uma corrida fundamental para sua carreira de ciclista. Tem certeza? *A palo seco?* O senhor sabe que os dedos são muito enervados, não sabe? Tudo bem, tudo bem. O doutor deu uma primeira picada e passou o fio, deu uma segunda picada... na terceira, desmaiei. Isso vai me ensinar a trabalhar melhor a minha imagem de avô heroico aos olhos do jovem Grégoire – que não ia participar de corrida alguma. Não tenho nenhuma dúvida de que, se ele não estivesse ali, eu teria aceitado a anestesia.

No caminho de volta, Grégoire me contou sua decisão de "ser doutor" quando crescer. Em resposta à minha pergunta sobre o motivo dessa vocação repentina, ele disse: porque eu não quero que você morra. Essa resposta, é claro, reverberou diretamente

no meu coração, atenuando os batimentos no meu polegar. (Seria mais correto escrever: reverberou diretamente no meu polegar, atenuando os batimentos do meu coração.) Ah! a alegria de um adulto que volta tudo para trás diante da candura de uma afeição infantil! Ao pensar nisso tudo, hoje à noite, a alegria deu lugar à tristeza, a mesma que Grégoire sentirá ao se debruçar sobre o meu caixão, quando amaldiçoar a impotência de seu ofício. É que na sua idade eu também me achava fiador de uma eternidade. Eu não queria que Violette morresse. Ameaçada pelos rumores de uma morte iminente – "do jeito que ela come, não vai demorar para bater as botas!" –, Violette podia, graças à vigilância do meu amor, sonhar com a imortalidade. Suas varizes, seu peso, seus lábios sempre úmidos, seu rosto rosado, seu fôlego curto, sua tosse seca e aquilo que mamãe chamava de seu "cheiro pestilento" não trabalhavam a favor de sua longevidade. Mas não era assim que eu a via. Violette era o corpo poderoso à sombra do qual o meu próprio corpo tinha se encarnado. Eu tinha crescido sob a sua asa cheirosa. Meu anseio de viver tinha nascido da sua energia de vida, a garra que eu empregava para vencer meus medos se alimentava da sua coragem, a necessidade de reforçar meus músculos se devia à minha vontade de surpreendê-la. Graças a ela, graças ao seu *olhar*, eu parei de ser um fantasma do meu pai, parei de ficar esbarrando nos móveis, parei de me afogar na minha própria sombra, parei de ter medo de espelhos: de um menino evanescente, ela fizera um macaco arborícola, um peixe das profundezas, uma lebre da pequena rainha. Eu era o "garotinho" que dominara totalmente o medo, que mergulhava do alto das rochas e já não tremia ao segurar um peixe vivo na mão. Mesmo depois de sua partida, ocorria-me me colocar à prova, em nome da perenização do seu afeto: acariciar um cachorro enfurecido por estar preso à coleira; frequentar parques de diversões onde os carrinhos de bate-bate, o trem-fantasma e a montanha-russa são armadilhas para o pavor; privar-me da companhia de Dodo nos momentos em que a angústia a tornava para mim indispensável. Sim, levar-me a admitir que Dodo era um irmãozinho fictício, até

isso Violette conseguiu fazer! Violette me dera autorização para viver, e ela, sob a minha proteção, não morreria nunca! E Violette estava morta.

65 anos, 9 meses e 3 dias *Quinta-feira, 13 de julho de 1989*

Hoje em dia, pensando bem, sei que era a Violette que eu devia a minha vontade de ir para um pensionato: Agora que o mato cresceu em volta da sua fonte, meu garotinho, vamos ter de prender você em algum lugar. Para estudar de verdade! Para você não desperdiçar os seus talentos! Você vai ver, vai gostar disso. Vai voar bem alto!

65 anos e 10 meses *Quinta-feira, 10 de agosto de 1989*

A lembrança de Manès me jogando dentro da água para que eu aprendesse a nadar, coisa que nem ele nem Violette sabiam fazer. Solte-se como Albert quando cai do tamborete (Albert era o beberrão de Mérac), que então você sobe de volta como as rolhas dele. Confiando totalmente em Violette, eu me soltava, retornava, com efeito, à tona, e reproduzia aos trancos e barrancos os movimentos de braçadas que Violette me fazia repetir, com meu corpo suspenso sobre os braços esticados de Manès, mordomo gigante. Uma rã, dizia Violette, não vai me dizer que não consegue fazer como uma rã? Plagiando as rãs, foi assim que aprendi a nadar. (Depois veio o crawl acadêmico de Fermantin.) Manès, jogue-me no rio! Não nas plantas, que dá pé! No tanque! Promete que amanhã você me joga no tanque? E por que você também não pula lá? Porque eu tenho medo, ora! Adorável transformação de medo em júbilo, jogue-me mais longe, jogue-me mais alto, de novo, de novo, e toda vez aquele resquício de apreensão, que transformava o meu medo em coragem, minha coragem em alegria, a alegria em orgulho, o orgulho em felicidade. De novo! De

novo!, gritavam Bruno, Lison ou Grégoire quando, chegada a vez deles, os joguei no tanque! De novo! De novo!, gritam hoje Fanny e Marguerite.

66 anos, 1 mês e 1 dia *Sábado, 11 de novembro de 1989*

Esses esquecimentos que se repetem cada vez mais... Branco total no meio de uma frase, silêncio estúpido diante do desconhecido que chama pelo meu nome, confusão diante de uma mulher em outros tempos amada mas cujo rosto agora não me diz nada (e elas nem foram tantas assim!), títulos de livros esquecidos na hora em que preciso citá-los, objetos perdidos, promessas feitas e que me criticam por não cumprir... Isso tudo, que me afeta desde sempre, é muito desagradável. Mas o que mais me irrita é esse estado de animal acuado em que me deixa o medo de esquecer *o que eu quero dizer* em uma conversa que mal acabou de começar! Nunca confiei em minha memória. É verdade que me lembro palavra por palavra de tudo o que meu pai me ensinou na minha infância, mas hoje eu me pergunto se isso não aconteceu em detrimento do restante: nomes, rostos, datas, lugares, acontecimentos, leituras, circunstâncias etc. Essa deficiência complicou os meus estudos e minha carreira, sem que ninguém, no entanto, se dê conta realmente disso. Ocorre que, nas conversas, aprendi muito cedo a usar a perífrase em lugar de alguma palavra que me faltasse. Ganhei fama de tagarela. A perífrase faz você falar muito mais do que o seu interlocutor, como esses cães farejadores que, ziguezagueando com o focinho pelo chão, andam doze vezes mais do que seus donos numa mesma caminhada.

Hoje em dia, minha memória só serve para me fazer lembrar suas próprias falhas. Lembre-se de que você não tem memória!

66 anos, 1 mês e 21 dias *Sexta-feira, 1º de dezembro de 1989*

Dormi bem, como sempre acontece quando chove.

66 anos, 2 meses e 15 dias Segunda-feira, 25 de dezembro de 1989

Noite de Natal regada demais. Comi muita gordura. Compulsivamente. Falando e rindo muito. Comi como um jovem, em suma. Estavam Lison, Philippe, Grégoire e alguns amigos. Mona passou dos limites. Resultado, calores noturnos. Tontura ao acordar. O quarto girando em torno de mim. Principalmente deitado. De pé, o cenário se estabiliza. Mas, cuidado com movimentos bruscos! Sentar-me ou levantar-me rápido demais, virar a cabeça subitamente, basta isso para o carrossel girar de novo. Sou um eixo instável em torno do qual o mundo gira. Como se chamavam aqueles piões pesados de metal da minha infância que a gente lançava com um barbante e que giravam sobre um eixo de metal que também oscilava?

66 anos, 2 meses e 16 dias Terça-feira, 26 de dezembro de 1989

Giroscópio! Aquilo se chamava giroscópio! Hoje de manhã, um giroscópio ainda circula dentro de mim, mas o cenário fica estável.

66 anos, 3 meses e 8 dias Quinta-feira, 18 de janeiro de 1990

Breve sensação de tontura estando sobre uma placa de gelo na qual, no entanto, não escorrego. Coloco primeiro um pé, depois o outro. Meus braços buscam o equilíbrio. No entanto, tendo o sal municipal cumprido a sua parte – gelo raspado, acinzentado, já inofensivo –, não escorrego de jeito nenhum. Mesmo assim, preciso alcançar um asfalto de verdade, no caso, a calçada em frente, para retomar a confiança na caminhada. Sou, portanto, dotado de uma "cultura da tontura", e, como todo detentor de um saber, também sou presa de interpretações equivocadas.

De volta dos Estados Unidos, Bruno foi convocado com urgência pela escola: Grégoire estaria praticando o *jogo da echarpe*, um simulacro de estrangulamento que já produziu algumas vítimas. Obviamente, a direção está em cima de Grégoire e dos outros. Ameaças de expulsão. Preocupado, Bruno pensa nas "pulsões de morte" que hoje em dia atingem a infância em geral e a Grégoire em particular. Fica atônito quando Grégoire lhe responde: Não é nada, é superagradável, só isso! (Ver o pai apenas duas ou três vezes por ano não o estimula a se abrir muito.) No que me diz respeito, essa história me lembra uma brincadeira semelhante que eu e Étienne fazíamos nessa mesma idade. Era, na verdade, o mesmo jogo. Com a diferença de que não simulávamos o estrangulamento, e sim o sufocamento, com a mesma finalidade: flertar com o limite do desmaio, ou até ultrapassá-lo. Consistia em cortar a respiração do outro apertando seu peito enquanto ele mesmo esvaziava os pulmões o máximo possível; o resultado era imediato: ele desligava na hora. Uma sensação de tontura deliciosa e depois um puro e simples desmaio. Voltando ao normal, aquele que desmaiara fazia o mesmo com o parceiro. Adorávamos esse negócio de desmaiar! Será que os adultos sabiam? Ocorriam acidentes? Não me lembro disso. O jogo da echarpe, portanto, tem um ancestral. Dei uma aula de anatomia para Grégoire, artérias carótidas, veias jugulares etc., para lhe explicar o perigo da coisa. Ele me perguntou então por que era tão agradável se podia ser mortal. Abstive-me de responder que uma coisa explica a outra. Falei dos efeitos da embriaguez, que leva à privação de oxigênio no sangue e de seus enormes perigos para o cérebro. O mesmo efeito do mergulho submarino ou da altitude muito elevada, esportes que requerem muita vigilância. A sós novamente com Bruno, perguntei se ele, quando tinha a idade de seu filho, nunca tinha brincado de algo que fosse equivalente. Jamais! Ah, vamos lá, você nunca experimentou um pequeno colapso com éter, por exemplo? Acho que eu me lembro

de certo cheirinho no seu quarto... Pare com isso, papai, não tem nada a ver! Claro que sim, claro que sim, e eu ficava tão preocupado quanto ele fica hoje.

66 anos, 7 meses e 13 dias *Quarta-feira, 23 de maio de 1990*

Reflexão de Tijo, a quem contei do caso Grégoire, incluindo a lição de anatomia: seu neto é sortudo de ter um avô como você! Para lhe ensinar o sistema sanguíneo, Manès teria sangrado um porco. Quanto ao resto, Tijo não se mostrou nem um pouco surpreso com esse jogo da echarpe. Segundo ele, sufocamentos, estrangulamentos, tira-manchas, cola, éter, verniz e outras ingestões fazem parte de uma evolução que, desembocando no álcool e nas drogas de hoje em dia, atende a uma obsessão tão antiga quanto o próprio mundo: dar uma olhadinha do outro lado para ver se o céu é um pouco mais claro do que nessa maldita adolescência. Depois, de supetão, Tijo me perguntou: E você, agora com essa idade, você usa o quê?

66 anos, 8 meses e 25 dias *Quinta-feira, 5 de julho de 1990*

Passamos na casa de Étienne e Marceline na descida para Mérac. Ele estava de cenho franzido, olhar fixo, gestos lentos, mas todo sorridente com nossa visita. Na verdade, somente a sua boca é que sorria, um sorriso involuntário, reminiscência de um sorriso, como se ele se recordasse de já ter sorrido em outros tempos. Por outro lado, ele não se lembra do nome de Mona. Esboça frases, que conclui com um... "essas coisas todas, entende?". Eu entendo, velho camarada, eu entendo...

Marceline nos confidencia que a doença de Étienne avança rápido. Perda de memória, é claro, gestos atrapalhados. O mais terrível, porém, são os acessos de fúria que tomam conta dele quando acontece qualquer imprevisto: um objeto perdido, a campainha do telefone, algum formulário administrativo para

preencher. Ele já não suporta nenhum tipo de surpresa, diz ela; qualquer contratempo o deixa terrivelmente angustiado.

Única coisa que o acalma: sua coleção de borboletas. É a fortificação onde se aloja o seu último pelotão. Venha ver, então, o meu *Parnassius apollo*. Vejo-me mais uma vez chocado com a desproporção entre aqueles dedos enormes e a delicadeza com que ele manipula o veludo tão delicado de suas vítimas. Antes de se despedir, ele me diz, confidencialmente: Não diga nada a Marceline, mas estou perdido. E acrescenta, indicando o seu crânio: É a cabeça.

66 anos, 10 meses e 6 dias *Quinta-feira, 16 de agosto de 1990*

"Polução", anuncia Mona enfiando os lençóis dos meninos na máquina de lavar. Noturna? E diurna, especifica ela, acrescentando um par de meias visguentas e duas cuecas engomadas por esperma.

Isso mesmo... Para o ranho inventou-se o lenço, o escarrador para a saliva, o papel para as fezes, o penico para a urina, o mais fino cristal para as lágrimas da Renascença, mas nada específico para o esperma. De maneira que, a partir do momento em que se torna adolescente e descarrega onde quer que a sua pulsão o force a fazê-lo, o homem tenta esconder o seu produto com os meios à disposição: lençóis, meias, luvas de banho, panos de prato, lenços, lenços de papel, toalhas de banho, rascunhos de textos, jornal do dia, filtro de café, vale tudo nesse instante, até cortinas, panos de chão e tapetes. Sendo inesgotável a fonte, sendo incontáveis e imprevisíveis as pulsões, o nosso entorno é uma barafunda vergonhosa. É um absurdo. Está mais do que na hora de inventar um receptáculo para o esperma, que todo menino ganharia de presente no dia da sua primeira ejaculação. O episódio seria tratado como um ritual. Seria um momento de festa na família, o menino carregaria o seu objeto a tiracolo, com tanto orgulho quanto acontece com um relógio ganho na primeira comunhão. E ele ainda o daria

de presente à sua noiva no dia do casamento, concluiu Mona, que tem todo o interesse no meu projeto.

66 anos, 10 meses e 7 dias *Sexta-feira, 17 de agosto de 1990*

Até pouco tempo atrás, a palavra "polução" designava seja a profanação de um local sagrado, seja – e sobretudo – a ejaculação noturna involuntária, também chamada de *espermatorreia*. A escolha dessa palavra, especialmente dessa palavra, justamente a palavra "poluição", para designar a degradação do meio ambiente pela contaminação de produtos tóxicos data dos anos 1960, o auge da grande gangorra industrial.*

66 anos, 10 meses e 9 dias *Domingo, 19 de agosto de 1990*

A dúvida na adolescência: eu me tornarei, um dia, um homem? No verão, eram as folhas dos plátanos que absorviam o meu esperma. Nada confortável.

66 anos, 10 meses e 23 dias *Domingo, 2 de setembro de 1990*

Fim das férias escolares. As crianças nos deixaram esgotados. Literalmente: dois poços vazios. O espetáculo de energia que elas exibem entre o nascer e o pôr do sol é por si só estafante. Corpos que se gastam permanentemente, enquanto os nossos tendem agora, cada vez mais, a economizar. Em quinze dias, todas as nossas reservas vitais desapareceram. Essa meninada abrevia a gente, comentei com Mona. E caímos inertes em nossa cama. Onde foi parar aquele desejo inextinguível que deu origem a essas

---

* Em francês se utiliza "pollution" para designar tanto polução quanto poluição, e em português *polução* também pode ter os dois sentidos. [N. do T.]

gerações? Acabou-se o sangue em minhas veias, e Mona está seca como uma tempestade de areia.

66 anos, 10 meses e 24 dias *Segunda-feira, 3 de setembro de 1990*

A respeito disso, observo que nunca disse nada aqui sobre a fonte do nosso desejo com o passar dos anos. A questão não é tanto saber a partir de quando deixamos de fazer amor (curiosidade de revista barata), mas como os nossos corpos fazem para passar sem traumas da copulação permanente ao gozo apenas do nosso calor. Essa extinção progressiva do desejo não parece ter gerado frustrações, a não ser quando se atribuem certos aborrecimentos ao fato de os nossos sexos já não se encontrarem. Fazíamos amor várias vezes ao dia nos primeiros meses, fizemos isso todas as noites em nossa juventude (à exceção dos últimos meses de gravidez, dedicados àquilo que Mona chamava de "moldagem" das crianças) durante pelo menos duas décadas, como se fosse inconcebível dormirmos um separado do outro, depois menos frequentemente, depois quase nunca, depois nunca, mas os nossos corpos continuavam entrelaçados, meu braço esquerdo envolvendo Mona, sua cabeça no meu ombro, sua perna entre as minhas, seu braço no meu peito, nossas peles nuas em um calor compartilhado, respiração e suores misturados, aquele cheiro de casal... Nosso desejo se esgotou sob a proteção cheirosa do nosso amor.

67 anos, 3 meses e 2 dias *Sábado, 12 de janeiro de 1991*

Ao voltar dos Vernes, um dente quebrado. Sem nenhuma dúvida: molar superior esquerdo. Minha língua vai ali examinar, identifica uma aresta suspeita, retorna, volta ali de novo, é isso mesmo, um monte Cervino dentro da minha boca. Um dente já sem vida. Peito de frango, abobrinha gratinada, bolo de mirtilo, conversa tranquila – nada que pudesse quebrar um dente. Chegou

o verdadeiro começo da velhice. Essa quebra espontânea de um dente. Unhas, cabelos, dentes, o colo do fêmur, caímos como pó dentro do nosso próprio saco. A banquisa se desprende do nosso polo, mas sem fazer muito barulho, sem aquele grito dos gelos que aterroriza a noite polar. Envelhecer é contemplar esse degelo. Ele derreteu, dizia mamãe ao se referir a algum velho adoecido. Ela também dizia: Ele decolou, e eu, criança, imaginava um octogenário alçando voo em uma pista de aeroporto.* Dos mortos, dizia Violette: Fulano partiu. E eu me perguntava para onde.

67 anos, 4 meses e 13 dias *Sábado, 23 de fevereiro de 1991*

Quando me deito de lado, em uma posição que, por experiência, encontro com facilidade, sinto o coração bater no fundo do ouvido sobre o qual minha cabeça deposita todo o seu peso. Um som suave e regular, um pistão tranquilizador cuja companhia me embala desde a minha mais tenra infância e que não chega a encobrir totalmente o assobio decorrente do meu zumbido.

67 anos, 9 meses e 8 dias *Quinta-feira, 18 de julho de 1991*

Uma das brincadeiras favoritas de Grégoire: eu avanço pelo corredor, e de repente a sua mão, saindo de um esconderijo, me interrompe a passagem exibindo uma foto minha. Obviamente, levo um susto. E Grégoire conclui: Coitado do vovô, você é tão feio que dá medo a si mesmo! O ritual prevê que eu saia correndo atrás dele, que o alcance e me vingue dele fazendo cócegas até que ele peça perdão. Depois disso, vejo a foto. Todas as vezes, é o mesmo choque: quanto mais recente ela é, mais dificuldade tenho para me reconhecer; se é uma foto antiga, vejo-me ali de imediato. Essa última foto foi feita pelo próprio Grégoire há duas

* O verbo *décoller*, em francês, tem o sentido tanto de *descolar, desprender,* quanto de *decolar*. [N. do T.]

semanas. Para conseguir me reconhecer nela, preciso reconstituir a cena (em um abrir e fechar de olhos, é certo, mas, de qualquer maneira, é uma reconstituição): Mérac, a biblioteca, a janela, o teixo, a tarde, a poltrona e, na poltrona, eu, escutando música. Pela sua cara trágico-melancólica, diz Grégoire, deve ser Mahler. Só faltava essa! Pela expressão do rosto você agora consegue adivinhar o tipo de música que a gente está escutando? Perfeitamente. Quando escuta aquele polonês, Penderecki, você parece um cubo de Rubik abandonado.

67 anos, 9 meses e 17 dias *Sábado, 27 de julho de 1991*

Três horas na espreguiçadeira lendo um romance policial, sem condições de me levantar a não ser me apoiando pesadamente nos braços dela. Dor nos quadris, enrijecidos. Durante alguns segundos, a sensação de estar preso no gelo. A partir de agora, meu corpo se constitui em um obstáculo entre o mundo e mim.

Revejo tio Georges nos seus derradeiros anos, sentado em sua poltrona falando sem parar, o olhar brilhante, as mãos como duas libélulas. Exatamente como quando ele tinha quarenta ou cinquenta anos. Porém, quando se levantava, ouviam-se seus joelhos estalar, bem como seus quadris e suas costas. Sentado, um jovem; de pé, um velho encurvado, fazendo caretas de dor e de quem emanava, no final, um discreto cheiro de urina. E que guardou até o último dia uma graciosíssima aptidão para encarar as coisas *com leveza*. Com a idade, dizia ele (citando já não sei a quem), a rigidez se altera.

67 anos, 9 meses e 18 dias *Domingo, 28 de julho de 1991*

De onde me vem, no entanto, esse sentimento de permanência? Tudo se degrada, mas esta constante alegria de viver se mantém. Pensei nisso ontem ao ver Mona andar na minha frente. Mona e o seu "porte de rainha", como diz Tijo. Ao longo dos quarenta

anos em que sempre ando atrás dela, seu corpo ficou mais pesado, é claro, perdeu elasticidade, mas, como dizer?, ficou mais pesado *em torno do seu andar*, que, porém, nunca mudou e que sigo olhando com o prazer de sempre. Mona *é* o seu andar.

68 anos e 8 dias *Sexta-feira, 18 de outubro de 1991*

Tijo recebe a visita de um dos seus protegidos, um legionário, de uma perna só (guerra da Argélia), e que aparece com duas muletas. Onde foi parar a sua perna mecânica?, pergunta Tijo. O outro tergiversa. Tijo espera pacientemente até ficar sabendo, ao final de um relato alambicado, que houve bebedeira, briga conjugal e que a esposa, depois de uma última sova, saiu batendo a porta. E fugiu levando consigo a perna mecânica! Que conclusão você acha que o meu legionário tirou?, pergunta-me Tijo. (Eu juro...) Pois bem, foi a seguinte: Para ter fugido assim com a minha perna, quer dizer que ela ainda me ama, não é? Em vez de achar que isso tudo é uma idiotice, Tijo prefere pensar na necessidade insaciável que temos de ser amados.

68 anos, 3 meses e 26 dias *Quarta-feira, 5 de fevereiro de 1992*

Tornozelo dolorido. Consulta com um reumatologista, que me encaminha para uma podóloga, que, depois de examinar meus pés, afirma: o senhor com certeza não sabe dançar. E eu confirmo. Nada de surpreendente nisso, pois a planta do seu pé direito se apoia apenas em três pontos (ela os mostra), em vez de se apoiar em toda a sua superfície. Eis, então, reduzida a uma causa mecânica banal uma inaptidão para a dança que eu sempre atribuíra a uma falta de crescimento corporal. Ouço-me explicar à podóloga que eu, no entanto, na juventude, praticava boxe, jogava tênis, e que era *excelente na queimada*! O ridículo desta última frase provoca dentro de mim uma algaravia tão grande que nem ouço a resposta, provavelmente técnica, da podóloga.

Eu e a minha queimada! (Oh, Violaine!) Por que diabos – com sessenta e oito anos! – fazer questão, ainda, de passar por um ás da *queimada*, um jogo de que provavelmente já ninguém se lembra? Ao pensar nisso com a cabeça mais descansada, revejo-me no pátio do recreio jogando esse jogo tão rápido, de regras tão brutais: esquivar-se, interceptar, trapacear, lançar, ficar sozinho no campo e acabar mesmo assim com a equipe adversária, sofrer ataques dos dois lados ao mesmo tempo, tão ágil, tão combativo, inatingível, ah!, essa alegria *puramente física*! Essa exultação! Eu nascia de novo a cada jogo de queimada. É esse meu novo nascimento o que celebro sempre que me vanglorio de ter sido um ás da queimada!

68 anos, 7 meses e 20 dias *Sábado, 30 de maio de 1992*

Surpreendi Grégoire em pleno delito de masturbação, ele com a arma do crime na mão, eu segurando a maçaneta da porta. Ambos terrivelmente incomodados. Não havia motivo: como diz o outro, um desejo que a mão não realiza é apenas um sonho. Um sentimento penoso de ter agido como um intruso me perseguiu o dia inteiro. Fiquei preso dentro da cabeça de um pré-adolescente, esse ser sem graça que tenta se livrar da infância puxando a si mesmo pelo pau. Esta noite, virei o sótão de cabeça para baixo até encontrar o *Jogo da desvirginização* que eu e Étienne tínhamos inventado no pensionato. Desafiei Grégoire a um duelo. Ele me deu uma surra. Quando chegou à casa 12 (*Depois de topar por acaso com a sua roupa de baixo suja, seu tio Georges o parabeniza: você agora é um homem*), ele me gratificou com um largo sorriso de agradecimento. Dei-lhe o jogo de presente.

68 anos, 8 meses e 5 dias *Segunda-feira, 15 de junho de 1992*

Um passeio solitário, ontem, no Luxembourg. Uma mulher, ainda jovem, grita meu nome alegremente, pede notícias de

Mona, me dá um beijo e segue seu caminho. Quem era? À noite, à saída do Vieux-Colombier,* faltaram-me duas ou três palavras na discussão que estava tendo sobre o espetáculo com T.H. Ao buscar o carro no estacionamento Saint-Sulpice, enganei-me de andar, subi de novo, desci, andei em círculo... Onde estou, então, com a cabeça? Espanta-me não ter escrito mais sobre esses esquecimentos que passaram a envenenar a minha vida. Devo ter pensado comigo mesmo que eles têm a ver com psicologia. Besteira! O fenômeno é inteiramente físico. Trata-se, aqui, de eletricidade, maus contatos nos circuitos mentais. Algumas sinapses que não cumprem a sua função de transmissoras entre os neurônios envolvidos. A via está cortada, a ponte caiu, é preciso encarar um desvio de vinte e cinco quilômetros para encontrar a lembrança perdida. Claro que isso é *físico*!

68 anos, 8 meses e 6 dias — *Terça-feira, 16 de junho de 1992*

Eu devia ter feito um diário dos meus esquecimentos.

68 anos, 10 meses e 1 dia — *Terça-feira, 11 de agosto de 1992*

Fanny, que acabou de completar onze anos e que, mais que Marguerite, tem senso do tédio, perguntou-me se, para mim, o tempo avança tão lentamente como para ela. Neste momento, sete vezes mais rápido, disse eu, mas isso muda o tempo todo. Ela retrucou que, no entanto, "do ponto de vista do relógio de pêndulo" (*sic*), o tempo que passa é o mesmo para ela e para mim. É verdade, disse eu, mas nem eu nem você somos esse relógio de pêndulo, o qual, em minha opinião, não tem ponto de vista sobre nada. Dei-lhe uma pequena aula sobre o tempo subjetivo, em que ela aprendeu, então, que a nossa percepção de duração se dá em função rigorosamente do tempo acumulado desde o nosso nasci-

* Sala de teatro parisiense. [N. do T.]

mento. Perguntou-me, então, se *um minuto* passa para mim oito vezes mais rápido do que para ela. (Ai, a coisa ficava mais complicada.) Não, disse eu. Se eu passo esse tempo no dentista enquanto você brinca com Marguerite, alguns minutos parecerão bem mais longos para mim do que para você. Longo silêncio. Ouço as engrenagens de sua cabecinha tentando conciliar as noções de contingência e de totalidade, e observo que a ruga de reflexão entre seus dois olhos forma exatamente a mesma expressão de Lison na idade dela. Ao final, ela me faz a seguinte proposta: olharmos juntos o ponteiro grande do relógio de pêndulo, "para obrigar o tempo a passar para você e para mim na mesma velocidade". E foi o que fizemos, respeitando esse minuto comum com o silêncio e a solenidade de uma homenagem comemorativa. E se trata disso mesmo, pois essa conversa em voz baixa me remeteu às aulas de "pequena filosofia" que meu pai sussurrava para mim, há sessenta anos (parece ontem), sob o tique-taque desse mesmo relógio de pêndulo. Passado o minuto, Fanny me deu um beijo no rosto, concluindo, antes de se mandar: Vovô, eu gosto quando fico entediada com você.

69 anos *Sábado, 10 de outubro de 1992*

Jantar íntimo pelo meu aniversário. "Meu aniversário" é uma expressão infantil que conservamos até a nossa última velinha.

69 anos, 9 meses e 13 dias *Sexta-feira, 23 de julho de 1993*

Tinha esquecido que Montaigne não tinha memória:

A memória é uma faculdade de maravilhosa utilidade... Eu, de minha parte, não tenho nenhuma. (...) E quando tenho algo importante para dizer, se for longo, sou reduzido à miserável necessidade de ficar decorando cada palavra do que vou dizer; caso contrário, não teria método nem segurança e ficaria temeroso de

minha memória me pregar uma peça. Mas desse modo não é menos difícil. Levo três horas para decorar três versos. (...) Quanto mais eu me desafio, pior é; ela me serve melhor na casualidade; tenho de solicitá-la indolentemente: pois, se a pressiono, ela se assusta; e depois que ela começa a vacilar, quanto mais a busco, mais ela trava e se atrapalha; ela me serve ao seu tempo, não ao meu... Se, ao falar, me atrevo a desviar-me, nem que seja um pouco só, de meu objetivo, acabo sempre por me perder. (...) Preciso chamar as pessoas que me servem pelos nomes de seus ofícios ou de sua terra de origem, pois é muito difícil para mim lembrar os nomes. (...) E, se tiver de viver muito tempo, não duvido que acabe por esquecer o meu próprio nome. (...) Ocorreu-me mais de uma vez esquecer a senha que eu tinha dado ou recebido de alguém apenas três horas antes, e esquecer onde tinha deixado a minha bolsa. Eu mesmo me ajudo a perder aquilo que guardo com mais cuidado. (...) Folheio os livros; não os estudo: o que retenho é aquilo que já não reconheço como sendo de outro; somente aquilo de que o meu julgamento se apropria, os discursos e as fantasias de que ele se imbui; o autor, o lugar, as palavras e outras circunstâncias, isso eu esqueço imediatamente. Ensaios, Livro 2, capítulo 17

Citado pelo mesmo Montaigne (Terêncio, *O eunuco*; I, 2, 25):

Sou cheio de furos, vazo por todos os lados.

70 anos, 5 meses e 2 dias *Sábado, 12 de março de 1994*

Ontem, na casa de A. e C., a questão de saber se o câncer de W. não seria de origem psicossomática. Todos a favor disso. Sim, sim, com certeza, ele não aguentou a aposentadoria, a doença da esposa, o divórcio da filha etc. Todo o mundo estava de acordo, até a hora em que o jovem P., o filho mais velho dos nossos anfitriões, lançou uma ducha de água fria ao dizer que "Ah, sim, W. ficaria muito tranquilo sabendo que vai morrer de uma doença psicossomática. Pelo menos não é tão degradante quanto um

câncer no cólon!". Depois disso, o jovem P. caiu fora batendo a porta.

Acho que compreendo a indignação desse menino. Sem contestar o fato de que o nosso corpo exprime à sua maneira aquilo que não chegamos a formular – que uma lombalgia *significa* que já estou de saco cheio, que as cólicas de Fanny *expressam* o seu horror à matemática –, entendo que o "é tudo psicossomático" possa irritar a geração do jovem P. Ele ataca o mesmo tipo de pudicícia que me deixava revoltado quando eu tinha a sua idade. Na minha juventude, o corpo simplesmente não existia como assunto das conversas; não era aceito à mesa. Hoje em dia, ele é tolerado, desde que se expresse *apenas* sobre a sua alma! Na contraluz do "tudo é psicossomático" flutua esta velha lua: os males do corpo como expressão de defeitos de caráter. A vesícula estropiada do raivoso, as coronárias explosivas do intempestivo, o inevitável Alzheimer do misantropo... Não só somos doentes, mas também somos culpados por sê-lo! De que você está morrendo, meu bom homem? Do mal que fez a si mesmo, dos seus pequenos conluios com aquilo que é nefasto, dos benefícios momentâneos que obteve com práticas impróprias, do seu caráter, em suma, tão disforme, tão pouco respeitoso para com você mesmo! É o seu superego o que o mata. (Nada de novo, em suma, desde que a varíola possibilitou que se lesse a alma da marquesa de Merteuil em seu rosto devastado.) Você está morrendo por ter poluído o planeta, por ter comido qualquer coisa, por ter passado por esta época sem mudá-la, por ter fechado os olhos para a questão da saúde pública a ponto de negligenciar a sua própria saúde! Todo esse sistema, indolentemente acobertado pela sua preguiça, recai agora sobre o seu corpo inocente, e o mata.

Pois, se o "tudo é psicossomático" aponta o culpado, é para poder celebrar melhor o inocente. Nosso corpo é inocente, senhores e senhoras, nosso corpo é realmente inocente, eis o que o "tudo é psicossomático" defende! Se fôssemos pessoas *gentis*, se nos comportássemos *bem*, se levássemos uma vida *saudável* em um ambiente *equilibrado*, não só a nossa alma, mas também o nosso corpo, atingiriam a imortalidade!

Longa diatribe a que me entrego no carro, no caminho de volta para casa, revivendo os ardores da juventude.

Pode ser, concluiu Mona, mas não devemos subestimar o fato de que o jovem P. não perde nunca uma oportunidade de fazer os pais se passarem por idiotas.

70 anos, 5 meses e 3 dias *Domingo, 13 de março de 1994*

Senhoras e senhores, nós morremos porque temos um corpo, e toda vez é uma cultura o que se extingue.

70 anos, 8 meses e 5 dias *Quarta-feira, 15 de junho de 1994*

Nós nos conhecemos, diz-me o velho professor de filosofia de Grégoire na primeira reunião de pais a que compareci para respigar a coroa de elogios dirigidos ao meu neto. Será? Sim, eu torturei você na sua juventude, afirma ele com um sorriso amistoso. E então o reconheço: é o sobrinho do doutor Bêk! Aquele cuja mão enorme, há quarenta anos, sufocou os meus gritos enquanto o tio extraía o meu pólipo. Desde o começo do ano, Grégoire vem elogiando sem parar esse professor de filosofia "absolutamente genial"! O fato de ser um gigante senegalês nunca fez parte de suas descrições, como um detalhe sem nenhum significado filosófico. O senhor F. tamborila numa lateral do nariz: hoje em dia, a gente é anestesiada para sofrer esse tipo de operação, mas ela continua ineficaz. O seu neto também fala um pouco anasalado, mas isso não o impede de ser um excelente filósofo.

71 anos, 5 meses e 22 dias *Sábado, 1º de abril de 1995*

Voltando do hospital, onde eu e Grégoire fomos visitar Sylvie. Ela nos reconhece, mas, aparentemente, não nos *encaixa* muito bem. "Grégoire", diz ela devagar, de um jeito irreal. É o seu filho,

ela sabe, é o nome de seu filho, ela se recorda, há ternura na sua voz, mas a imagem e o nome juntos não a atingem, não se sobrepõem. É como se ela visse de forma desfocada, comenta Grégoire, acrescentando: aliás, ela mesma está desfocada, daria para dizer que ela caminha ao lado do seu próprio corpo, não acha, vovô? No início da doença de Sylvie, quando me dava notícias dela, Grégoire já dizia: Mamãe não está muito "focada", ou então, hoje está tudo bem, ela está "focada". Vejo-o esboçar um sorriso quando, ao nos receber em sua sala, o doutor W. anuncia que vamos "fazer um balanço da situação".

71 anos, 5 meses e 25 dias *Terça-feira, 4 de abril de 1995*

Pensando em Sylvie, esta noite (ela deve sair daqui a um mês), ocorreu-me a palavra "deseixado", que mamãe usava para reclamar de mim. Essa palavra causava uma sensação de tontura e de falta de foco. No fundo, este diário terá sido um permanente exercício de alocação. Fugir da falta de foco, manter o corpo e o espírito no mesmo eixo... Passei a vida inteira fazendo "o balanço da situação".

71 anos, 8 meses e 4 dias *Quarta-feira, 14 de junho de 1995*

Intrusão maciça do corpo comum no ônibus 91, no ponto de Gobelins. Quando eu entro, na estação Montparnasse, o ônibus está vazio. Aproveito essa solidão inesperada para mergulhar em uma leitura que os passageiros que se sentam ao meu lado, de ponto em ponto, não atrapalham muito. Em Vavin, todos os bancos estão ocupados. Em Gobelins, o corredor fica lotado. Constato isso com o inocente egoísmo de quem, tendo conseguido um banco, usufrui bem melhor de sua leitura. Um rapaz, sentado em frente a mim, também está concentrado em um livro. Sem dúvida, é estudante. Está lendo *Marte*, de Fritz Zorn.

De pé, no corredor, ao lado do estudante, uma mulher gorda, de seus sessenta anos, uma cesta cheia de verduras na mão, respira ruidosamente, ofegante. O estudante ergue os olhos, cruza o seu olhar com o meu, vê a senhora e, espontaneamente, se levanta para lhe ceder o lugar. Sente-se aqui, senhora. Há algo germânico na polidez do jovem. Ereto, alto, a nuca raspada, sorriso discreto, um moço distinto. A mulher não se mexe. Parece-me até que ela fuzila o estudante com o olhar. Indicando o banco com a mão, o jovem insiste. Por favor, senhora. A mulher cede, a contragosto, parece-me. Pelo menos nem lhe agradece. Ela se coloca diante do banco vazio, sempre ofegante, mas não se senta. Fica de frente para mim, a cesta na mão, mas continua de pé junto ao banco desocupado. O rapaz abaixa a cabeça para insistir novamente. Sente-se, senhora, por favor. A mulher, então, toma a palavra. Ainda não, diz ela com uma voz estridente, não gosto quando está muito quente! O rapaz enrubesce violentamente. É uma frase tão assombrosa que não consigo mergulhar de volta em minha leitura. Olho brevemente para o lado para ver a reação dos outros passageiros. Um sufoca uma pequena risada, outro olha para baixo, outro olha ostensivamente para a rua, enfim, todos se sentem *incomodados*. É então que a mulher se inclina na minha direção e me diz, com o rosto a poucos centímetros do meu, como se fôssemos velhos conhecidos: Estou esperando esfriar! De repente, é para mim que as pessoas passam a olhar. Aguardam a minha reação. Ocorre-me a ideia, então, de que nesse exato instante todos nós formamos um único corpo no ônibus 91. O mesmo corpo *educado*. Um único corpo, cujas nádegas não suportam o calor dos bancos incubados por outras nádegas, mas que preferiria se jogar debaixo das rodas do ônibus a admitir isso publicamente.

71 anos, 8 meses e 5 dias *Quinta-feira, 15 de junho de 1995*

Não existe comicidade sem educação.

Certas doenças, pelo terror que provocam, têm a virtude de nos fazer aguentar todas as outras. A propensão a pensar no pior para assim aceitar as contingências negativas está presente em várias conversas entre as pessoas de minha geração. Ontem, de novo, à mesa dos Verne, a propósito do diagnóstico de T.S.: temia-se que fosse mal de Alzheimer, mas felizmente é apenas uma depressão. Ufa! A honra está salva. T.S. não vai acabar menos lelé por causa disso, mas pelo menos ninguém poderá dizer que foi levado por Alois.

Rio disso, internamente, mas não me excluo do bando. Preferiria morrer a ter de admitir isso, mas a ameaça do Alzheimer (e penso evidentemente em Étienne, cujo estado piorou ainda mais) me aterroriza tanto quanto a qualquer outra pessoa. Esse medo, porém, tem um mérito: ele me distrai daquilo que realmente me afeta. Minha taxa de açúcar é preocupante, minha creatinina é desproporcional, meu zumbido interfere cada vez mais nas ondas sonoras, minha catarata cria um horizonte enevoado, toda manhã acordo com alguma dor nova; em resumo, a velhice progride em todas as frentes, mas meu único medo verdadeiro é este: o medo de Alois Alzheimer! A tal ponto, que me obrigo diariamente a fazer exercícios de memorização que as pessoas que me cercam tomam por passatempo de erudito. Consigo recitar trechos inteiros do meu prezado Montaigne, do *Quixote*, do meu velho Plínio ou da *Divina comédia* (no idioma original, por favor!), mas, se me ocorre esquecer um compromisso, perder as chaves, não reconhecer fulano ou sicrano, tropeçar com determinado nome ou perder o fio de uma conversa, o fantasma de Alois se ergue imediatamente diante de mim. Por mais que eu saiba que minha memória sempre foi caprichosa, que ela já me traía quando eu era criança, que eu sou assim mesmo, não adianta. A certeza de que Alzheimer finalmente me pegou supera qualquer racionalização e me vejo em curto prazo já no último estágio da doença, tendo perdido o contato com o mundo e comigo mesmo, como uma coisa viva que não se lembra de ter vivido.

Enquanto isso, pedem-me que recite um poema na sobremesa, o que faço, mas não sem antes me fazer de rogado, como tem de ser. Ah! Pelo menos você não foi pego pelo mal de Alzheimer!

72 anos, 7 meses e 28 dias *Sexta-feira, 7 de junho de 1996*

Frédéric, médico, amante e professor de medicina interna de Grégoire, se queixa de que não consegue ir a um jantar na cidade sem que seja bombardeado de perguntas sobre a saúde dos convivas. Não se passa uma única noite sem que metade dos convidados lhe peça um diagnóstico, terapia, opinião ou recomendação para si própria ou para os seus próximos. Fica irritado com isso. Desde que exerço a profissão, diz ele, e até desde que comecei a estudar, ninguém nunca mais me perguntou sobre aquilo por que me interesso na vida quando não estou trabalhando como médico! A tal ponto, que tem horror a sair de casa. Não fosse a vontade de Grégoire nesse sentido, Frédéric ficaria trancado em sua casa porque... (faz um gesto de cortar a testa ao meio horizontalmente com a mão) já estou por aqui! Para ele, a mesa transforma o médico em xamã. Ver o doutor comer e beber como todo o mundo o torna mais fraternal, ele se torna o bruxo da tribo hipocondríaca, o guru daquelas mulheres, aquele médico excepcional – e tão humano! – que a gente conheceu nos Untel, lembra, querido? No hospital, diz Frédéric, aos olhos dessas mesmas pessoas, exatamente das *mesmas*, eu sou antes de tudo um candidato a marajá suspeito de aprofundar o déficit da Previdência Social para colecionar meus Porches. À mesa, não, ali eu viro a encarnação de uma medicina humana, respeitável e competente. Se você é um cirurgião e alguém o conheceu na casa de amigos, esse alguém vai seguir com você até a mesa de cirurgia e recomendará calorosamente o seu nome a outros amigos, pois os médicos têm em comum com os doces o seguinte: os da família são sempre incomparáveis! Quando vejo meus externos se matarem de tanto trabalhar nos prontos-socorros, sinto vontade de lhes dizer: Caiam fora disso, esqueçam os seus pacientes,

vão jantar na cidade, é ali que se constrói uma carreira, não nas salas de plantão!

Frédéric se exalta sozinho durante boa parte do jantar; depois, levantando-se da mesa, com malícia e veneno nos olhos, me pergunta: E o senhor? Como está? E a saúde? Vai bem? Aproveite enquanto eu estou aqui!

72 anos, 7 meses e 30 dias *Domingo, 9 de junho de 1996*

A homossexualidade de Grégoire. Por mais que eu tenha mente aberta ("ter mente aberta", que expressão mais limitada!), minha imaginação continua obtusa em matéria de homossexualidade. Se os meus princípios a admitem, meu corpo não consegue entender o desejo por algo igual! Grégoire homossexual, que seja, é o nosso Grégoire, ele faz o que quer, a questão de suas preferências nem se coloca, mas o corpo de Grégoire se satisfazendo com um corpo de homem, é isso o que o espírito do meu próprio corpo, se posso falar assim, não consegue imaginar. Não me refiro à sodomia. Mona e eu nunca tivemos dificuldade com isso, nos divertimos muito com alguns brinquedos, e que rapaz bonito ela representava então! Mas, justamente isso, ela não era um rapaz. Ao adormecer, penso na homossexualidade de Grégoire... Ou melhor, paro de pensar nela, o enigma se dissolve e se transforma na matéria do próprio sono que me absorve.

72 anos, 9 meses e 12 dias *Segunda-feira, 22 de julho de 1996*

Sozinho no jardim, afasto os olhos do que estou lendo, distraído pelo canto de um pássaro que lamento não saber identificar. Essa constatação vale também para quase todas as flores que me cercam e cujos nomes ignoro, para algumas árvores igualmente, para a maior parte das nuvens e para os demais elementos que compõem este punhado de terra que meus dedos esfarelam. Não sei o nome de nada disso. Os trabalhos que fiz

na fazenda em minha infância não me ensinaram nada sobre a natureza. Na verdade, eram destinados a reforçar meus músculos. O pouco que aprendi, já o esqueci. Em resumo, eis-me aqui civilizado a ponto de não ter nenhum conhecimento básico! O pássaro que me distraiu de minha leitura canta no silêncio dessa ignorância. Aliás, mais do que o seu canto, o que ouço é o próprio silêncio. Um silêncio absoluto. E, de repente, uma pergunta: onde foi parar o meu zumbido? Escuto com mais atenção. É exatamente o que eu achava: nada do zumbido, apenas o pássaro. Tapo os ouvidos para escutar o interior de meu crânio. Nada. O zumbido desapareceu totalmente. Minha cabeça está vazia, ela rumoreja um pouquinho sob a pressão dos meus dedos, como um barril em que eu encostasse o ouvido. Um barril totalmente vazio. Vazio de som, o que me deixa feliz, e de qualquer conhecimento básico, o que lamento. Retomo a leitura erudita para me esvaziar ainda mais.

72 anos, 9 meses e 13 dias *Terça-feira, 23 de julho de 1996*

O zumbido, evidentemente, voltou. Quando? Não sei. Esta noite ele estava aqui, assobiando na minha insônia. Sinto-me quase tranquilo com isso. Esses males menores, que tanto nos aterrorizam quando surgem, não só se tornam nossos companheiros de viagem como acabam *sendo* a gente. Antigamente, no interior, as pessoas eram chamadas com base neles, e isso com total naturalidade: o do bócio, o corcunda, o careca, o gago. E nas salas de aula da minha infância, os alunos diziam entre si: o gordo, o vesgo, o surdinho, o manco... Na Idade Média, esses defeitos, considerados como meros dados objetivos, se tornavam nomes de famílias. Atualmente, ainda correm pelas nossas ruas os Courtecuisse, Legras, Petitpierre, Grosjean ou os Leborgne.*

* Traduzidos livre e literalmente, apenas para efeito de ilustração, esses sobrenomes seriam: Pernas curtas, Gordo, Pedrinho-baixinho, João Grandão, Zarolho... [N. do T.]

Pergunto-me que sobrenome seria aplicado a mim por essa rudimentar sabedoria medieval. Lesifleur? Dussiflet? O tio Dusiffler? Que seja isto, o tio Dusifflet.* Sabe, aquele que tem um assobio dentro da cabeça! Aceite-se tal como você é, Dusifflet, e faça do seu nome uma legenda.

72 anos, 9 meses e 14 dias *Quarta-feira, 24 de julho de 1996*

Pensava de novo naquele pássaro que eu não reconheci quando me vieram à lembrança estes versos de Supervielle:

À la place de la forêt
Un chant d'oiseau s'élèvera
Que nul ne pourra situer,
Ni préférer, ni même entendre,
Sauf Dieu qui, lui, l'écoutera
*Disant : « C'est un chardonneret. »***

Está em *Gravitations*, acredito, e se chama *Prophétie*. Sim, mas e o meu pássaro, o verdadeiro, qual é o nome dele? Amanhã vou perguntar isso a Robert.

72 anos, 9 meses e 16 dias *Sexta-feira, 26 de julho de 1996*

De uns tempos para cá, a tirania das flatulências. Uma vontade irreprimível de peidar impõe-se a mim sem aviso prévio, e de repente me surpreendo a peidar *tossindo*, na esperança infantil

---

* Todos esses nomes inventados se relacionam com o verbo *siffler*, "assobiar". [N. do T.]

** No lugar da floresta / elevar-se-á o canto de um pássaro / que ninguém conseguirá localizar / nem preferir, nem sequer ouvir / A não ser Deus, que por sua vez o escutará / dizendo: "É um pintassilgo." Jules Supervielle (1884-1960), poeta franco-uruguaio. [N. do T.]

de que o barulho da tosse encubra o do peido. Impossível saber se o estratagema funciona, pois a deflagração da tosse no meu ouvido interno encobre amplamente a detonação externa. Essa precaução, aliás, é totalmente inútil: normalmente estou cercado de pessoas tão civilizadas, que elas prefeririam morrer a apontar a minha falta de civilidade. Ao mesmo tempo, ninguém se mostra preocupado com a minha tosse. Bando de selvagens!

Tijo, que se diverte com minha confissão, me presenteia, em troca, com uma de suas histórias engraçadas. Como sempre acontece no caso das piadas bastante físicas de Tijo, esta deixa em mim um aroma de dissipação tão lenta quanto os melhores perfumes de Chanel.

TIJO E OS QUATRO VELHOS PEIDORRENTOS

Quatro velhos amigos se encontram. O primeiro diz aos outros três: quando eu peido, faz-se um barulho terrível e espalha-se um cheiro assustador. O segundo: no meu caso, é um barulho terrível, mas sem cheiro nenhum. O terceiro: no meu caso, não faço barulho nenhum, mas o cheiro, o cheiro, meus amigos, é um cheiro daqueles! E o quarto: no meu caso, não, nem barulho nem cheiro. Depois de longo silêncio e alguns olhares atravessados, um dos outros três lhe pergunta: Mas, então, por que você peida?

72 anos, 9 meses e 27 dias — *Terça-feira, 6 de agosto de 1996*

Vamos lá, vamos lá, um pouco de coragem: de que natureza são exatamente as questões que eu me coloco em relação à homossexualidade de Grégoire? Essa é a verdadeira questão! Pensei nisso esta tarde enquanto o via colher framboesas com Frédéric. O próprio Grégoire me forneceu a resposta depois do jantar, depois da última colherada de crumble. Ao darmos uma volta no jardim, ele passou o braço sob o meu e disse que sabia *exatamente* em que eu estava pensando. Você está se perguntando sobre mim e Frédéric, vovô, qual de nós come e qual é comido. (O avô

levemente aparvalhado.) É totalmente normal, saiba; em matéria de homossexualidade, todo o mundo se faz essa pergunta. (Intervalo.) E, como você me ama tanto quanto eu amo você, você se pergunta se o seu neto preferido toma todas as precauções necessárias para não contrair essa porcaria de Aids. É isso, aí está o ponto de estrangulamento de todas as minhas preocupações. Então, libero o fluxo de perguntas que devem atormentar uma enorme quantidade de pobres garotos e que não ousam fazer a ninguém. O que acontece no caso da saliva? É um fator de transmissão? E as chupadas? Pode-se contrair Aids dando uma chupada? E as hemorroidas? E as gengivas? Você cuida dos dentes? E quanto à frequência? E a variação de parceiros? Vocês são fiéis, pelo menos? Não se preocupe, vovô, Frédéric não largou a esposa para me enganar com outro homem! Quanto a mim, sou como você, decididamente monogâmico. No que concerne a quem dá para quem, às vezes sou eu, às vezes ele, conforme o clima ou andamento da batalha, às vezes os dois, um em seguida ao outro. Mais uma volta pelo jardim, e então esta explicação mais técnica: Quanto a saber *o porquê da homossexualidade*, vovô, essa é uma grande questão! Fiquemos na superfície das coisas, pode ser? E digamos que só o homem pode satisfazer realmente o homem. Pense na chupada, por exemplo, de um ponto de vista exclusivamente técnico: é preciso ter sentido em si mesmo os seus benefícios para ser também um bom chupador! Por mais dotada que seja, uma mulher nunca dominará mais que metade dos segredos.

Tarde da noite, nós dois a sós junto à lareira: No fundo, confidencia-me Grégoire, você está na origem das minhas duas vocações. Fiz medicina porque não queria que você morresse, e sou veado porque você me levou para ver *Greystoke*. Aquele belo menino pelado no meio das árvores seria o meu arcanjo Gabriel! Mas você só tinha oito anos, ora! Pois é, eu fui precoce também nesse aspecto!

Mais tarde ainda, falando sobre medicina, contei-lhe da morte de Violette. Ele avalia que foi uma flebite. Violette ficava cada dia mais ofegante, suas varizes se engrossavam, os esforços físicos eram cada vez mais custosos, naquela tarde um coágulo deve

ter migrado das pernas ou da virilha para os pulmões, onde bloqueou a respiração. A sua Violette teve uma embolia pulmonar maciça, vovô, você não podia fazer absolutamente nada. Nem você nem ninguém.

Pela primeira vez em sessenta anos, consegui adormecer em paz pensando na morte de Violette.

8

73-79 ANOS

(1996-2003)

A partir de quando paramos de informar a nossa idade?
A partir de quando voltamos a fazê-lo?

73 anos e 28 dias *Quinta-feira, 7 de novembro de 1996*

Um encerramento totalmente imprevisto de minha palestra em Bruxelas. Duas pinças me agarraram pelas costelas e me esmagaram até que a dor cortou minha respiração. Devo ter ficado lívido. No auditório, alguns cenhos se franziram. Reuni todas as minhas forças para não me dobrar e poder continuar de pé atrás do púlpito, ao qual tive de me agarrar. Ao retomar a respiração e minhas palavras, pareceu-me que a voz saía uma oitava abaixo. Tentei em vão retomar o tom, mas a dor me privava do ar necessário para isso. Aos trancos e barrancos, murmurei uma conclusão sufocada e logo saí. Não participei do jantar. Assim que voltei a Paris, telefonei para Grégoire, que, a conselho de Frédéric, me mandou fazer uma ecografia da bexiga e dos rins. Minha bexiga tinha se estendido, e os rins tinham dobrado de volume. É resultado da próstata: ao aumentar de tamanho, ela comprimiu o canal da uretra a ponto de deixá-lo fino como um fio de cabelo. Como a urina já não conseguia passar por ali na velocidade adequada, a bexiga inchou como um odre, até perder a elasticidade (daí o conceito de "distensão"), e os rins retiveram o líquido que ela não conseguia eliminar. Será necessário fazer uma investigação mais precisa por meio de uma cistografia. Isso consiste em enfiar uma câmera pelo canal do pênis para inspecionar a bexiga por dentro, explica-me Grégoire. A ideia de que se possa penetrar meu pênis, de qualquer maneira que seja, é aterrorizante. SER COMIDO PELO PINTO! Tive de tomar dois Xanax para aceitar aquilo que Grégoire me apresentou como uma necessidade exploratória. Mas é uma tortura chinesa! Esse canal deve ser cheio de nervos, como um fio de alta tensão! Não se preocupe, vovô, vão aplicar

uma pequena anestesia local, você não vai sentir quase nada. Anestesiar o meu pinto? Como é que se anestesia um pinto? Uma injeção? Onde? Dentro dele? Jamais!

Uma noite totalmente em claro.

73 anos, 1 mês e 2 dias *Terça-feira, 12 de novembro de 1996*

Ontem de manhã, apresentei-me para essa cistografia mais morto do que vivo, consciente o bastante, no entanto, para me interessar pelo trajeto da câmera-serpente pelo canal do meu sexo. Não foi tão dolorido. Um avanço delicado, como se alguém se arrastasse sobre mim. Pensei no metrô de *Roma* de Fellini, nas maravilhas soterradas que aquela câmera descobriria violando o santuário da minha bexiga. O radiologista teve certa dificuldade para encontrar a entrada. A ponta da câmera bateu várias vezes naquilo que eu imaginava ser a parede externa da bexiga, até conseguir penetrar ali. Bem, vamos ter de alargar um pouco isso. (Há médicos de todos os tipos: os que minimizam, os que amplificam, os que não dizem nada, os que acalmam a gente, os que nos dão bronca, os que explicam as coisas. São, como se diz, "homens como todos os outros", guiados pelo seu saber e movidos por seu temperamento.) A câmera por fim passou para o outro lado, e o doutor anunciou: Veja, estamos na sua bexiga. Nada a ver com as maravilhas fellinianas enterradas no subsolo de Roma; uma imagem tremida de ecografia, indecifrável aos meus olhos inexperientes. Tudo bem, o estado dela não é muito ruim. Só um pouco distendida, vai... Feitas as fotos, o radiologista segurou de novo a câmera: agora prenda a respiração. A sensação da retirada me surpreendeu mais do que a tão temida penetração, como se o meu organismo já tivesse admitido a presença do olho indiscreto instalado na ponta daquele tentáculo. Na mesma tarde, uma visita ao cirurgião. Operação sexta-feira às quinze horas. Vão alargar o canal da uretra reduzindo um pouco a próstata, instalar em mim uma sonda portátil pelo tempo que for necessário para a bexiga recobrar a elasticidade e, assim, a função. Não se preocupe,

é algo muito comum, faço dez cirurgias como esta por semana, detalhou o cirurgião.

73 anos, 1 mês e 4 dias *Quinta-feira, 14 de novembro de 1996*

Passei esses três dias como se tivessem me dado um adiamento de pena. Deixei de lado o cuidado com meu corpo, a partir de agora entregue às mãos da medicina, para saborear livremente as pequenas alegrias que, ao serem oferecidas a ele, constituem o inestimável prêmio pela vida: um delicioso tagine de pato cujo coentro, cuja uva-passa branca e cuja canela se infiltraram até o meu cérebro, os gritos das crianças ressoando no pátio, a penumbra de uma sala de cinema onde não larguei a mão de Mona por um único segundo (Doente você sempre fica mais sentimental, disse ela) e, na passarela da Pont des Arts, um crepúsculo para turista nenhum botar defeito. Ah, essa linda transparência do ar parisiense! Paris nunca consegue cheirar totalmente a gasolina!

73 anos, 1 mês e 5 dias *Sábado, 15 de novembro de 1996*

Saí da anestesia geral descansado. Nenhuma preocupação pela frente. Não que o que vem por aí não me cause preocupação, mas esta é uma das virtudes do hospital: como aqui se trata apenas do corpo, aproveitemos para fazer uma recauchutagem do espírito. Em outras palavras: é inútil ficar dando voltas. Ainda mais considerando que não estou em sofrimento. A sonda trabalha por mim. Conforto. Quando a retiram é que a gente dança quadradinho, comentou o meu vizinho de quarto. Vamos ver. Eu sei do que estou falando, é a terceira vez que venho aqui. Essa droga de cirurgia não funciona por muito tempo! Vamos ver. Já está mais do que visto.

Por outro lado, o caso do meu vizinho me chama a atenção. Ele mentiu um pouco. Não está aqui pela terceira vez para fazer a

mesma cirurgia. Da primeira vez foi, sim, para uma ressecção da próstata, como eu, mas a segunda foi para uma ablação completa dessa trufa, devido a uma suspeita de câncer. (Por que será que sempre imaginei a próstata como uma trufa?) Na terceira vez foi outra coisa. Assim que saiu do hospital, seguindo as orientações de seu clínico – não mude em nada os seus hábitos, senhor Charlemagne (ele se chama Charlemagne). Tudo como antes? Tudo como antes! –, ele viajou para caçar, como antes. Era 15 de setembro, dia seguinte à abertura da temporada, não podia perder isso! Seu companheiro – era o seu cunhado – deu um tropeção e a arma disparou, e eis o senhor Charlemagne recheado de estilhaços de chumbo no lugar onde antes estava a próstata! Ele me conta a coisa rindo. E eu rio com ele.

– De qualquer maneira, quando eles retiram a sonda é que a gente dança quadradinho!

– Vamos ver, senhor Charlemagne.

– Está mais do que visto.

73 anos, 1 mês e 8 dias *Segunda-feira, 18 de novembro de 1996*

Não gosto das visitas de hospital. Assim como as teria detestado no pensionato e as recusaria na cadeia se um dia eu fosse preso. A garantia de um mínimo de bem-estar reside no hermetismo do nosso universo. Estou no hospital sozinho, ao lado de outros solitários que me fazem uma companhia comovente. Portanto, nada de visitas, a não ser de Mona e de Grégoire, é claro. E de Tijo, que veio me divertir um pouco contando a história de Louis Jouvet quando este deixou o hospital depois de uma prostatectomia. O garçom do bar onde ele tomava o cafezinho matinal perguntou-lhe, gentilmente, sobre sua saúde. Mas, como o garçom em questão era gago, o diálogo foi mais ou menos assim: Se... Se... Senhor Jouvet, o qu... qu... qu... que é... a pro... pro......pro... próstata? Do alto do seu enorme pedestal, Jouvet então deixou cair a seguinte frase: A próstata, meu rapaz, é quando a gente mija como você fala.

73 anos, 1 mês e 17 dias *Quarta-feira, 27 de novembro de 1996*

Pela segunda vez na vida, deixei então meu corpo no hospital. Ontem, antes da minha saída, achavam que podiam retirar a sonda, mas minha bexiga se recusou a funcionar. Tive aquilo que a enfermeira de plantão chamou de um "bloqueio da bexiga". A expressão é bem adequada. A bexiga cria um bloqueio mesmo, um punho fechado. Recusa-se a deixar passar uma única gota, e a dor, sufocante, se irradia por todo o baixo-ventre e até os joelhos. Você se dobra sobre uma bola de nervos incandescentes. Os olhos arregalados de surpresa, ensopado de um suor gelado, sem condições de falar quase nada, conseguindo apenas confirmar com a cabeça que estava com dor, eu me comprimi contra o púbis, a respiração interrompida por uma cuspida de chumbo derretido. Bem que eu lhe disse, o negócio deles nunca funciona, observou o senhor Charlemagne.

Uma vez recolocada a sonda, a dor sumiu como por encanto. Terei de ficar com essa sonda por um ou dois meses, para que a bexiga retome suas forças. Bem, bem, bem.

73 anos, 1 mês e 18 dias *Quinta-feira, 28 de novembro de 1996*

Fora, e com uma sonda... Ela começa na bexiga, sai pelo pênis, desce ao longo da perna direita e termina em uma bolsa para urina presa ao tornozelo com velcro. Quando fica cheia, a bolsa tem de ser esvaziada. Mais ou menos a cada quatro horas. Simples assim. Surpreendente essa elasticidade e essa falta de sensibilidade no canal da uretra! Eu, que temia tanto a introdução da câmera nesse caminho minúsculo, vejo agora que dá para passar um trem elétrico por dentro dele.

Mas o essencial é outra coisa: o essencial, logicamente, é ver essa função – *urinar* –, que sempre considerei minha, submetida desde sempre à minha consciência, expressa pelas minhas necessidades e executada a partir de uma decisão, é vê-la de agora em diante liberta da minha vontade, reduzida a si mesma. Meu corpo

se esvazia à medida que se enche, e pronto. Um ciclo independente da minha vontade. E, abaixo da minha panturrilha, essa bolsa, que esvazio como quando usamos um barril (tem a mesma torneirinha que esses galões de água). Quantas vezes já não ouvi falar de humilhação em casos semelhantes a este? Você não vê? Ele está sendo *drenado*. E se segue, geralmente, um silêncio de comiseração pudica ou, às vezes, um ataque engraçado de bravura: Eu me mataria! (Ah!, o heroísmo da boa saúde!) Nessas conversas, a palavra "drenagem" assume pudicamente o lugar de "mijada", de "sangramento" ou de "cagada". Ao falar de drenagem, todo o mundo pensa na relação entre o doente e a sua própria matéria. O retorno repugnante do reprimido. Tudo aquilo que passamos a vida inteira escondendo e silenciando está de repente ali, em uma bolsa, ao alcance dos olhos e das mãos. Nojento! No entanto, eu não me sinto particularmente enojado, nem humilhado, nem diminuído. Será que me sentiria assim se os meus interlocutores estivessem a par do meu estado?

73 anos, 1 mês e 21 dias *Domingo, 1º de dezembro de 1996*

No fundo, assisto diariamente à respiração dos meus rins.

73 anos, 1 mês e 28 dias *Domingo, 8 de dezembro de 1996*

Ontem à noite, um incidente na casa dos A., onde jantávamos pela primeira vez. Ao cruzar as pernas bruscamente, desmanchei a minha parafernália. Meu pé esquerdo fez o tubo se soltar. A coisa começou a vazar pela panturrilha e a se espalhar formando uma poça em torno do pé. Fingi que o guardanapo tinha caído e me enfiei debaixo da mesa, limpei tudo e encaixei de novo o tubo. Ninguém notou. De agora em diante tenho de prestar atenção nisso. Ao partirmos, surrupiei o guardanapo. (Pensando bem, é melhor ser lembrado como ladrão de guardanapos do que como conviva que mija debaixo da mesa.)

73 anos e 2 meses *Terça-feira, 10 de dezembro de 1996*

Fala-se muito de doença à minha volta. "Você não pode entender, você nunca fica doente!" Uma das virtudes deste diário terá sido a de poupar a todos da situação do meu corpo. As pessoas do meu círculo ganharam em bom humor.

73 anos, 2 meses e 2 dias *Quinta-feira, 12 de dezembro de 1996*

Sou uma clepsidra.

73 anos, 2 meses e 4 dias *Sábado, 14 de dezembro de 1996*

Minha pele rejeita o esparadrapo usado para prender a sonda na coxa. Ela fica irritada. E infecciona. Já mudei de lugar várias vezes, até troquei a sonda de perna. Resultado: as duas pernas agora parecem os braços de um drogado. Preciso encontrar outra solução.

73 anos, 2 meses e 5 dias *Domingo, 15 de dezembro de 1996*

Achei a solução vendo um grupo de ciclistas passar pelo Champs-de-Mars com aquelas roupas coladas ao corpo. Amanhã mesmo vou comprar uma dessas bermudas que formam uma espécie de segunda pele. Assim, a sonda irá ficar colada à coxa naturalmente, sem necessidade de esparadrapo.

73 anos, 2 meses e 7 dias *Terça-feira, 17 de dezembro de 1996*

Funciona. A *lycra* mantém a sonda junto à pele. Mona ri ao me ver assim. Que lindo, o meu ciclista! Estou com um traseiro de lontra. Comprei essa bermuda de ciclista em uma loja de material

esportivo gerenciada por um jovem com a saúde ostensivamente em ordem. Tivemos um desentendimento. Notei tarde demais (pelo peso no meu tornozelo) que minha bolsa estava cheia. Tinha de esvaziá-la. Perguntei então ao homem onde ficava o banheiro. Ele respondeu: Não temos banheiro para os clientes. Falei da urgência, e ele repetiu: Não temos banheiro para os clientes! Quando lhe dei então as costas sem insistir mais, ouvi-o dizer: Cada um que se vire com a sua merda.

Fui ao setor de calçados e, fazendo cara de que me interessava por alguma coisa numa prateleira na altura de um homem, esvaziei o conteúdo da minha bolsa dentro de uma bota verde de caçador, com tala e bico de couro cru – a coisa mais chique.

73 anos, 2 meses e 10 dias *Sexta-feira, 20 de dezembro de 1996*

No restaurante onde convido a doutora R. para comemorar o resultado de um caso em que ela defendeu os meus interesses como advogada, ofereço-lhe, como de costume, o banco, e me sento em frente, na cadeira. Ela é jovem, inteligente, descontraída, radiante e charmosa. Como já não precisamos falar do caso que nos levou a que nos conhecêssemos, a conversa logo deriva para um lado mais pessoal. E muito rapidamente – como eu poderia dizer? –, muito rapidamente esqueci a maldita sonda entre as pernas, a minha idade e até, o que é pior, a nossa diferença de idade. Até o momento em que, deslocando-se ligeiramente no banco, a moça me permitiu ver os nossos dois rostos lado a lado: o dela, bem na minha frente, cheio de frescor, jovem, vivo, leitoso, rosado; e o meu, no espelho atrás dela, mirrado, enrugado, amarelecido, velho. Maçã nova, maçã velha.

73 anos, 2 meses e 11 dias *Sábado, 21 de dezembro de 1996*

Relendo isso de ontem aqui, lembrei-me de uma das histórias mais engraçadas de Tijo:

Dois vagabundos sentados em um banco veem passar uma moça muito bonita. Um deles diz ao outro:

Está vendo aquela menina? Pois é, ontem eu podia tê-la comido.

O outro: Você a conhece?

O primeiro: Não, mas ontem fiquei de pau duro.

73 anos, 2 meses e 16 dias *Quinta-feira, 26 de dezembro de 1996*

Amanhã vão retirar a sonda. Devo esperar um novo bloqueio da bexiga? O cirurgião a quem fiz essa pergunta me deu de presente uma noite em claro ao responder: Espero que não, carregar isso durante um mês já é muito, não vejo o que poderíamos fazer além disso!

73 anos, 2 meses e 17 dias *Sexta-feira, 27 de dezembro de 1996*

Retiraram-na, então. Se a palavra "suspense" tem algum sentido, eu afirmo ter vivido nesse caso um dos momentos de maior "suspense" da minha vida! Vai funcionar de novo, ou não, a minha bexiga? Ela hesitou. Sensação estranha (imaginária?) de uma bola que se desenruga inchando. Uma dor distante foi crescendo ao longo desse movimento, parecendo querer chegar ao nível daquela do bloqueio da bexiga. A dor aumentava conforme a pressão. Começava a se irradiar por dentro das coxas. Prendi a respiração. Comecei a suar pelas têmporas. Respire!, exclamou a enfermeira. Pare de se contrair desse jeito, relaxe! Procurando esvaziar os pulmões, não consegui esvaziar mais do que as narinas. Lágrimas apareceram. Depois o prepúcio inchou e a barreira cedeu num golpe só, lançando no vaso uma urina misturada com resto de sangue, porém espessa como a mijada de um cavalo. Está vendo?, comentou a enfermeira, quando a gente quer...

Eu bem que gostaria de passar um dia em cada hospital da França para estudar de perto esse linguajar que se usa com os pacientes.

73 anos, 3 meses e 2 dias *Domingo, 12 de janeiro de 1997*

Altos e baixos, esses dias. A felicidade de já não carregar aquela coisa entre as pernas atenuada fortemente pelo medo de terem de colocá-la de novo. Daí a averiguação permanente do jato. Quantidade e intensidade variáveis. Uma ou duas vezes, um jato de regar jardim, que soa alegremente no fundo do vaso e que vem acompanhado de uma exultação de jovenzinho em pleno uso de todas as suas faculdades. Nas outras, uma fontezinha mixuruca de dar dó.

73 anos, 7 meses e 10 dias *Terça-feira, 20 de maio de 1997*

Choque violento, hoje de manhã, com um poste de luz. Estava passeando pelos lados da Sorbonne. Sol radiante. Na outra calçada, um grupo de estudantes saudava a chegava da primavera. Tinham vindo com seus seios, que viviam em total liberdade sob suas blusas leves e até, no caso de uma delas, que vestia camiseta regata, se expandiam pelas laterais. Oh, o belo caminhante! Continuando a andar, eu as olhava feliz por já não estar em condição de desejar nenhuma delas. Uma admiração pura, de certo modo. Mas o poste de luz não levou nada disso em consideração. Ele me atingiu brutalmente, como se eu fosse um velho devasso obcecado pela sua presa. Caí de costas, quase desmaiado. Eles vieram me socorrer. Levantaram-me. Puseram-me sentado no terraço de um café. O poste ainda soava dentro da cabeça. Eu sangrava. Alguém quis chamar uma ambulância. Eu recusei. Foram comprar um antisséptico e esparadrapo em uma farmácia ali perto. Pude contemplar fartamente os seios de uma delas, que, inclinada sobre mim, fazia o curativo. Não quer uma ambulância mesmo? Não. Elas então chamaram um táxi, que não quis me levar, por causa do sangue na camisa. Telefonei para Mona, pedi um conhaque enquanto a aguardava, depois um licor de menta com água e dois cafés, para agradecer às pequenas. Tudo bem? Tem certeza de que está bem? Sim, sim, não se preocupem,

afinal de contas foi só uma batida num poste. Risadas discretas. Elas se foram, rapidamente. Não tínhamos absolutamente nada a nos dizer. Sobre o que poderíamos conversar? Sobre o poste de luz? Sobre os estudos delas? Não deviam ter muita vontade. Sobre o suicídio de Romain Gary quando ficou impotente? Ou sobre o alívio de Buñuel, ao contrário, quando se sentiu finalmente liberto de sua libido? Depois que as meninas voltaram para a faculdade, pedi um segundo conhaque, em homenagem, justamente, a Buñuel. Ele dizia que, se o diabo lhe propusesse uma nova vida sexual, ele a recusaria, pedindo, em vez disso, que fortalecesse o seu fígado e os seus pulmões para poder beber e fumar à vontade.

73 anos, 7 meses e 11 dias *Quarta-feira, 21 de maio de 1997*

A partir de quando foi que me convenci de que já não sentia desejo por mulheres? Desde a operação da próstata? Desde que parei de ficar de pinto duro, ou que ficava tão pouco duro que não dava? Ou faz mais tempo ainda? Desde que conheci Mona e adotei a monogamia? O fato é que nunca a traí, como se diz. E que, ao não traí-la, desejei muito pouco fora de casa. Nós nos preenchemos totalmente, no sentido literal do termo. E de forma durável. Mas, com a idade avançando e o desejo de Mona cessando, seria mesmo natural que o meu também cessasse? O fato de que ela já não queria devia implicar que eu já não conseguisse? Seria isso, de alguma forma, a sabedoria de um corpo único? Certamente! Do "já não consigo" ao "já não tenho vontade" é apenas um passo. Mas esse passo tem de ser dado de olhos fechados. Hermeticamente. Se os abrimos, ainda que seja um pouquinho, durante esse passo, eles nos mostram, aos nossos pés, o insondável precipício do *já não ser*. Hemingway, Gary e toda uma multidão de anônimos se lançaram nele em vez de seguir caminho.

Enfim, com ou sem desejo, estou com um olho tapado e metade do rosto inchado, o que não faz de mim exatamente um objeto de desejo.

73 anos, 7 meses e 12 dias *Quinta-feira, 22 de maio de 1997*

Tijo: eu nunca conseguiria ser monogâmico. Ao apresentar a *minha* mulher, eu teria a sensação de estar exibindo o meu membro.

73 anos, 7 meses e 14 dias *Sábado, 24 de maio de 1997*

Jantar na casa do filho de N. Jantar previsto de longa data. O rapaz fazia questão de me agradecer. Serviços prestados. Já fora adiado uma vez. Impossível desmarcar de novo, mesmo com a cabeça toda arrebentada. Cabeça sobre a qual, aliás, nada se disse durante o encontro. E, no entanto, Deus sabe o quanto ela é espetacular! Um arco-íris em terceira dimensão. Esse tipo de ferimento vai adquirindo cores variadas ao longo da cura. Toda a paleta e todas as intensidades marcam presença. Entramos agora no período das violetas flamejantes e dos amarelos hepáticos. O buraco da órbita, cheio de sangue pisado, está praticamente preto. Mas ninguém na mesa fez nenhuma menção a essa obra-prima. Ninguém falou na cara do senhor. O que para mim foi bom. No entanto, na segunda parte da noite, a questão do corpo (das coisas pelas quais o fazemos passar) empreendeu um contra-ataque totalmente inesperado. A jovem Lise, caçula dos N., normalmente tão tagarela no dizer da mãe, sempre tão disposta a encantar os convidados desfiando o rosário de queixas que coleciona contra os pais ("Não é verdade, querida?"), ficou muda ao longo de todo o jantar. Não disse nada e não comeu nada. Depois de a mesa estar tirada, a menina retirou-se para o seu quarto, e a mãe, enxergando precipitadamente o pior, sussurrou: Nossa pequena está com anorexia, diagnóstico que o marido corrigiu calmamente, para baixo. Nada disso, querida, nada disso, a menina está só querendo me encher, e a você também, não tem nada de grave. A esposa então suspira forte, começa uma disputa conjugal, aos gritos, até que Lise, saindo do quarto, grita que está cheia, cheia, "cheeeeeeeiiiiaaaa"! e que sua boca, amplamente aberta para fa-

zer essa confissão, exibe um piercing cuja pequena cabeça de aço flutua como uma bolinha de mercúrio no buraco de uma língua totalmente inchada. Que horror! O que é isso aí, Lise? O que você tem na boca? Venha aqui imediatamente! Mas Lise se tranca no quarto dando duas voltas com a chave. A mãe, escandalizada, preocupa-se menos com a língua da filha do que com a qualidade de suas companhias. Nessa hora, toma a palavra um tal D.G., advogado, da mesma geração que os nossos anfitriões, e dirige a conversa para a questão da influência.

– Diga-me uma coisa, Geneviève. Você usa tanga, não usa?

– Como assim?

– Uma tanga, dessas calcinhas com barbante, que Claudel chamaria de partilha do meio-dia e que os brasileiros apelidam de fio-dental.

Segue-se um silêncio, tão mais eloquente dado que a dona da casa, a julgar pelo caimento reto de sua saia sobre a impecável divisão de seus dois hemisférios, usa, sim, uma tanga, e com um lindo efeito.

– E você por acaso já se perguntou – continua o advogado – de onde veio essa influência, considerando que as pessoas com que você convive são irrepreensíveis?

Silêncio.

– Porque, salvo engano, originalmente a tanga era um objeto usado pelas putas, não? Um acessório de trabalho, como um quepe. Como é que ela se tornou, hoje em dia, moeda corrente nas famílias bem-nascidas? De onde vem essa *influência*?

A conversa passa a tratar, então, dos efeitos transversais da globalização, e Mona e eu aproveitamos para deixar a casa, discretamente.

73 anos, 7 meses e 15 dias — *Domingo, 25 de maio de 1997*

Quantos homens com barba de três dias nessa noitada de quarentões! Curiosa esta época, a menos aventureira que já existiu: corretores de seguros, advogados comerciais, executivos de ban-

cos, trabalhadores de comunicação, de informática, corretores da Bolsa, todos eles assalariados em um mundo virtual, todos com sobrepeso, sedentários a não mais poder, o cérebro acomodado em suas empresas esquisitas, mas todos com cara de brigões, todos como se estivessem voltando de alguma expedição, recentemente chegados do Ténéré ou descidos do Annapurna. A tanga cumpre esse mesmo papel no caso da jovem senhora N., que, no entanto, é mais virtuosa (eu poria a mão no fogo por isso) do que minha falecida tia Noémie. Em resumo, é a moda funcionando como uma antífrase. Já os seus filhos, esses meninos tatuados, perfurados, trazem em si, literalmente, as marcas deste tempo descarnado.

74 anos, 4 meses e 15 dias *Quarta-feira, 25 de fevereiro de 1998*

Jantar na casa dos V. O gosto horrível de uma garfada quase me faz cuspir a coisa de volta no prato. O que me impede de fazê-lo é que estou conversando com o dono da casa. Engulo tudo sem mastigar, sem fazer nenhuma análise prévia. É então que o meu interlocutor cospe ruidosamente de volta a sua própria garfada: Querida, que horror! E a querida confirma: Essas vieiras estão mesmo estragadas!

74 anos, 5 meses e 6 dias *Segunda-feira, 16 de março de 1998*

Fim de minha palestra em Belém. Minha intérprete, Nazaré, coloca a mão sobre a minha, mantém-se ali, com dois dedos sob a minha camisa acariciando meu pulso. Queria passar a noite com o senhor, diz ela, e se possível as próximas três noites, até o senhor viajar. A proposta vem com tanta naturalidade que mal me surpreendo. Sinto-me honrado, mas não surpreso. Emocionado também, com certeza. (E de certa forma, depois de alguns segundos de reflexão, bastante atônito.) Nazaré e eu trabalhamos juntos na divulgação dessa palestra, ela preparou a recep-

ção, atraindo os militantes, preenchendo em todos os domínios as lacunas de uma organização entusiasta mas deficiente. São Paulo, Rio, Recife, Porto Alegre, São Luís, ela soube me poupar da maior parte dos jantares oficiais para me levar aos lugares de sua preferência, aos círculos musicais e filosóficos que queria me apresentar, e eis, agora, a sua mão sobre a minha. Minha pequena Nazaré (ela tem vinte e cinco anos), eu digo, obrigado, realmente, mas seria pura perda de tempo, várias décadas tornaram essa coisa impossível. Isso porque o senhor não acredita na ressurreição, objetou ela. Acontece também que o bisturi já passou por aqui, que o desejo está morto, que sou monogâmico, que tenho o triplo da idade dela, que depois de todos esses anos sem praticar parei de associar a minha identidade à minha sexualidade, que ela se entediaria na minha cama e que eu ficaria me lamentando na dela. Objeções tão pouco convincentes, que um quarto nos acolheu antes mesmo que eu acabasse de enumerá-las. Vamos nos deixar levar, disse ela, tirando as nossas roupas. E era de se deixar levar mesmo que se tratava, a seda sobre a pele, lentidão sobre lentidão, nudez sobre nudez, roçares tão delicados que faziam desaparecer a duração, o peso e o medo. Nazaré, disse eu sem firmeza, senhor, murmurou ela salpicando de minúsculos beijos o meu pescoço, as palestras já terminaram, não existe mais nada para controlar. E se pôs a beijar levemente o meu peito, meu ventre, o dorso do meu sexo, que não se moveu, o idiota, mas eu nem liguei, azar o seu de não querer brincar com a gente, sua coisa velha, e os beijinhos avançando para o interior das minhas coxas, onde a língua de Nazaré abre passagem para seu rosto enquanto suas mãos deslizam sobre minhas nádegas, e eu me arqueio, e meus dedos se perdem em sua bela cabeleira, sua língua me testa, seus lábios me engolem, e eis-me dentro da sua boca, sua língua empreendendo um lento movimento em espiral, seus lábios num vaivém de escultor, e eu desabrochando, juro, sim, modestamente mas de verdade, Nazaré, Nazaré, e endurecendo, juro, pouco a pouco mas com firmeza, Nazaré, oh, Nazaré, cujo rosto eu aproximo de meus lábios enquanto rolamos sobre nossos corpos, Nazaré que se abre e me acolhe, Nazaré,

na casa de quem eu entro como quem volta finalmente para sua própria casa, um pouco tímido, faz tanto tempo, inicialmente imóvel na soleira da porta, isso não vai durar muito, eu penso, e não diga a si mesmo que isso não vai durar, murmura Nazaré a meu ouvido, eu gosto do senhor, e eis-me penetrando por inteiro a minha casa e a casa dela, a casa das origens, deslizando no calor úmido e macio enfim reencontrado, crescendo ainda mais, confiante, o tempo abolido, a tal ponto que vejo de longe a explosão se aproximar, que aproveito totalmente a sua ascensão, que consigo contê-la, saborear a sua promessa, senti-la subir e prendê-la de novo, até finalmente gozar. Olhe o senhor aí, diz Nazaré me apertando em seus braços, sou eu mesmo, sim, eu digo, gozando como um ressuscitado.

74 anos, 5 meses e 7 dias *Terça-feira, 17 de março de 1998*

Relendo o que escrevi ontem, penso no papel dos pronomes pessoais oblíquos nas descrições eróticas: sua língua *me* testa, seus lábios *me* engolem, eis-*me* dentro da sua boca... Não é resultado do pudor (confirmo que se trata dos meus colhões e do meu pinto) nem da busca de um estilo (a rigor, é um sinal da minha incompetência nesse quesito), não, é simplesmente a expressão do reencontro com uma identidade. É o homem vivo por inteiro, independentemente do que se possa dizer uma vez passada a embriaguez: *me* sou eu. O mesmo vale para as metáforas usadas para designar o sexo de Nazaré, Nazaré, na *casa* de quem entro, a *casa das origens*, é dela que estou falando, de sua identidade de mulher.

74 anos, 5 meses e 9 dias *Quinta-feira, 19 de março de 1998*

A pele negra de Nazaré, uma profundeza cromática insondável, o castanho, o ocre, o azul, o vermelho, o violeta purpúreo que circunda o seu sexo, o rosa carnal de sua língua, o louro rosado da

palma da mão, nunca sei com qual de tantos matizes o meu olhar se encanta, de quais profundezas ele remonta; olhar o corpo nu de Nazaré é mergulhar em sua pele. Pela primeira vez eu me dou conta de que a minha é apenas a vestimenta de uma superfície. A pele lisa de Nazaré, com poros tão apertados que se tornam imperceptíveis, pele de seixo molhado, e seus vestidos, que dançam a cada passo que ela dá. Os seios, as nádegas, o ventre, as coxas, as costas de Nazaré, tão densos que o seu corpo parece ser a própria energia. O erotismo de Nazaré... Quando lamentei não conseguir ressuscitar todas as vezes (longe disso!), ela observou: O senhor reduz o sexo a... armar o circo. E seguiu-se então um festival de carícias periféricas, uma profusão de penetrações inéditas festejadas pelos orgasmos de Nazaré. Os seios de Nazaré, duas ilhas de superfície leitosa em nosso banho: apresento-lhe os meus países emergentes! O sabor de pimenta e mel de Nazaré, seu perfume de âmbar, sua voz rouca, a explosão afro de sua cabeleira, onde meus dedos se perdem. A filosofia de Nazaré: no auge do êxtase, eu disse "nada mal". O senhor quer dizer "muito bom!", retrucou ela, "absolutamente maravilhoso!". E ela então me fez perceber que a lítotes e o eufemismo, usados por nós, europeus, como o máximo da boa educação, limitam as nossas formas de demonstrar entusiasmo, atrofiam os nossos mecanismos de percepção, que o nosso *estilo* vem acima de tudo e que sofremos com isso. O humor terno de Nazaré: Ah, senhoooooooor, em um longo suspiro de adormecimento; e eu não quero ter outro nome que não seja o som dessa brincadeira. As lágrimas de Nazaré na minha despedida, sem que nenhum traço de seu rosto se movesse, lágrimas silenciosas escorrendo sobre os seixos de suas faces. O buraco deixado no meu peito por esse tesouro apertado com tanta força contra mim.

74 anos, 5 meses e 15 dias *Quarta-feira, 25 de março de 1998*

Eu, que diante da doutora R. me mostrava tão sensível ao contraste entre os nossos rostos ("maçã nova, maçã velha"), eu, que

festejava a morte da minha sexualidade quando a estudantezinha de seios à mostra cuidava de mim, eu, que pensava que a minha cirurgia tinha decretado o fim das ereções, eu, que já nem contava a passagem das décadas, agora não consigo, no caso de Nazaré, pensar em nós do ponto de vista da diferença de idade. O que aconteceria se uma insistência de ordem moral, transportando-me para fora de mim mesmo, me obrigasse a comparar a minha carne velha com o seu corpo jovem? Imagem grotesca? Escandalosa? Um velho devasso? Uma espécie de milagre impede que essa objetivação aconteça. O senhor não acredita na ressurreição, sussurrava Nazaré. Pois agora aconteceu. O que os ressuscitados sentem, agora eu sei, é a chegada desse corpo exultante, numa fusão de todas as idades.

74 anos, 5 meses e 16 dias *Quinta-feira, 26 de março de 1998*

Será bem mais suave, para mim, morrer na qualidade de ressuscitado.

74 anos, 6 meses e 2 dias *Domingo, 12 de abril de 1998*

Pois é, diz Tijo no seu leito de hospital, você começou com um corpo de velho, então é justo que termine com um corpo de moço. Além disso, acrescenta ele sorrindo e tossindo ao mesmo tempo, os colóquios sempre produziram mais cornudos do que sábios! Rimos juntos, e ele se engasga, a enfermeira que chega com os comprimidos lhe dá uma bronca. Eles tentam me *curar*, diz ele depois que ela se retira.

75 anos, 1 mês e 17 dias *Sexta-feira, 27 de novembro de 1998*

Tijo morreu esta noite. Ele se despediu de mim ontem, proibindo-me de visitá-lo hoje. Não complique a minha morte... A

cada visita que eu lhe fazia, eu via a doença avançar, bem como os estragos provocados pelo tratamento; transformaram aquele meridional enxuto e moreno em um negócio esbranquiçado, careca e despigmentado, inflado como um odre, os dedos inchados pela água que os seus rins já não eliminavam. Contrariamente à maior parte dos moribundos, que encolhem, ele ficou volumoso demais para o seu próprio corpo. Mas nem a doença (um câncer de pulmão que se espalhou para o restante) nem a medicina e sua moral (Ah, senhor, se ele não tivesse bebido e fumado tanto...) prevaleceram em relação àquele desdém sarcástico que via a morte com respeito e a vida como é: apenas um passeio cativante. Antes de eu sair do quarto, fez um sinal para que me aproximasse. Ao pé do meu ouvido, ele me perguntou: Conhece a história do javali que não queria deixar a sua floresta? Sua voz não era mais do que um sopro, mas carregava consigo o mesmo fatalismo gozador e – como direi? – uma percepção aguda quanto ao seu interlocutor.

HISTÓRIA DO JAVALI QUE NÃO QUERIA DEIXAR A FLORESTA

É um javali bem velho, entende? Mais da sua geração do que da minha, realmente velho, sabe?, os colhões vazios e os dentes bem desgastados. Foi expulso do bando pelos mais jovens. De repente, o coitado se vê sozinho na floresta, como um idiota. Ouve os mais novos fazendo folia com suas fêmeas. Então, ele pensa consigo mesmo que seria melhor deixar aquela floresta, conhecer outros lugares. Mas ele tinha nascido sob aquelas árvores, e ali tinha passado a vida inteira. Ele se cagava de medo de "outros lugares". Porém aquilo de ouvir as fêmeas gemerem de prazer estava matando-o. Tomou a decisão subitamente. Vou embora! Com a cabeça abaixada, ele então avança reto, através dos arbustos, bosques, matagais, clareiras, até desembocar no limite da floresta. E o que ele vê ali? Um campo enorme sob o sol! Todinho verde! Uma maravilha fos-

florescente! E o que ele vê no meio desse campo? Um cercado! Um cercado quadrado! E o que existe dentro desse cercado? Um porco ENORME! Tão gordo que sai até para fora do cercado, como um suflê que transborda da forma, entende? Um porco enorme totalmente cor-de-rosa, sem pelo algum, como se já fosse um presunto! Estupefato, o velho javali chama o porco.

– Ei! Ó! Você aí!

O porco gordo vira-se lentamente para ele.

O velho javali pergunta:

– Não é difícil demais... a químio?

75 anos, 1 mês e 28 dias *Terça-feira, 8 de dezembro de 1998*

Alguns dias antes da morte de Tijo, telefonei para J.C., o "melhor amigo" dele. (Em matéria de amizades, Tijo funcionava à base de classificações juvenis.) O melhor amigo dele me respondeu que não ia ver Tijo no hospital; preferia guardar dele a imagem de sua "vitalidade indestrutível". Delicadeza porca, essa, que entrega os outros à sua agonia. Odeio os amigos espirituais. Só gosto dos amigos de carne e osso.

75 anos, 9 meses e 6 dias *Sexta-feira, 16 de julho de 1999*

As cinzas de Tijo foram lançadas no Briac. Era a sua vontade. Do alto daquela faia onde ele, criança, subia para procurar ninhos de corvos. (Ideia de Grégoire.) Olhando meu neto trepar naquela árvore cujo tronco deve ter-se triplicado de tamanho, por um segundo revi a mim mesmo subindo ali para socorrer Tijo. Era o esfolado do Larousse que avançava de galho em galho. Mas com graça, sem aquele jeito afetado que o *exercício da vontade* me fazia ter e que Tijo sempre gozava. Levadas pelo vento, suas cinzas se juntaram, se espalharam, se juntaram de novo, se viraram sobre uma asa e finalmente explodiram no céu. Tijo nos presenteou com uma despedida de estorninho.

75 anos, 10 meses e 5 dias *Domingo, 15 de agosto de 1999*

Minha bexiga me fez acordar às duas horas da manhã. Com preguiça, resisto, até que umas risadas vindas de lá de baixo me fazem levantar. Grégoire, Frédéric e as gêmeas brincam com o jogo das casas. Fanny reclama da má sorte que impede o seu avanço, Frédéric dá uma risada quando, tirando dois seis seguidos, obtém a vitória. Cuidado! Olhe quem está aí!, exclama Grégoire apontando-me, e todos se dobram em torno do tabuleiro, fingindo escondê-lo de mim. É segredo, grita Marguerite como se ainda fosse uma menininha, você não pode ver! Inicialmente, pensei que fosse o *Jogo da desvirginização* que eu tinha dado de presente a Grégoire no começo de sua adolescência, mas era algo pior ainda: era um *Jogo do hipocondríaco*, que ele inventou em suas noites de plantão. Entre doenças terríveis e doenças abomináveis, os jogadores avançam até chegar à morte, que é a última casa, em que finalmente são curados do medo de ficar doentes. Não gostaria de jogar conosco?, pergunta Fanny (e eu admiro o uso dessa forma de fazer uma pergunta em uma jovem da sua geração.) Dão-me de lambuja três lances na frente. Eu tiro uma esclerose múltipla, o que me dá o direito de jogar de novo. (O princípio do jogo é este: quanto mais doente estamos, mais avançamos.) Amanhã vamos jogar o das sete famílias!, determina Marguerite. As sete famílias em questão são quarenta e duas doenças que qualquer um dispensaria de bom grado. (Na família Câncer eu peço próstata, na família Cama peço herpes genital, na família Médicos peço Parkinson etc.) Não vamos dramatizar as coisas, sorri Grégoire, não vamos dramatizar, porque, afinal de contas, a última casa é a mesma para todo o mundo! Aparentemente, as pequenas – que agora são bem grandinhas – o adoram.

75 anos, 11 meses e 2 dias *Domingo, 12 de setembro de 1999*

À véspera de sua morte, Tijo, que tinha dez anos a menos que eu, me disse: Até na idade eu ultrapassei você! O mais velho é sempre o que está mais perto da saída.

Mesmo dia, às 17 horas

Escrevo isto tomando chá. Larguei o café desde a minha cirurgia. Tenho a sensação de que o chá me limpa. Uma espécie de banho interior. Você bebe um e mija três, dizia Violette. Talvez um dia eu passe para a água quente, como fazia tia Huguette perto do fim.

76 anos e 2 dias *Terça-feira, 12 de outubro de 1999*

Por falar na tia Huguette, que tinha as suas "azias", ou em mamãe, que "fazia acidez"... será que essas expressões ainda se usam? E aquela mulher que ficava de lado a cada cinco minutos para que o bismuto se espalhasse por todo o interior do seu corpo... Essa maneira de se considerar como um barril fazia rir aos seus conhecidos. E, no entanto, em vários aspectos, não somos muito melhores do que esses recipientes. Mona toma um medicamento contra a osteoporose que ela precisa ingerir toda manhã em jejum, com um copo d'água. Depois disso, ela *tem* de ficar de pé por meia hora, sem se deitar, pois, caso contrário, o remédio pode acabar com o seu esôfago como soda cáustica. Somos, portanto, recipientes. Não mais do que isso. Um parêntese: o bismuto é considerado hoje um veneno, totalmente proibido pela Medicina.

77 anos, 2 meses e 8 dias *Segunda-feira, 18 de dezembro de 2000*

Acordei com dor na articulação metacarpofalangiana do anelar, como se tivesse passado a noite socando uma parede. É o mesmo dedo que eu virei, dez anos atrás, no jardim da senhora P. O agiota cobra seus juros.

Minhas noites têm sido interrompidas por umas vontades urgentes mas pouco produtivas. Micção impossível. (Belo título.) Quantas vezes?, perguntava antigamente o meu confessor. Quantas vezes?, pergunta hoje o meu urologista. O primeiro me ameaçava com um monte de padres-nossos e ave-marias; o segundo, com uma nova ressecção do colo da próstata: não há nada a fazer, você terá de passar por isso. Não vai trazer os seus vinte anos de volta, mas pelo menos as suas noites serão mais longas. Tudo bem, mas o que acontecerá com esses minutos de devaneio com que me presenteio quando fico sentado no meu trono de rei improdutivo? Nessas horas da noite em que sou acordado pela vontade de mijar, não fico imaginando minha bexiga tensa como um odre, mas como uma casca fossilizada de um ouriço, uma casca de calcário que eu esvazio aos trancos e barrancos, com o dedo mindinho embaixo da água da torneira, abrindo uma comporta sem pressão alguma. Um lento esvaziamento de mim mesmo. Um traço perpendicular bem triste. Como forma de compensação, ocorrem-me imagens de um velho asno abandonado no meio de um campo, e esse asno me comove suavemente. Ou então penso no escândalo daquela fonte que os marselheses, vizinhos de Manès, deixaram que secasse. O jorro dessa fonte embalava o meu sono. Deve ser classificado na família dos sons apaziguantes, junto com os passos no cascalho, o sopro do vento na parreira, a pedra de amolar de Manès... (Manès passava as primeiras horas da noite amolando as suas ferramentas na pedra e na bigorna, e eu gostava também do som picado da bigorna, com notas que vinham em duplas: ti'ng-ti'ng, ti'ng-ti'ng.) A fonte dos marselheses, portanto, secou. Os musgos assumiram o seu lugar, e talvez, mais acima, algum adenoma lodoso. No final era um fiozinho de água meio escura, silencioso, depois um conta-gotas, e mais nada. Para a enorme fúria de Manès, que talvez tenha, ele próprio, tapado depois tudo aquilo.

Lison, Grégoire e as gêmeas nos deram de presente um projetor de vídeo e uma dúzia de filmes. Entre os meus preferidos: *Morangos silvestres*, de Ingmar Bergman, *The Ghost and Mrs Muir*, de Mankiewicz, *Os vivos e os mortos*, de Huston, e também *A Festa de Babette*. Ah, *A Festa de Babette*! Quem é mesmo o diretor desse filme? Gabriel Axel!, sopra-me Fanny. Pois bem, viva esse Gabriel Axel! Fazia muito tempo que não sentia tanto prazer com um presente. A tal ponto que fiquei me perguntando por que eu mesmo já não tinha comprado um aparelho desses para mim. Mona abriu o pacote, e a minha alegria saiu daquele embrulho junto com o próprio projetor de vídeo. Surpreendi-me à espera do fim do dia com a impaciência de uma criança. Quando finalmente estendemos um lençol branco na parede, revivi a excitação em que Violette me deixava quando instalava a sua lanterna mágica na mesinha da sala. Mona e as crianças deixaram que eu escolhesse o filme. Optei por *Morangos silvestres*, a comemoração dos cinquenta anos de carreira do professor Isak Borg, surpreso de me lembrar do seu nome! Eberhard Isak Borg, que viaja na companhia de sua nora Marianne para receber seu título honorífico na catedral de Lund. Setenta e oito anos, como eu! Isso, é claro, eu tinha esquecido, pois não tinha completado ainda quarenta anos quando vi o filme pela primeira vez. Portanto, setenta e oito anos. Evidentemente, pus-me a examinar o rosto daquele velho (que achei parecer bem mais velho do que eu), buscando as rugas que teríamos em comum, reconhecendo nele certa lentidão dos meus gestos, ou aqueles sorrisos pela metade que a idade torna distantes, mas também aquelas súbitas explosões de vida, provocadas por desejos intocados (como, por exemplo, o fato de pegar o seu próprio carro para ir à homenagem, trazendo no bolso o bilhete de avião) ou aquela alegria despertada pelos três jovens a quem ele e Marianne aceitaram dar carona na estrada – uma alegria totalmente comparável à proporcionada a mim pela presença bagunceira de Grégoire, Marguerite e Fanny nas férias, suas brincadeiras, suas disputas, suas reconciliações hilariantes...

Estava absorvido pelo que se passava na tela, quando outra coisa atraiu minha atenção, algo que não tinha nada a ver com o filme, mas que dizia respeito ao próprio aparelho, o projetor. Mona e eu estávamos sentados pertinho dele. É uma caixa preta em que inserimos o DVD por uma fenda, e ela mesma cuida de todo o resto: a projeção, o som, a colocação no ponto certo, a refrigeração do motor etc. Instalado no meio da sala, o aparelho projetava a imagem no lençol, a quatro metros diante de nós, uma grande imagem branca e preta, envelhecida pela idade do filme mas limpa o suficiente para que eu não precise pensar na minha catarata. Eu escutava o velho Isak e sua nora Marianne, atento à sua discussão sombria – choque de personalidades e de geração –, quando de repente me perguntei de onde vinha o som de suas vozes. Pareciam vir da tela, onde víamos os personagens falar. Mas isso era totalmente impossível, porque o som era emitido pelo projetor, que estava do meu lado na mesa de centro da sala. Olhei para o aparelho: sem dúvida alguma, as vozes saíam daquele cubo de plástico preto, a cinquenta centímetros da minha orelha esquerda. No entanto, assim que meus olhos se voltaram para o lençol velho, todas as palavras retornaram às bocas que pareciam pronunciá-las! Chocado com a força dessa ilusão óptico-sonora, tentei olhar para a tela, mas ouvindo apenas o projetor. Dava na mesma: as vozes continuavam a vir dos atores suecos, ali, no lençol estendido quatro metros adiante de mim. Essa constatação me fez mergulhar em uma espécie de êxtase primitivo, como se eu assistisse ao milagre da ubiquidade. Fechei então os olhos, e as vozes voltaram para o ventre do projetor. Abri-os de novo, e elas voltaram para a tela.

Em nossa cama, fiquei pensando um bom tempo nessa dissociação entre a fonte sonora real e os personagens que falavam a partir do lençol velho. Começava a ver nisso uma metáfora esclarecedora, quando então adormeci. Esta manhã, ao acordar, só guardo comigo a sensação... Tudo acontece como se aquilo que o meu corpo diz fosse ouvido longe de mim enquanto eu registro a sua existência silenciosa aqui, sentado a esta mesa onde escrevo.

78 anos, 4 meses e 3 dias *Quarta-feira, 13 de fevereiro de 2002*

"Por que um homem bocejando leva outro a bocejar também?" A pergunta é feita, no século XVI, por Robert Burton, na página 431 de sua *Anatomie de la mélancolie*, finalmente traduzida para o francês pelas edições Corti. Sem propor uma resposta satisfatória (Burton atribui esse contágio do bocejo aos *espíritos*), sua pergunta me remete quarenta anos atrás, às divertidas experiências de fisiologia que eu, entediado, fazia durante algumas reuniões de trabalho particularmente insípidas: bastava eu simular um bocejo para ver em seguida a mesa toda bocejar. Eu acreditava ter feito, então, uma descoberta, mas não era descoberta nenhuma. Nossa existência física transcorre desbravando uma floresta virgem que, na verdade, já foi explorada milhares e milhares de vezes antes de nós. Com Montaigne ou Burton, um livro, mas quantas não são as descobertas não reveladas, quantos espantos não divulgados, surpresas caladas? Esses homens todos, sozinhos em seu silêncio!

78 anos, 6 meses e 14 dias *Quarta-feira, 24 de abril de 2002*

Melhor admitir logo: depois de algumas refeições muito fartas, o peido tossido tende a se transformar em uma verdadeira respiração anal. Aspiração de gases durante quatro ou cinco passos, expulsão durante os quatro ou cinco passos seguintes, com uma regularidade pulmonar. Esse colar de pérolas nem sempre é tão silencioso quanto a minha posição social, a minha distinção espontânea e a minha dignidade de ancião gostariam que fosse. Como uma tosse rápida já não basta para encobri-lo, vejo-me obrigado, quando estou acompanhado de alguém, a emitir longas frases cujo entusiasmo tem por finalidade dissimular esse triste contraponto.

78 anos, 11 meses e 29 dias *Quarta-feira, 9 de outubro de 2002*

Grégoire, que queria passar aqui pelo meu aniversário, telefonou para dizer que está de cama por causa de uma catapora

contraída no hospital. Uma catapora aos vinte e cinco anos, vovô! Consegue entender isso? E você ainda fica repetindo que eu sou avançado demais para a minha idade! Você vai me ver, pareço um coador! Um coador superdotado, é verdade, mas, mesmo assim, um coador. Sua voz não foi afetada, parecia um pouco sufocada, talvez, e pela primeira vez eu me pergunto se o meu afeto por esse menino não se deve à musicalidade tão tranquilizadora de sua voz! Antes mesmo de ela mudar, ainda criança, Grégoire tinha a voz mais apaziguadora que pode existir. Aliás, já o vimos com raiva alguma vez?

79 anos *Quinta-feira, 10 de outubro de 2002*

Meu coração, meu fiel coração. Menos robusto do que antes, está certo, mas como é fiel! Na noite passada, entreguei-me a um exercício infantil: calcular a quantidade de vezes que meu coração bateu desde que nasci. Ou seja: setenta e dois batimentos em média por minuto vezes sessenta minutos por hora vezes vinte e quatro horas por dia vezes trezentos e sessenta e cinco dias por ano vezes setenta e nove anos. Já não consigo fazer essas contas de cabeça, é claro. Portanto, calculadora. Cerca de três bilhões de batimentos! Sem considerar os anos bissextos nem as acelerações motivadas pela emoção! Pus a mão no peito e senti o coração realizar tranquilamente, regularmente, as batidas que ainda me restam. Feliz aniversário, coração!

79 anos, 1 mês e 2 dias *Terça-feira, 12 de novembro de 2002*

Nosso Grégoire morreu. Dois dias depois do seu último telefonema, ele entrou em coma. Frédéric tinha pensado, no início, que se tratava de uma encefalite viral, da qual se pode, eventualmente, ser curado; mas, não, era uma porcaria bem pior: uma síndrome de Reye. Ela se somou à catapora e provocou uma insuficiência hepática fulminante. Segundo Frédéric, essa síndrome foi deto-

nada provavelmente por ingestão de aspirina, que ele encontrou no bolso de Grégoire. Grégoire deve ter tentado combater a febre tomando uma aspirina, da qual não conhecia esse efeito colateral raríssimo. Quando Frédéric o internou para se reanimar, já não havia nada que fazer. Mona e eu fomos até ali o mais rápido possível. Inicialmente, não o reconhecemos. Apesar de presença de Sylvie e de Frédéric, por um segundo uma esperança tresloucada me levou a pensar que se tratava de um equívoco. Aquele corpo de cera amarelado, perfurado por pústulas do alto da testa até as pontas dos dedos, pensei num desses filmes em que o egiptólogo atingido por uma maldição é mumificado diante de uma sepultura que ele mesmo acaba de profanar. Mas, nada disso, era mesmo Grégoire, naquele leito de hospital, era o meu Grégoire. Piscando os olhos, realizei uma atualização da imagem que apagou o realismo atroz das pústulas e revi o meu Grégoire, cujo corpo sempre expressara uma espécie de graça lúdica, e mesmo agora, deitado em meio àquela névoa amarela. Ao jogar tênis, Grégoire começa brincando de jogar, imitando os grandes campeões que vemos na televisão, e, enquanto o adversário se distrai tentando adivinhar de quem se trata, Grégoire vai ganhando pontos e jogos. O adversário, irritado, acaba pedindo que ele jogue sério, puxa, que droga, ou então deixa a quadra jogando a raquete no chão, como fez o filho dos W., três anos atrás. Foi desse jeito – ele devia ter uns dez ou doze anos – que o ensinei a jogar, pois era assim, eu lhe disse, que eu jogava tênis na minha juventude, esse esporte refinado que a televisão transformou em um duelo entre homens brutos exibicionistas. Eu não queria que Grégoire fosse adulterado pelo lado grotesco dos gestos esportivos. Meus Deus, como amei esse menino! E como a minha pena procura, em vão, desviar-me de sua morte. Que tipo de injustiça faz com que prefiramos a tal ponto um ser a outros? Será que Grégoire pode usufruir de todas as qualidades do meu amor por ele? Procurando bem, devia ter dois ou três defeitos também, certo? A qual mania detestável ele se agarraria se chegasse à minha idade? Os melhores também acabam se estragando! Se escrevo aqui essas bobagens, é, no fundo, para preencher o silêncio em que o luto sem palavras

de Mona me deixa. Em que ela está pensando, tomada de repente por esse frenesi de arrumação da casa? Será que pensa, como eu, que Grégoire estaria vivo se Bruno tivesse aceitado mandá-lo para a nossa casa naquele verão da catapora? Se Bruno tivesse aceitado aquela vacinação natural? Mas era preciso arriscar-se um pouco, e Bruno deixou desde muito cedo de assumir qualquer risco. As crianças estavam nuas, pois não aguentavam nem mesmo o roçar de suas camisetas na pele. Quando uma delas se queixava demais de sua coceira, todas as outras sopravam juntas naquelas pequenas feridas de cabeça transparente e lhe acariciavam a pele delicadamente. Foi Lison, acredito, quem inventou essa brincadeira. As crianças encarnavam os oito ventos de Veneza, mas eram apenas sete, pois faltava Grégoire, que poderia ter sido o grande vento brincalhão do jogo, e hoje estaria vivo! Bruno levou dois dias para chegar da Austrália. Em cima da hora do enterro. Não era possível conservar o corpo por mais tempo. Ao abraçar Bruno, percebi que ele engordou. Gordura nos bíceps. O fuso horário e a tristeza deixaram pesadas as duas faces, o rosto estava fechado. Não cumprimentou Sylvie, que, contra a sua vontade, optou por uma cerimônia de sepultamento religiosa. Mal-estar na família. Ninguém se falou muito. Depois da cerimônia, na casa de Lison, as gêmeas choravam caladas, uma nos braços da outra, Sylvie monologava qualquer coisa, sobre como ela, enquanto mãe, sempre se preocupara, sobre como Grégoire brincava com essas inquietações – Lembra-se disso, sogro? Aliás, o senhor também tirava sarro de mim! –, pequenas frases que ela ia soltando em meio à aflição geral, Frédéric um pouco à parte, terrivelmente presente com sua dupla solidão de homossexual e viúvo oficioso, com Lison ao seu lado, por princípio e por amizade, e me dei conta de como era visível que Lison e Frédéric têm a mesma idade, em outras palavras, que Frédéric poderia ser pai de Grégoire, cujos colegas (todos os seus colegas médicos estavam presentes) faziam troça da homilia do padre. É também para isso que servem os enterros religiosos, para consolar crentes e não crentes em suas respectivas certezas, com todas as flechas de sua dor sendo dirigidas ao sacerdote, para transformar cada

um em crítico autorizado, que se exprime em nome do falecido, que avalia o seu perfil traçado pelo sacerdote, e assim, o morto, participante desse debate teológico, o morto que se considera ter sido dignamente homenageado ou grosseiramente insultado, fica um pouco menos morto, é quase um começo de ressurreição. Realmente, para criar um ambiente, só mesmo Deus.

79 anos, 5 meses e 6 dias *Domingo, 16 de março de 2003*

O que o luto faz nossos corpos sofrer! Durante os três meses que se seguiram à morte de Grégoire, abandonei o meu, deixando-o à mercê de todos os perigos possíveis. Levei um soco no metrô (Mona quis ficar algum tempo em Paris para aproveitar um pouco a companhia de Marguerite e Fanny) e quase fui atropelado no bulevar Saint-Michel por um carro cujo motorista derrubou uma lixeira ao desviar-se de mim. De volta a Mérac, dei duas voltas numa capotada que me lançou na vala do Jarretière, o carro com perda total, a cabeça aberta na altura dos supercílios, e, por fim, numa tarde em que eu colhia cogumelos, despenquei pelo despenhadeiro do Briac até cair na rodovia nacional, onde veículos corriam nos dois sentidos. Se você quer mesmo se matar, disse Mona, avise-me, para que façamos isso juntos, ou então para que eu parta em viagem. Mas não havia nada de comportamento suicida nessa conjunção de circunstâncias, mas sim uma avaliação equivocada da realidade, como se eu tivesse perdido a medida do perigo, toda apreensão, e também qualquer desejo pessoal, como se a minha consciência tivesse abandonado o meu corpo ao sabor da vida. Meu corpo sofria sem pensar as coisas que eu lhe infligia, com uma resistência surpreendente, quase invulnerável, aliás. Eu saía de nossa casa e deixava o meu corpo atravessar a rua sem olhar à esquerda nem à direita, e aquele motorista freou absurdamente, derrapou, arrebentou a lixeira, enquanto o meu corpo seguia em frente sem que o meu espírito se sentisse afetado. No metrô, foi com um gesto automático que minha mão afastou a mão de um jovem que, bêbado, estava incomodando

minha vizinha, eu mesmo não tinha me dado conta de que ele cheirava a álcool e que, aliás, a sua atitude para com a moça nem era tão agressiva, uma carícia desajeitada, eu diria, e minha mão empurrou aquela mão como se espantasse uma mosca, sem prestar muita atenção, e minha têmpora quase nem sentiu o pulso do rapaz bater nela, nem os meus olhos perceberam que, com o golpe, os óculos tinham caído, e que minha vizinha os pegou e devolveu a mim depois que o meu agressor foi controlado, seus óculos, senhor, eles tinham caído. Assim como não estava me vendo dirigir o carro na estrada do Jarretière quando comecei a procurar a lista de compras nos bolsos do paletó, inclinei-me para o banco de trás, simplesmente esqueci que estava dirigindo, virei-me e comecei a procurar a lista, dentro de um carro então sem nenhum motorista, que acabou naturalmente na vala, e durante todos esses acontecimentos não tenho a lembrança de ter sentido o menor medo, nem mesmo ao ver meu corpo cair na rodovia nacional na tarde dos cogumelos, nem mesmo ao ver o meu braço quebrado mover-se no ar independentemente do meu cotovelo, o braço esquerdo, nem surpresa, nem medo, nem dor, não mais do que um estado de constatação, então é isso o que está acontecendo comigo, muito bem, muito bem, como se a vida já não proporcionasse o menor sentido ao meu cérebro enlutado, como se a ausência de Grégoire afetasse todos os acontecimentos, libertando-os de qualquer hierarquia, retirando-lhes qualquer significado, como se Grégoire tivesse sido o princípio sensato de todas as coisas e como se, tendo partido, a vida toda tivesse perdido o sentido, a tal ponto que meu corpo seguia à deriva sozinho, sem a companhia do meu entendimento.

Veneza, propôs Mona, vamos a Veneza, para colocar nossas ideias em ordem.

79 anos, 5 meses e 17 dias *Quinta-feira, 27 de março de 2003*

Veneza. Escapando da mãe, um menino para bem na minha frente e diz, de queixo erguido: Eu tenho quatro anos e meio! De-

pois, à tarde, quando tomava alguma coisa na Aliança Francesa, uma senhora, voluntária local, me lança na cara o seguinte: O senhor sabe, eu estou com noventa e dois anos! A partir de quando paramos de informar a nossa idade? A partir de quando voltamos a fazê-lo? De minha parte, nunca menciono a minha idade exata, apenas uso fórmulas do tipo "agora que eu sou um velho senhor", expressões que não consigo segurar e que, logo depois de pronunciadas – com um sorriso indiferente –, me enchem de raiva e de vergonha. O que busco com elas? Ficar me lamentando – já não sou o que era antes? Fazer com que me admirem – apesar disso, veja como estou bem? Posar de velho sábio e fazer com que o meu interlocutor enxergue a sua própria inexperiência – sobre isso, de qualquer modo, eu sei bem mais do que você? Seja como for, esse lamento (pois se trata mesmo de um lamento, meu Deus!) cheira a uma espécie de incontinência amedrontada. Escapo de minha mãe para me colocar de queixo erguido diante de um vigoroso quarentão: "Eu tenho setenta e nove anos e meio!"

79 anos, 5 meses e 20 dias *Domingo, 30 de março de 2003*

Esses dois idosos (ele com um braço engessado) que brincam de cegos em Veneza correndo atrás das sensações de sua juventude são os avós de um falecido que adoraria essa brincadeira. Veja-os, ouça-os rir na cidade líquida, como há cinquenta anos, quando celebravam o seu ainda jovem amor. Eles envelheceram mil anos.

79 anos, 5 meses e 25 dias *Sexta-feira, 4 de abril de 2003*

Acqua alta. Maré de lágrimas. Enfiados até as coxas em nossas galochas, Mona e eu avançamos por dentro da própria matéria de nosso sofrimento. De vez em quando, por causa de alguma bomba, uma ou outra casa joga água para fora, formando uma catarata densa como a de uma vaca no pasto.

79 anos, 5 meses e 29 dias *Terça-feira, 8 de abril de 2003*

Não, nada disso. Mona e eu nos sentimos bem aqui, somos felizes, exploramos sem pudor a felicidade animalesca de estar juntos, que sempre foi, para nós, um consolo contra qualquer coisa! Peregrinamos pelos esconderijos onde fizemos amor em nossa juventude, e a lembrança de Grégoire não faz parte de nada disso. Sua morte está tão profundamente impregnada no rosto de Mona, que nenhum de seus traços exprime a sua tristeza. De minha parte, percorre as docas, pontes, praças, aspirando o ar como um cachorro velho.

79 anos e 6 meses *Quinta-feira, 10 de abril de 2003*

Lamentavelmente, temos de encarar os fatos. O nó na garganta me diz: Grégoire está morto. Grégoire já não está aqui, onde eu insisto em permanecer. Grégoire não partiu, Grégoire não nos deixou, Grégoire não *faleceu*... Grégoire está morto. Não há outra palavra.

79 anos, 6 meses e 3 dias *Domingo, 13 de abril de 2003*

Massa, risoto, sopa de *zucca*, minestrone, espinafre, antepastos de frutos do mar ou de vegetais, presunto em fatias mais finas que papel de seda, muçarela, gorgonzola, panna cotta, tiramisù, gelati, os italianos comem coisas moles. Consequentemente, eu cago mole. Veneza, meus velhos! Vocês chegaram! Podem jogar as dentaduras no Grande Canal!

79 anos, 6 meses e 8 dias *Sexta-feira, 18 de abril de 2003*

Para expressar delicadeza, em todos os seus sentidos – psicológico, sentimental, táctil, alimentar ou sonoro –, os italianos dizem *morbido*. No estado de morbidez em que me vejo acordar a cada manhã, não dá para imaginar a existência de um amigo mais profundamente falso do que isso!

9

AGONIA

(2010)

Quem escreveu o diário do
próprio corpo durante a vida inteira
não rechaça a agonia.

Minha querida Lison,

Eis você, aqui, diante de uma interrupção de sete anos. Depois da morte de Grégoire, perdi todo o interesse pela observação do meu corpo. Meu coração estava em outra parte. Meus mortos começaram a me fazer sentir a sua falta todos juntos! Eu dizia a mim mesmo que, no fundo, nunca me recuperei da morte de meu pai, da morte de Violette, da morte de Tijo, e não me recuperarei da morte de Grégoire. Tendo cultivado apenas o luto, desenvolvi uma tristeza solitária e raivosa. É difícil identificar o que as pessoas que amamos apagam dentro de nós quando morrem. Deixemos de lado o ninho das afeições, deixemos de lado a crença nos sentimentos e as delícias da convivência, a morte nos priva de toda essa reciprocidade, é verdade, mas a nossa memória compensa mais ou menos isso tudo. (Eu me lembro de que papai às vezes sussurrava... Violette, quando queria me acalmar, sempre dizia... Tijo, quando contava uma história... Quando estávamos no pensionato, Étienne... Quando Grégoire ria...) Com seus corpos vivos, os nossos mortos teciam as nossas lembranças. Mas essas lembranças não me bastavam mais: seus corpos é que me faziam falta! A materialidade de seus corpos, aquela alteridade total – é isso o que eu tinha perdido! Aqueles corpos já não ocupavam a minha paisagem. Meus mortos eram os móveis que compunham a harmonia de minha casa, e que foram retirados. Como senti falta, de repente, de sua presença física! E como senti falta de mim mesmo na ausência deles! Sentia falta de vê-los, de senti-los, de ouvi-los, aqui, agora! Sentia falta do suor picante de Violette. Sentia falta da voz rouca de Tijo. Sentia falta da respira-

ção quase nula de papai e da alegre presença corporal de Grégoire. Nos momentos de lucidez, eu me perguntava de que corpo estava falando. Mas de que corpo você está falando, meu Deus? Tijo era uma aranha de cinco anos com uma voz finíssima antes de se tornar aquele camarada gozador, forte e moreno, com uma rouquidão gerada pelo tabaco... de que Tijo você está falando? Grégoire pesava como uma bigorna nos banhos de criança antes de desenvolver a sua fineza de músculos e a graça de seus gestos! E, no entanto, eram exatamente o corpo de Grégoire, o corpo de Tijo e o corpo de Violette o que me fazia falta, a sua presença física! O corpo de papai, a sua mão ossuda, aquela face angulada. Meus mortos tinham tido um corpo, e agora já não tinham, essa era a questão; e desses corpos, únicos, é que eu sentia uma grande falta. Eu, que os tocara tão pouco quando vivos! Eu, que tinha a reputação de ser pouco dado a carícias, pouco físico! Agora, era pelo seu corpo que eu clamava!

Seguiam-se acessos de uma loucura branda, em que eu me transformava em fantasma deles: a mão que eu esticava para pegar o açucareiro, por exemplo, os dois dedos que eu enfiava ali encarnavam exatamente o mesmo gesto que Grégoire fazia para adoçar o seu café, exatamente o gesto de Grégoire prendendo um cubo de açúcar para o seu café entre o indicador e o médio, ele nunca usava o polegar (você tinha observado esse detalhe?). Eu me reduzira a essas breves crises de possessão: pelo tempo de um relâmpago, eu me tornava Grégoire adoçando o seu café, Tijo rindo ou Violette andando vacilante sobre os seixos. Mas como eu preferiria estar vendo esse gesto! Ouvindo aquela risada! E puxando de novo a cadeira dobrável de Violette! Meu Deus, como sentia falta dessa companhia, e como entendi de vez esta palavra: companhia!

Durante meses me deixei levar por essas ondas de desgosto. Sua mãe não podia fazer nada; devia se sentir ainda mais sozinha do que eu. Se eu não me negligenciava totalmente, era apenas por hábito. O automatismo do banho, do barbear, de me vestir. Mas já não ligava para ninguém. Ausente e de mau humor. E isso acabou por ficar notório. Você ficou assustada. Papai está ficando meio lelé, com uns acessos senis! A morte de Grégoire o deixou totalmente transtornado. Você pediu a Mona que me trouxesse a Paris. Fez

isso tanto por mim quanto por ela. Fanny e Marguerite decidiram me ajudar a pôr a cabeça em ordem. Levaram-me ao cinema. Não vai dizer que você parou no Bergman, vovô? Você não pode morrer idiota! As Horas, *você já viu* As Horas, *de Stephen Daldry? Não se preocupe, é coisa da sua idade, fala de Virginia Woolf! Mona me aconselhou a lhes dar ouvido. Uma grande necessidade de juventude, era esse o diagnóstico dela. Por que não? Eu gosto das suas gêmeas, Lison. Marguerite com a sua cabeleira ruiva, e Fanny com o nariz tão fino sob o cenho franzido. As gêmeas, que já são mulheres. Jovens, mulheres, maravilhosas. E vivas! No metrô, quando um rapaz lhes dava uma cantada, faziam-se de idiotas: Não podemos, estamos com o vovô! Não é verdade, vovô, que estamos com você? Ele está nos levando ao cinema! Com um tom esganiçado e em um uníssono perfeito. Duas maravilhas de vinte e cinco anos! Meu papel consistia em assentir, balançando a cabeça tristemente. O rapaz então descia na estação seguinte; isso nunca falhava. As gêmeas deram prova de persistência: dois ou três filmes por semana. Eu me deixava tomar pelas imagens. Meus mortos sofriam com isso. Atores roubavam de mim os meus fantasmas. Depois de assistir* As Horas, *para tomar apenas um exemplo, saí obcecado pelo corpo esquelético de Ed Harris. Já sem nenhum lugar para o de Grégoire. Só conseguia ver Ed Harris, com seu busto escrofuloso, os olhos acesos e o sorriso vago, na cena em que ele cai pela janela para pôr um fim à brutalidade da vida. Eu estava possuído por uma imagem! Grégoire fora descartado pelo primeiro ator que apareceu!* As Horas *foi o meu último filme. As gêmeas interpretaram mal a minha desistência. Ouvi quando discutiam sobre isso: Eu bem que disse, você é uma tonta, é óbvio que essa história de um veado com o corpo amarelecido pela doença ia fazê-lo lembrar-se de Grégoire!*

Nos meses seguintes, levei os meus mortos comigo ao jardim de Luxembourg. Eu me sentava em uma daquelas cadeiras curvas feitas para os velhos não conseguirem se levantar mais. Deixava os olhos passearem por cima do meu jornal entre as pessoas que andavam por ali e que nada me diziam. Essa coisa da indiferença dos velhos não é piada, sabia? Eu tinha vontade de gritar para aqueles

jovens no Luco: Meus filhos, eu não estou nem aí para as suas vidas tão contemporâneas! Nem quero saber dessas mães com seus carrinhos de bebê! E o que vai dentro deles me é tão indiferente quanto o conteúdo deste artigo que pretende me esclarecer, de uma vez por todas, tudo sobre o futuro da humanidade. Tenho tanta preocupação com a humanidade, se vocês soubessem! Eu sou o epicentro de sua indiferença ciclônica!

Estava então nesse ponto da minha festiva existência quando, numa tarde de primavera (por que essa precisão?; eu não ligava para as estações, como para todo o resto), o presente irrompeu de novo em minha vida. E me trouxe de volta a mim mesmo! Em um piscar de olhos! Ressuscitado! Adeus, mortos. É assim que vivemos, entre sucessivos desaparecimentos e ressurreições. E é assim que as gêmeas e você se recuperarão de minha morte. Nessa tarde, então, no jardim de Luxembourg, sentado em uma daquelas cadeiras improváveis, com meu jornal aberto apenas por força do hábito (fique atenta, Lison, o ato de comprar Le Monde *todos os dias e não lê-lo é um dos sinais precursores da senilidade), meu olhar caiu sobre uma passante que reconheci imediatamente. Uma presença abrupta do meu passado! Uma mulher da minha idade, com um andar pesado, porém determinado, a cabeça esmagada entre os ombros, um bloco feminino, que se fixava firmemente ao chão! Do tipo que ninguém segura. Silhueta mais familiar do que aquela para mim seria impossível. Parecia que a tinha visto no dia anterior. Mesmo vendo-a apenas de costas, chamei-a pelo nome:*

– Fanche!

Ela se virou, um cigarro na boca, fitou-me sem surpresa e perguntou-me:

– Como vai o cotovelo, minha bomba?

Fanche, minha amigona da guerra! Aqui, presente, igualzinha, apesar do tempo. Um pouco mais lenta, mas igualzinha! A voz afetada pelo cigarro, mas igualzinha! Uma cópia dela mesma, mas igualzinha! Fanche, igualzinha, para mim. Reconheci-a no mesmo instante em que apareceu, apesar da minha memória já abalada. Perguntei-me quando a tinha visto pela última vez. Creio que fora no enterro de Manès. Havia quarenta e oito anos! E ali estava ela,

à minha frente, de repente, totalmente parecida consigo mesma. Fanche ou a permanência! Debruçando-se sobre o meu jornal, ela perguntou o que eu estava lendo. E pronunciou bem alto o título do artigo: "Uma agricultura sem camponeses!" *Duas ou três pessoas se viraram. Ela se incendiara. Gritava a plenos pulmões. Esse montão de pequenos agricultores de subsistência familiar expulsos pela agroindústria, que partem para engordar as favelas do mundo inteiro e acabam se suicidando em massa, você entende isso, minha bomba? Na África, na Índia, na América Latina, no Sudeste Asiático, até na Austrália! Até na Austrália! E, em todos os lugares, com a cumplicidade dos Estados! Um planeta sem agricultores! Ela estava com o assunto na ponta da língua, dizendo-me as siglas de todas essas empresas agroantropófagas, entre as quais um enorme consórcio francês cujo conselho de administração ela conhecia inteirinho. E começou a gritar os nomes de seus membros, um por um, incluindo o de um senador que devia ouvi-la pela janela de sua sala. Você também não fica revoltado com isso, minha bomba? Ainda bem, nisso eu reconheço você! Li as suas coisas, sabia? E o escutei também! E começou a citar minhas palestras – todas elas! –, a maior parte dos meus artigos e de minhas entrevistas. Venho seguindo você desde sempre, a distância, mas muito próxima, se você me entende. Você diz coisas certas, sabia? Concordo quase sempre com você! Ouvi-a então enumerar minhas tomadas de posição sobre isso ou aquilo, raros sobressaltos de minha capacidade de indignação que ela via como uma vigilância permanente. Eu não sabia que você se interessava pela bioética também. O que você disse sobre o direito das mulheres em relação à procriação para terceiros me deixou comovida! Surpresa e comovida! Os olhos dela brilhavam, ela me olhava como se eu tivesse passado a vida perseguindo os atentados à justiça em todos os campos onde apareciam. Mesmo dizendo que ela estava exagerando quanto aos meus méritos, que já na nossa juventude eu fora um resistente apenas ocasional, que fazia anos que eu não me pronunciava sobre nenhum assunto, que minha capacidade de revolta tinha se desfeito totalmente, que eu tinha mergulhado no luto, mesmo assim ela não levou nada disso em consideração, nem deu bola, como se não me ouvisse, e enumerou*

em seguida alguns escândalos que seria do nosso dever denunciar imediatamente. Não em nome dos velhos e bons tempos, minha bomba, mas como *nos velhos e bons tempos, os tempos do CNR, quando alçamos ao patamar de valor constitucional o direito de todos terem como satisfazer as necessidades de sua família! Pois bem, esse direito, justamente esse direito está sendo hoje mais ameaçado do que nunca! Ela fazia um discurso para mim, e eu a escutava e me sentia prestes a ceder a ele, o brilho dos seus olhos clareava a minha consciência! Em resumo, Lison, como você sabe, eu cedi. Levantei-me como se fosse jovem, larguei a droga daquela cadeira para trás e a segui. Ela acabava de me abrir as comportas para uma onda de sangue novo. Vamos dar uns gritos saudáveis juntos por aí, meu rapaz! E as pessoas vão nos escutar, pode acreditar! Principalmente os jovens! Os jovens precisam de curandeiros! Os pais já não os inspiram. Eles apelam aos Grandes Anciãos. Mais um motivo para não deixar a palavra nas mãos dos velhos idiotas.*

Eu a segui. Coloquei meus dossiês à disposição dela, atualizei as suas fichas, refinei as suas investigações, carreguei a sua pasta, e nesses últimos anos me preocupei mais com o corpo dela do que com o meu. Nos dias de hoje, em que o cuidado com a vida é voz predominante, em que a única bandeira que levantam para nós é a do princípio da prevenção, Fanche fumava por quatro, bebia por doze, comia correndo, trabalhava a ponto de sua cabeça cair de sono sobre a mesa; eu lhe dizia tome cuidado Fanche, desacelere um pouco, nesse ritmo você não chega aos cem anos. Nada disso, minha bomba, se for para acabar tudo que seja a toda a velocidade, no topo da subida, começar devagarinho, tudo bem, pensar bem quando estamos no começo, concordo, mas para acabar tem de ser a toda, sem poupar as nossas carcaças, o princípio da aceleração, é isso, nós não somos projéteis que caem molemente, somos bolas de consciência lançadas para o alto na subida cada vez mais íngreme de nossas vidas! Se as nossas carcaças vão conseguir nos seguir ou não, isso é problema delas!

Deixamos então as nossas carcaças entregues à sua própria sorte para nos dedicarmos à saúde do mundo. Você sabe o que aconteceu, minha querida: palestras, simpósios, tribunas livres, assembleias,

colégios, institutos, avião, trem, a palavra inesgotável de dois trastes velhos portadores de uma longa memória e de uma consciência viva. Eu, o homem dos dossiês (sem nenhum lapso de memória!), Fanche, a mulher dos debates. É incrível como ficou na moda! Nossos adversários faziam especulações sobre a iminência do nosso fim. Essas velharias não vão ficar nos enchendo eternamente! Vejo na sua expressão que os senhores prefeririam que eu morresse antes de poder dar minha resposta, respondia Fanche àqueles mais imprudentes que a desafiavam em debates especiais. Ela atraía pensadores e brincalhões. Os enraivecidos encontravam nela alguém ainda mais enraivecido do que eles, e os sanguinolentos a consideravam uma sanguinária. De minha parte, eu a ensinava a não gritar tanto, pois isso atrapalhava o conteúdo do que dizia. Seus berros eram efeito tanto de seu temperamento como de sua surdez. Era mais fácil lutar contra a segunda. Mona e eu abastecemos os seus ouvidos com pequenos e bons aparelhos que, ao melhorarem a sua audição, multiplicaram o seu poder de fogo, pois ela agora conseguia captar os murmúrios vindos dos adversários e já não se podia falar às suas costas. Ela envolveu toda uma geração em seu turbilhão. As gêmeas, que se encarregavam do nosso apoio logístico, me criticavam por ter escondido delas aquela tia-avó tão combativa. Durante esse tempo, a sua Marguerite deu à luz o pequeno Stefano, e Fanny – efeito do fato de serem gêmeas, imagino – lhe deu o pequeno Louis, seu primo gêmeo, portanto, meus bisnetos, e você, consequentemente, ficou avó, e Mona bisavó! Uma coisa compensando a outra, alguns mortos se somaram à minha lista, incluindo a própria Fanche, que há três semanas, internada no Pitié-Salpêtrière, finalmente disse o seu adeus.

Suas derradeiras palavras: Não faça essa cara, minha bomba, você sabe muito bem que, no fim, todos nós acabamos nos juntando à maioria.

*

86 anos, 2 meses e 28 dias *Quinta-feira, 7 de janeiro de 2010*

Nunca mais abri este diário desde a morte de Grégoire. Portanto, há sete anos. Estive tão indiferente em relação ao meu

corpo quanto eu era na primeira infância, quando imitar papai bastava para me sentir vivo. Suas surpresas já não me chocam. Os passos cada vez mais curtos, a tontura quando me levanto, o joelho travado, a veia que estoura, a próstata tendo de ser reduzida de novo, a voz enrouquecida, a cirurgia da catarata, o fosfeno se somando ao zumbido, a gema de ovo ressecada nas comissuras dos lábios, a calça cada vez mais difícil de vestir, a braguilha que me esqueço de fechar, o cansaço súbito, a multiplicação das sestas, tudo isso virou rotina. Meu corpo e eu estamos vivendo a fase final do nosso contrato de locação como inquilinos indiferentes a tudo. Ninguém mais faz a faxina, e tudo bem. No entanto, os resultados dos meus últimos exames indicam que chegou a hora de retomar por uma última vez estes escritos. Quem escreveu o diário do próprio corpo durante a vida inteira não rechaça a agonia.

86 anos, 2 meses e 29 dias *Sexta-feira, 8 de janeiro de 2010*

Desde que Frédéric me monitora à base de um exame de sangue a cada seis meses, a abertura do envelope perdeu muito do seu suspense. Frédéric interpreta os resultados, e nós constatamos juntos que os níveis disso ou daquilo continuam dentro de uma média relativamente alta, mas que é herança da minha idade. Você é um velhinho meio gagá, mas totalmente apresentável! Anteontem, porém, um dado me deixou com a pulga atrás da orelha: E essa queda de glóbulos vermelhos, não é um pouco...? Isso não é nada, interrompeu-me Frédéric, só um pouco de fadiga; você está como um quarentão que forçou demais a barra no dia anterior. Sua amiga Fanche o deixou cansado, e a morte dela abateu o seu moral, apenas isso. Pode ir embora, não quero vê-lo antes de seis meses, a não ser que Mona aceite me receber à sua mesa, obviamente.

Essa é a relação que tenho com o amante viúvo de Grégoire. E, de fato, de vez em quando Mona o convida para jantar em casa. Ela gosta do humor meio rude que ele tem. Quando lhe perguntou por que cada vez mais heterossexuais se convertem em

homossexuais e o inverso é tão raro de acontecer, ele respondeu friamente: Por que continuar vivendo no inferno se podemos entrar no paraíso?

86 anos, 5 meses e 8 dias *Quinta-feira, 18 de março de 2010*

Exausto. Na hora de me deitar, encarei a escada como se fosse um penhasco. Por que instalamos o nosso quarto em lugar tão alto? Já há alguns dias, minha mão direita é que me iça até esse topo. A cada degrau eu puxo o corrimão murmurando internamente "ooopa-iça!". A rede do pescador. Volto a bordo. A cada noite que passa, um pouco mais pesado. Pesca da boa. E, sobretudo, nada de parar, que há gente me espiando atrás, embaixo. Não deixar os filhos preocupados. Eles sempre me viram subir esta escada com ligeireza. Depois de chegar ao andar de cima, já fora do alcance de suas vistas, apoio-me na parede para retomar o fôlego. O sangue pulsa nas têmporas, no peito, até na planta dos pés. Sou, inteiro, um coração.

86 anos, 8 meses e 22 dias *Sexta-feira, 2 de julho de 2010*

Aparentemente eu estava certo, temos de levar mais a sério essa queda de glóbulos vermelhos. É o que eu vejo nos olhos de Frédéric depois da leitura dos resultados dos novos exames. Tem se sentido mais cansado nos últimos tempos? Ofegante, principalmente quando subo a nossa escada. Não é nenhuma surpresa, a sua hemoglobina caiu para 9,8. Tem tido sangramentos? Não que eu saiba. Nem no nariz ou nenhuma outra parte? Ele diz que preciso fazer outros exames. Mas será que esta carcaça ainda merece ser examinada? Assim você me quebra as pernas! Faça o que lhe digo! No caso, tirar sangue de novo. Ali mesmo. E os resultados são os mesmos. Acrescidos do seguinte detalhe: não há déficit de vitamina B12. Ah! melhor assim, eu digo. Por que melhor assim? Isso não é uma boa notícia, isso indica que você talvez

esteja com uma anemia refratária! Refratária a quê? A todo tipo de tratamento, responde Frédéric, irritado. Só um instante, e ele esquece o paciente; passa um pito em um estudante que o decepciona. Como é possível, na minha idade, não saber o que é uma anemia refratária? Silêncio cheio de irritação. Sinto que ele dá voltas, meio nauseabundo, até que o ouço dizer: vamos fazer um mielograma. O que é isso? Uma punção da medula. Punção na minha medula espinhal? Uma agulha na minha coluna vertebral? Isso nunca! Ele me olha boquiaberto. Quem falou em medula espinhal? Ninguém nunca mexe na medula espinhal! O que você está pensando? Que vão atravessar o seu esterno, o mediastino, o coração e a aorta para bombear a medula espinhal? Frédéric, foi você que falou na medula, não foi? Óssea! Não a espinhal! A óssea! A sua medula óssea! Ele fica nervoso. Tanta ignorância o sufoca. Ignorância que, para a sua alma de pedagogo (é um professor excepcional, dizia Grégoire), é sinônimo de indiferença. Você não conhece nada do seu corpo? Não se interessa por esse assunto? *Terra incognita?* Dá a volta ao mundo para falar de saúde, mas deixa a sua própria apenas aos cuidados dos médicos? Estamos falando de você, meu Deus, não de mim! É do seu corpo que se trata! Silêncio. Desculpe, resmunga ele. Sem, no entanto, conseguir deixar de acrescentar: Você e a sua maldita delicadeza!

86 anos, 8 meses e 26 dias *Terça-feira, 6 de julho de 2010*

À espera do mielograma. Será depois de amanhã. Pedi que Frédéric me descrevesse em detalhes como é esse exame. Enfia-se um trocarte no esterno do paciente e se faz o bombeamento de sua medula óssea para proceder a uma análise dela. Eis-me aqui, então, visto como um osso com medula. Pedi para ver o trocarte. Trata-se de uma agulha oca, de aço, dura, com alguns centímetros de comprimento, com um anelzinho em volta que a impede de ser enfiada demais. Lembra um desses estiletes com que os cortesãos da Renascença se matavam de forma suave. A operação em si evoca as incontáveis mortes do Drácula. O que me propõem é

enfiar uma estaca no peito, nem mais nem menos do que isso. O "trocarte de Mallarmé", é esse o nome da estaca. Alguma relação com o poeta? Tudo o que acredito saber sobre Mallarmé em termos de medicina é que ele teria morrido imitando para o médico os sintomas do problema que o levara a procurá-lo. Uma morte burlesca. Como se fosse um assassinato que ocorresse de verdade durante a sua própria reconstituição.

Obviamente a observação de Frédéric sobre a minha indiferença em relação às coisas do corpo me fez sorrir. Seria divertido mostrar-lhe este diário! Apesar de que ele não está totalmente errado. Nunca encarei o meu corpo como objeto de curiosidade científica. Não procurei decifrá-lo através dos livros. Não o deixei submetido a nenhuma vigilância médica. Sempre lhe permiti a liberdade de me surpreender. Este diário simplesmente me permitiu registrar essas surpresas. Desse ponto de vista, sim, eu de fato optei pela ignorância em termos médicos. Que cara teriam os médicos, aliás, se aparecêssemos em seus consultórios já sabendo o que eles sabem e conhecendo de antemão seus diagnósticos? Eles quiseram cortar Condorcet ao meio para impedir isso. Frédéric deveria sempre se lembrar disso!

86 anos, 8 meses e 28 dias *Quinta-feira, 8 de julho de 2010*

Então vamos ao mielograma. Anestesia local. Depois de se certificar de que a minha carcaça conseguirá segurar o tranco, enfiam-me no peito o tal trocarte de Mallarmé. Um golpe seco. Cuidado para não fraturar o esterno! Minha caixa torácica cede, mas não se quebra. Muito bem. O médico – também ex-aluno de Frédéric – me explica gentilmente que o anel no trocarte impede que ele atravesse o osso. Não ficarei, portanto, pregado à mesa de cirurgia. Menos mal. (As borboletas de Étienne... Sua preciosa coleção de borboletas... Eu sempre franzia as sobrancelhas quando a agulha as atravessava. Mas elas estão mortas!, dizia Étienne. Mesmo assim, eu me contraía. Um pavor atávico de estacas e cruzes.) Agora, vamos em frente, rumo à aspiração do líquido medular. Agora, diz o médico. O êmbolo sobe de volta. É meio desagra-

dável, disse-me Frédéric, mas, com oitenta e seis anos, acrescentou com uma descontração suspeita, nós vemos menos, ouvimos menos, urinamos menos longe, temos uma tonicidade muscular menor, tudo fica mais lento, *ergo* sofremos menos; nesse tipo de exame, são os jovens os que apanham mais. Errado. A dor é que preservou toda a sua juventude: simplesmente atroz. Uma dor dilacerante. A medula grita com todas as suas forças. Não quer sair do seu osso. Tudo bem?, pergunta o meu carrasco. Sim, digo, com uma lágrima escorrendo pela face. Ótimo, então continuemos.

86 anos, 8 meses e 29 dias *Sexta-feira, 9 de julho de 2010*

Esta manhã, uma sensação de estar com o peito arrombado. Respiração cortada. Mais morto do que vivo. Nossa alma reside nos nossos ossos. Arrancaram-me de mim mesmo, e a dor persiste. De cama, escrevo sobre uma bandeja. Penso no eufemismo "incômodo" usado pelos médicos quando nos falam de dor. Não de uma dor irremediável que brote de repente do nosso corpo, sempre surpreendente, sempre incalculável, sempre nossa, mas daquela dor previsível, comum, aquela dor operacional que eles mesmos infligem a seus pacientes. Limpeza da ferida, penetração da sonda, retirada da sonda, o trocarte de Mallarmé... Vai doer?, pergunta o paciente. É um pouco "incômodo", responde o médico... E, embora pudessem experimentar em si mesmos, sem risco algum, esses incômodos (seria o mínimo que deveriam fazer), nunca o fazem, pois os seus professores também nunca o fizeram, tampouco os professores de seus professores, ninguém nunca matriculou o médico na escola da dor que ele inflige. E simplesmente tocar no assunto já significa ser visto como uma pessoa mimada.

86 anos, 9 meses e 6 dias *Sexta-feira, 16 de julho de 2010*

Como era de esperar, os resultados não são nada maravilhosos. A hemoglobina caiu mais ainda, e constata-se que a minha

medula está cheia de blastos, células que não produzem glóbulos, nem brancos nem vermelhos. "Blastos", então. (Tudo tem um nome.) Minha medula está cheia de blastos. Uma invasão petrificante. A fábrica para. Fim da produção. Acabaram-se os glóbulos. Acabou-se o combustível. Acabou-se o oxigênio. Acabou-se a energia. Vivo agora do meu capital sanguíneo, que se esvai a olhos vistos. E minhas forças junto. Esta noite, encalhei no meio da subida da escada. Mona decidiu fazer a nossa cama embaixo, na biblioteca. É provisório, diz ela, falando só por falar. E trocamos um sorriso definitivo.

*

NOTA PARA LISON

Sua mãe saindo da biblioteca: a ondulação do seu corpo entre o batente da porta e a lateral da estante da biblioteca. Hoje eu posso confessar: se nunca quis mudar esse móvel de lugar, foi para poder usufruir desse movimento felino. (Um felino de oitenta e seis anos, minha filha, vê em que estado de hipnose Mona sempre me deixou?) Percebo de repente que um diário íntimo daria do nosso casal uma imagem totalmente diferente. Provavelmente prevaleceriam os nossos desgastes conjugais, as especulações em que os silêncios dela me faziam mergulhar, a distância misteriosa que ela cultivava entre você e ela, a sua opacidade, em suma. Você teria direito a umas boas palmadas por conta dos problemas de "comunicação". Mas aqui não. O ponto de vista do corpo é outro. Eu amei o dela a ponto de celebrá-lo. Se o tempo logicamente apagou a nossa sexualidade, o que continuou de Mona em Mona ainda me encanta. Desde que ela surgiu na minha vida, sempre cultivei a arte de vê-la. Não apenas olhá-la, mas vê-la. Provocar o seu sorriso só para desfrutar do seu deslumbramento súbito, segui-la na rua sem ela saber só para sentir a imperceptível levitação de seu andar, vê-la sonhar quando se ocupava de algumas tarefas repetitivas, contemplar a sua mão pousada sobre o braço de uma cadeira, a curva de sua nuca mergulhada em alguma leitura, a brancura de sua pele que o calor do

banho avermelhava um pouco, as marcas de suas primeiras rugas nos cantos de suas pálpebras, as rugas propriamente ditas, verticais, com o avançar da idade, como a captação, em alguns poucos traços, da lembrança de uma obra-prima. Em resumo, quando eu tiver desaparecido, fique à vontade para ampliar a passagem entre a porta e a biblioteca.

*

86 anos, 9 meses e 8 dias — *Domingo, 18 de julho de 2010*

Pobre Frédéric. Esteve aqui esta manhã (dia do seu aniversário!) para cumprir, junto à minha cabeceira, a parte insuportável de seu ofício: informar o prognóstico. Qualquer que seja a maneira como o abordemos, passada certa idade isso é como decretar uma sentença de morte. Facilitei-lhe a tarefa: Então, Frédéric, quanto tempo ainda temos? Era um "nós" associativo; afinal, ele é meu médico. Com quimioterapia, um ano; sem, seis meses. Mais ou menos isso. Conversamos sobre a quimioterapia pensando nas suas vantagens e nos seus inconvenientes. Afinal de contas, é um bem de consumo como qualquer outro. Mais seis meses de sobrevivência, o que é considerável, mas com uma aplasia exaustiva, perda dos meus últimos cabelos (que seja), vômitos eventuais e uma garantia mais ou menos firme de que o meu velho sangue terá forças para se regenerar sem blastos. Os vômitos, que Frédéric considera como algo negligenciável, decidiram a questão. Tenho horror a vômito. Esse virar-me pelo avesso como uma pele de coelho sempre me encheu de vergonha e de raiva. Não quero assumir esse risco. Mona não merece que eu esteja de mau humor na hora de deixá-la. Portanto, nada de químio. Mas há outra solução: a transfusão de sangue. Por algum tempo, ela me daria uma boa estimulada. Seus benefícios perdurariam até outra transfusão, e assim por diante, enquanto fosse possível. Quanto ao fim, o verdadeiro fim, seja escolhendo a químio ou a transfusão – e a escolha já está feita –, é o acaso o que decidirá entre uma hemorragia decorrente da queda das plaquetas, uma infec-

ção qualquer – pneumonia, por exemplo –, devida à falência dos glóbulos brancos (*Pneumonia is the old man's friend*, dizem os ingleses), ou a lenta agonia caquética com a pele cheia de crostas em um leito hospitalar que me privará da companhia de Mona. Eu preferiria uma paralisação pura e simples do coração durante a noite. Morrer dormindo, eis o fim almejado por um sujeito que durante toda a vida cultivou a arte do adormecimento.

86 anos, 9 meses e 12 dias *Quinta-feira, 22 de julho de 2010*

A transfusão de sangue combina perfeitamente com a imagem do Drácula. Eis me no leito de um hospital, sendo preenchido, gota a gota, pelo sangue de outra pessoa. Preferia sair voando noite afora, embriagado pelo sangue sugado de três enfermeiras de plantão, mas o vampirismo perdeu todo o charme com a legalização. Além disso, já não tenho dentes. Gota a gota, portanto. Para atenuar a espera, Marguerite sugere colocar o iPod dela nas minhas orelhas. Ela o abasteceu previamente com Shakespeare e Mahler. Não, não, minha querida, nada de diversão, eu nunca passei por uma transfusão de sangue, sabe, quero ouvir essas gotas cair e detectar cada melhora que eu for tendo. Há uma surpresa para você, anuncia Fanny, é a mamãe que virá pegá-lo! Não diga a ela que a gente contou, hein?!, porque as surpresas são prazerosas principalmente para quem as faz! Mamãe? Ah! Lison! Lison já voltou de sua turnê? Antes do previsto? Será que devo esperar a visita de Bruno também? Isso cheira a fim de jogo.

A transfusão se mostra lenta; dá sono. Minha ressurreição não será imediata. Ela levou três dias no caso do melhor entre todos nós. Bobagens que flutuam em meio ao meu semiadormecimento, o cérebro brincando, indolente, consigo mesmo. Volta-me à mente o nome "blasto". Eu achava que ele significava ondas de choque. Mas não, *blastos*, células assassinas, blastos... Uma invasão de baratas nas prateleiras de minha biblioteca... Elas lubrificam suas asas com o sangue dos livros e assim fazem as suas antenas crescerem... Você está vendo os blastos?

86 anos, 9 meses e 15 dias *Domingo, 25 de julho de 2010*

Lembrei-me por acaso da frase de um músico – foi companheiro de Lison por algum tempo – que morreu por causa de drogas e a quem Mona pediu uma vez que descrevesse "em detalhes" os efeitos causados por uma dose de heroína. Ele pensou demoradamente e respondeu com uma voz suave (nunca conheci um rapaz tão desprovido de agressividade como ele): Uma dose de verdade? Ah! Passamos a entender todas as coisas! É como se a gente estivesse sendo embalado nos braços de Deus! Pois bem, esse é o efeito, em mim, da transfusão de sangue. Um recém-nascido nos braços de Deus! Como descrever de outra maneira essa devolução forçada de vida a um corpo exangue? É uma ressurreição. Com alguma coisa de novo, de inocente. Assim como não esperamos nascer, eu não esperava que isso pudesse acontecer agora. Uma melhora, isso não quer dizer nada, uma melhora, eles dizem que a transfusão vai proporcionar uma melhora, mas eu não estou me sentindo *melhor*, estou me sentindo vivo! Vivo, lúcido, confiante e cheio de sensatez. Nos braços de Deus. Com certa vontade de sair deles, é verdade, para poder subir a escada e voltar ao nosso quarto. E foi o que fiz ontem à noite. Nosso quarto, meu escritório, meus cadernos, escrever essas páginas precedentes, redigir as minhas notas para Lison. Porque, logicamente, nos últimos dias eu não tinha força nenhuma para juntar palavras. Fiz apenas algumas anotações. Ressurreição! Vamos deixar isso mais claro: eu não renasci com os meus vinte anos. Esses estão bem mortos, e com eles as seis décadas que se seguiram. Não, eu renasci sendo eu mesmo, hoje em dia, com a minha idade, e, no entanto, novo. Uma cura sem a antessala da convalescença, sem a reaprendizagem da vida. Dopado, em resumo. Uma dose!

86 anos, 9 meses e 16 dias *Segunda-feira, 26 de julho de 2010*

Cada um de nós é, até o fim, filho do nosso próprio corpo. Um filho frustrado.

86 anos, 9 meses e 19 dias *Quinta-feira, 29 de julho de 2010*

Hoje de manhã dei uma risada vinda da infância enquanto me barbeava admirando no espelho essa orelha perpendicular que eu nunca quis ajustar – e que menciono aqui pela primeira vez! Eu tinha me queixado dela para o papai. E ele perguntou que problema eu via nesta minha orelha. Ela não é como a outra! E o que é que a outra tem de extraordinário? Foi essa resposta dele o que me fez rir. Depois, papai começou a falar de simetria: a natureza tem horror à simetria, menino, ela nunca dá mostras desse tipo de mau gosto. Se você visse um rosto simétrico, ficaria espantado com a sua *inexpressividade*! Violette, que estava ouvindo a nossa conversa enquanto arranjava um buquê de flores sobre a lareira, interveio: Você quer ficar parecido com uma lareira? Desta vez, foi papai quem riu. Aquele riso sibilante das suas últimas semanas... Ele ainda tinha de vida o mesmo tempo que eu hoje tenho pela frente.

86 anos, 9 meses e 21 dias *Sábado, 31 de julho de 2010*

No restaurante onde comemoramos a minha ressurreição, parabenizo Frédéric pela escolha do doador: um sangue de primeira qualidade! Ele troca um olhar com Lison. Mona e eu ouvimos o pensamento tácito que circula entre essas duas mentes afetuosas: deixemos que ele curta esse momento de exaltação, pois os efeitos da transfusão vão se dissipar rapidamente.

86 anos, 9 meses e 22 dias *Domingo, 1º de agosto de 2010*

Fanny saindo do banho nua. Oh!, desculpe, exclamou ela. Passado meu instante de admiração, lembrei-me do horror que tomara conta de mim aos dez anos de idade quando, certa noite, entrando no banheiro para escovar os dentes, dera com minha mãe nua saindo da banheira. A surpresa, talvez o pavor, fizera

com que ela se virasse para mim. Ela me encarava nua, o contorno impreciso do corpo em meio à névoa de vapor. Vejo ainda o seu corpo magro de seios fartos (que agora me parece um corpo muito jovem), sua pele rosada por causa do calor do banho, sua boca aberta, estupefata, seus olhos arregalados, e o espelho do banheiro, embaçado, atrás dela. Dei um grito, e logo fechei a porta. Fui dormir sem escovar os dentes, tomado por um terror absolutamente gigantesco. E, no entanto, nessa época, eu nem sabia nada sobre Diana surpreendida no banho e Actéon devorado pelos cães. Nessa noite, mamãe não se limitou a verificar a distância se eu já estava dormindo; ela se aproximou, me deu um beijo na testa e disse duas vezes, passando a mão em minha cabeça: "Meu homenzinho."

86 anos, 9 meses e 23 dias *Segunda-feira, 2 de agosto de 2010*

Que coisa estranha, que coisa estranha, pensar que o esqueleto é o símbolo da morte ainda que os nossos ossos contenham o princípio da vida! Pois o cérebro que raciocina, o coração que bombeia, os pulmões que respiram, o estômago que dissolve, o fígado e os rins que filtram, os testículos que preveem, todos são coadjuvantes em comparação com os ossos. A vida, o sangue, os glóbulos, aquilo que é *vivo*, vem da medula dos nossos ossos!

86 anos, 9 meses e 29 dias *Domingo, 8 de agosto de 2010*

Um caso sério. O pequeno Fabien, sete ou oito anos, muito amigo de Louis e Stefano, peidou na missa. E isso durante o silêncio da elevação da hóstia! As crianças ficaram agitadas. Surpreendi-as em pleno debate, tomadas pela preocupação número um da infância: encontrar uma relação entre as causas produzidas pelo seu pequeno mundo e as suas consequências na galáxia dos adultos. Evidentemente, Fabien "não devia ter feito isso"; essa emanação do corpo justamente onde o Espírito Santo se ventila, "isso

não se faz". Mas Fabien "não fez de propósito", o pai dele estava errado em "dar bronca na frente de todo o mundo" e o castigo que ele lhe aplicou é "nojento". O pobre Fabien teve de ficar em casa a tarde toda deste domingo, ainda que ele houvesse sido convidado para o aniversário de Louis. (De resto, o pai de Fabien é um jovem cretino que pratica com um entusiasmo absolutamente glacial uma religião tão disparatada quanto o meu próprio ateísmo. Seu filho é transparente como uma centopeia criada na sacristia. Que ele peide já é, em si, um milagre.)

Vendo que eu os escutava, Stefano e Louis pediram minha opinião, na qualidade de bisavô onisciente, sobre a questão do peido. Uma opinião nada fácil de emitir quando você mesmo está envolvido há anos com o problema dos peidos tossidos. Mesmo assim, falei de forma decidida. Disse-lhes que segurar os nossos peidos é perigoso para a saúde. Por quê? Porque se deixamos o nosso corpo se encher de gases, meninos, vamos sair voando como balões! É por isso! A gente voa? A gente voa, e, se estamos voando e por infelicidade peidamos lá em cima – e isso sempre acontece, pois não dá para segurar os peidos indefinidamente –, a gente se esvazia e cai no meio dos rochedos, como os dinossauros. É mesmo? Foi assim que os dinossauros morreram? Sim, tanto disseram a eles que era falta de educação peidar que eles se seguraram, seguraram, seguraram, e se encheram, encheram, encheram e logicamente acabaram voando, e quando foram obrigados a peidar, coitados, se esvaziaram e caíram sobre os rochedos, todos eles, um por um, até o último! (A coisa dos rochedos os deixou muito impressionados.)

86 anos, 10 meses e 6 dias *Segunda-feira, 16 de agosto de 2010*

A criançada viajou na véspera da minha segunda transfusão. Tchau, bisa! Tchau, biso! Se esses meninos não têm nenhuma dúvida de que voltarão a nos encontrar, é porque nos conhecem desde sempre. Quando crianças, não vemos os adultos envelhecerem; o que nos interessa é crescer, e adultos não crescem, estão

confinados à sua maturidade. Os velhos também não crescem, são velhos de nascimento, do nosso. Suas rugas são a garantia, para nós, da sua imortalidade. Aos olhos dos nossos bisnetos, Mona e eu datamos de toda a eternidade e, consequentemente, viveremos para sempre. Ficarão, assim, muito mais chocados que os outros com a nossa morte. A primeira experiência da fugacidade.

86 anos, 10 meses e 9 dias *Quinta-feira, 19 de agosto de 2010*

A segunda transfusão não tem o mesmo sabor da primeira. Seus efeitos são tão tonificantes quanto, mas durarão menos. Só o fato de saber disso já estraga a minha embriaguez.

86 anos, 10 meses e 13 dias *Segunda-feira, 23 de agosto de 2010*

Ao ver Lison arrumar a nossa cama e Frédéric escrever uma receita para mim depois de eu tirar o sangue, ocorreu-me o pensamento de que é preciso ser já bem velho para acompanhar o envelhecimento dos outros. É um triste privilégio poder ver como o tempo altera os corpos de nossos filhos e de nossos netos. Passei os últimos quarenta anos vendo os meus próximos *mudar*. Esse sexagenário de cabelos amarelecidos, manchas nas mãos, com a pele já em parte solta no pescoço, já não é o Frédéric de cabelos fartos e dedos ágeis por quem Grégoire se apaixonara. E Lison já não traz em si muita coisa de Fanny e Marguerite, que descem a escada prometendo vir me "mimar" no mês que vem, e até mesmo essas duas belezas, por mais maravilhosas que sejam, já perderam a densidade pneumática que leva Louis e Stefano a correrem pelos quatro cantos da casa.

Quanto às roupas, o jeans que todos eles usam – uma calça que se tornou há muito tempo universal, unissex e multigeracional – registra de forma terrível essa passagem do tempo. No homem, o jeans tem a particularidade de se esvaziar com o avanço da idade, enquanto na mulher ele se enche. Os bolsos de trás, nos

homens, começam a balançar sobre as nádegas agora mais moles, a entreperna se enruga, a braguilha fica mais solta, já não é um jovem recheando o seu jeans cheio de fetiche, ele foi trocado por um velho, que transborda em torno da cintura. A mulher madura, por sua vez, preenche o seu de forma patética. Ah! essa braguilha, como uma cicatriz inchada! No meu tempo, usávamos as roupas correspondentes à nossas idades. Calções estufados para os bebês, shorts e gola de marinheiro para as crianças, calça de golfe na adolescência, o primeiro paletó do começo da juventude (flanela leve ou tweed com ombreiras), e, por fim, o terno com três peças, o uniforme da maturidade social com o qual em breve me colocarão dentro de um caixão. Depois dos trinta todos vocês pareciam velhos usando isso, dizia Bruno. É verdade, o terno de três peças nos envelhecia precocemente, ou melhor, ele é que envelhecia por nós, enquanto o homem e a mulher de hoje em dia envelhecem dentro de seus jeans.

86 anos, 10 meses e 14 dias *Terça-feira, 24 de agosto de 2010*

A irredutível juventude, no entanto, daqueles que têm menos vinte ou trinta anos que nós! E a primeira infância ainda visível em nossos velhos filhos. Oh, minha adorável Lison!

*

NOTA PARA LISON

Você se lembra, Lison, daquela leitura que deixou Fanny apavorada e que fez Marguerite rir? Era García Márquez. Mona estava lendo García Márquez para elas naquele verão. Na hora da sesta. Cem anos de solidão, *eu acho, não me lembro muito bem. Mas daquela sessão de leitura eu me lembro muito bem! A história era a seguinte: por ocasião do Natal ou do seu aniversário, uma jovem recebe todos os anos um presente de seu pai. O pai mora longe, não sei por que razão, mas é sempre muito pontual quanto*

ao envio do presente. Uma caixa grande, com um conteúdo sempre surpreendente, que encanta os filhos. (Deve ser no Natal, na verdade, pois eu me lembro da alegria dos filhos.) Certo ano, a caixa chega um pouco antes da data. O mesmo remetente, o mesmo destinatário, mas um pequeno erro de data. Impaciente, a família avança sobre a caixa: surpresa, ela contém o corpo do próprio pai! Em decomposição? Mumificado? Empalhado? Nenhuma lembrança, apenas o corpo do pai, pura e simplesmente. Fanny horrorizada, "Que nojo!", Marguerite em êxtase, "Que legal!", Mona feliz com o efeito produzido, "Viva o realismo mágico!", e você, como sempre, registrando a cena em um dos seus cadernos de desenho. Diga-me, Lison: será que eu não estou fazendo a mesma coisa com você? Sinceramente, eu não me reviraria no túmulo se você resolvesse pôr fogo nisto tudo aqui.

*

86 anos, 10 meses e 29 dias *Quarta-feira, 8 de setembro de 2010*

A enfermeira que monitora a fuga dos meus glóbulos vive pestiferando as minhas veias. Como são muito exigidas, elas acabam se enrijecendo ou simplesmente se escondem. Minha perfuradora procura outras, no dorso da mão ou onde começa o tornozelo. Hematomas, arranhões, crostas... E ainda por cima o senhor se coça! Veja isso! E se você me injetasse uma dosezinha de heroína, sugiro a Frédéric só para provocá-lo, a minha reputação já está arrasada de qualquer maneira, olhe os meus braços! Além disso, é fácil para vocês, basta dar uma passadinha na farmácia do hospital! O coitado fica irritado de novo, reclama dizendo que não é um traficante e me acusa de confundir heroína com morfina: "Com a sua indiferença de sempre! Heroína e morfina não são a mesma coisa! Você é realmente..." Ele me olha balançando a cabeça e, bruscamente, começa a chorar. Bem, a soluçar, digamos. E sai da sala. A exaustão dos médicos diante da morte... Eu também viveria com raiva se visse os meus pacientes morrerem. Inclusive os que se curam. No fim vem a morte. Melhoras e mor-

tes... Todos os dias da sua vida. Dá mesmo para ficar com ódio dos mortos. Pobre médico! Passar a vida toda consertando um programa concebido para dar em merda. Outros escrevem *O deserto dos tártaros*. Frédéric é uma obra-prima.

86 anos, 11 meses e 1 dia *Sábado, 11 de setembro de 2010*

Ao fazer comentários para Lison neste diário, salta-me aos olhos o quanto eu deixei de registrar aqui. Querendo dizer tudo, disse tão pouco! Mal cheguei a roçar este corpo que eu queria descrever.

86 anos, 11 meses e 4 dias *Terça-feira, 14 de setembro de 2010*

Quanto mais me aproximo do fim, mais coisas existem para ser registradas e menos força eu tenho para fazê-lo. Meu corpo se modifica a cada hora. Sua desagregação se acelera à mesma medida em que suas funções se tornam mais lentas. Aceleração e lentidão... Eu me sinto como uma moeda que acaba de girar sobre si mesma.

86 anos, 11 meses e 27 dias *Quinta-feira, 7 de outubro de 2010*

Finalmente concluí as notas para Lison. Escrever me deixa esgotado. A caneta pesa enormemente. Cada letra é uma subida, e cada palavra uma montanha.

87 anos, aniversário *Domingo, 10 de outubro de 2010*

O esfolado do Larousse exposto pela última vez na lateral do espelho. Neste, ao lado daquele, eu e minha miséria. Feliz aniversário.

87 anos e 17 dias *Quarta-feira, 27 de outubro de 2010*

Acabaram-se as transfusões. Não dá para viver eternamente sugando a humanidade.

87 anos e 19 dias *Sexta-feira, 29 de outubro de 2010*

Chegou a hora de morrer, meu pequeno Dodo. Não tenha medo. Eu lhe mostro como se faz.

ÍNDICE

Este livro foi impresso na
LIS GRÁFICA E EDITORA LTDA.
para a Editora Rocco Ltda.